U0023872

女性主義文學理論

唐荷 著

自序

自忖過去這三、四年來對自我的評價、世情的審度與人生的期許，有著明顯不同的思路。這些改變的根本，來自於一種思想上的新格局，而這新格局則與我這些年對女性主義理論的關注，有著密切的關係。

必須承認，起初我並非以自覺的女權主義者去接觸女性主義理論，只是身為女性研究者，很自然地對女性主義投以特別的關注。而在男權中心的學術殿堂氛圍中，研究女性主義之始不可避免地也有一些猶疑，因為它相對於其他話語的邊緣性，有可能落實了學院裡一些隱晦不宣的偏見：諸如女性學者只能研究女性主義，究其因竟只因其性別身分給予了她們絕對的優勢……。

當初的猶疑不但隨著研究日深而一掃而盡，相對的在探討過程中，思想生命由於女性主義這個新窗口而呈現另一方豐美的天地。慶幸從撰寫博士論文開始，一頭栽進了對女性主義的研究。曾經，我在文學研究這條路上倦怠過，選擇暫換跑道。因為對當時的我而言，學術研究不但不能貼近文學作品帶給人的原初感動，對思想的探索也不再能契入生命。文學研究在不斷追求時髦新鮮的名詞術語與機鋒討巧中，流失了它原本可挹注於靈性生命的活力。

對我而言，本書的寫作過程重啓了文學研究與生命情境的對話及互動，這對我來說不啻是另一種形式的脫胎換骨。艱澀的理論研究可以跟生命情境聯繫一起，於自己的生命有所提昇，這是一種莫大的幸運。而經由這本書的書寫，再一次認眞思考了身爲女性的處境，性別意識在我們文化、社會中的作用，以及探索更爲人性化、更爲多元的文化的可能性。書寫過程似乎也是對生命的一種重整，雖然只是個起步，但確信它已經爲我的人生打開一些新的視野，開創了一些新格局。

本書得以完成出版，一路上受了不少人的幫助與鼓勵。在此，要特別謝謝曾繁仁老師和已故的狄其聰老師，他們的學識、智慧與提攜，使我得以順利地跨越人生的一個重要轉折。也要感謝揚智出版社願意出版這本書，給予我繼續寫作的動力。

藉此機會感謝家人與朋友，他們一直不吝給我最大的支持與呵護。期望這本書不止是對於女性主義文學理論的深層探索，更是對曾經關懷與鼓勵我寫作的家人與朋友的另一種感謝！

本書完成於二〇〇〇年底，出版於二〇〇二年底，謹以爲記。

二〇〇二年秋　唐荷記于韓國安東

目錄

1 導論

第一節　女性主義批評意識的打造

在兩千多年的歷史時間和九百萬多平方公里的生存空間中，大部分女性除了在規定的位置，用被假塑或被假冒的形象出現，以被強制的語言說話外，根本無從浮出歷史地平線。誰也不知她們卸妝後是否還生存著，又如何生存；如果是，那麼勢必生存於黑暗、隱密、闇啞的世界，生存於古代歷史的盲點。❶

在未來世代中國女性的集體記憶中，十九、二十世紀之交，我們的民族經歷了歷史和文化的變遷，經歷了一個百思不厭、回味無窮的瞬間。兩千多年始終蜷伏於歷史地心的緘默女性在這一瞬間被噴出、擠出地表，第一次踏上了我們歷史那黃色而渾濁的地平線。

纏結百年前對中國婦女而言，的確是一個擎天振地的大突破，我們歷史上頭一次有了一大批留名留姓、接受現代教育並「天經地義」地拿著筆桿「我手寫我口」的女作家。她們的出現並留名，代表了在歷史長流中為社會、文化結構所壓抑、沉默的婦女，終於有了自我命名的機會。自五四時期起到另一個千禧年，中國女性作家以其不輟之筆，豐富著中國文學史上的內涵與生命。這百年歷史中或有顛簸的時候，但女性創作已涓滴成河，在中國文學地貌上鐫刻了一方秀麗勝景。兩岸女性作家以不同的歷史發展歷程，卻都各自得盡風流、引領風潮。

兩岸女性作家書寫與成就非關本書大旨，但絕對是一個論述文本的緣起與背後所指向的一個關懷。作為一個關注女性議題的研究者，不免有些煞風景地要問：兩岸鋒頭正健的女性文學書寫，是一個沛然莫之能禦的潮流而將在文學歷史上鏗鏘留名、大斧斫出一片新天地；還是繁花勝景，終究是一時風流、轉眼風煙散盡？它作為一個集體命名，在未來的文學史上會占有一個攸關美學與書寫史重要意義的篇章，還是最後仍不過是文學史上的一個補綴之篇？這並不是杞人憂天，也不是對中國女性的書寫不具信心，而是文學評價問題、經典的構建與文學史的書寫所牽涉的遠比書寫本身要廣而複雜得多。評價的問題牽涉到誰主導的問題、經典建制背後意識形態的問題等等。書寫誠然可以選擇別出「再現」之蹊徑、大玩文本遊戲，但文學史建構的脈絡文本（context）問題卻常在文本性的掌握之外。而女性主義批評研究的關懷除了文本本身之外，脈絡文本的對照性與影響性也不可輕忽，因爲它攸關女性文本在文學歷史上的正名與留名的問題。

在此，願就國內文壇的一些現象做一個討論的出發點。除了少數幾位女作家外，絕大多數的女作家是對「女性主義」這個詞避之唯恐不及的，甚至對「女性意識」與書寫的關係，也都呈困惑或迴避的態度。王蒙曾講述他與一些女性作家出國訪問的經驗談，這些女作家被問及關於女性的話題時，面部「都出現了麻木、困惑、譏諷、無可奈何與不感興趣的表情，沒有一個女作家承認自己關注女權……問題，承認女作家與男作家有什麼重要的不同；更不要說承認自己是女權主義者了」。❸而盛英在評述一九九八年九月在承德召開的第四屆中國當代女性文學學術研討會時，也說到，「（會上）三十七位獲獎女性作家發表了自己『女性觀』，她們幾乎都以人爲本，不談不屬於性別中心主義；但又都看重女性自身特質」。❹不管其書寫中透露了什麼自覺或無意識的女性意識、女性主義意識，許多女作家至少在公開場合是不願對此深究的。

蔣子丹對自己這樣的心態曾作誠實而值得人深思的分析，她說：

既為女人，為什麼會有把小說男性化的企圖呢？回想起來，大約是出自對文學女性化的誤解。不妨直言，我在很長的一段時間裡，一直認為女性化的文學總脫不出小家碧玉的窠臼，總跟自歎自憐纏綿悱惻秋波瀲灩嗲聲嗲氣忸怩作態……等等，這些與大器無涉的印象聯繫在一起。❺

女性作家這樣一面倒地對性別意識的「自厭」狀態，絕對是一個值得深入思考的問題。再看看文學批評界的狀況：女性主義引介入國內不多久馬上就陷入「人」與「女人」、「女性意識」與「超性別意識」「人的文學」與「性別的文學」的辨析。人與女人等這一系列二元對應其實指陳的正是對女人、女性意識、性別的迴避，是女性身上一種幽微的「負面社會化」影響的表徵。在此不擬就女性書寫究竟與男性寫作有什麼不同，或是「女人先是人，是先是女人」等問題先作討論，引起筆者興趣的倒是：什麼樣的文化與社會制約讓這麼大比例的女作家有志一同地否認以女性中心意識寫作？撇清與女性主義的牽涉？倒底女性、女性與書寫的牽涉、女性主義在這個文化語境裡帶著什麼深層的意義或引起什麼樣趨向的聯想？而這些問題背後所突出的想法與思想定性結構與婦女的處境又有什麼關聯？這些問題的答案可以是我們婦女情況的一個「化外」的指標嗎？

回到我們婦女處境的問題。在台灣，女性主義運動已長達二十多年，與主流男權社會、政治、法律、經濟制度頡頏的歷史，使得婦女運動與理論在社會上得到了較大的能見度。就某種程度上而言，是屬於社會先鋒意識的領域之一。在以批判自省精神自許的知識精英分子之間具有一定的接受度，因此女性主義不只在婦女社會運動上，在文學文化批評領域也展露其批評鋒芒，但時至今日法律對婦女的保障問題仍有一些重要的議題亟待爭取。大陸的女性問題發展軌跡不與台灣相同，大陸在法律賦與男女平權上比台灣先行，自新中國成立後，女性在法律上就擁有了與男性平起平坐的權利。但從另一方面來看，大陸由於不同的政治制度，擁有較強的階級批判與論述傳統，這個強大的傳統把婦女問題吸納到勞工等受壓迫階級的議題塊裡，反而使得婦女問題的獨特性要在八〇年代中期以後，隨著西方女性主義理論的引介，才重新被思考。

大陸女性主義者認爲，就婦女解放的起點來說，「大陸女性主義起點很高，」「在意識形態領域裡具有了一種先天的優勢」，但同時也承認目前的平等具有一種表面性，文化深層仍難以一舉糾正男權中心的結構。❻在這點上，戴錦華與孟悅在《浮出歷史地表》說得很清楚：

中華人民共和國成立以來，中國婦女在法律保護下享有著發達國家婦女迄今還在爭取的某些經濟權利和社會地位……中國大陸的男女平等甚至出現在社會步入工業文明之前，這確實是中國婦女的驕傲，或不如說是中國婦女的幸運。然而，這不意味著中國婦女便從此沒有問題。也許應該注意，中國婦女解放從一開始就不是一種自發的以性別覺醒為前提的運動，婦女平等地位問題先是由近現代史上那些對民族歷史有所反省的先覺們提出，後來又被中華人民共和國制定的法律所規定下來的。在這兩點之間並沒有出現任何意義上的社會性的婦女解放「運動」……這使我們無法斷定，享受著平等公民權的女性……是否是婦女解放中的「主體」，她今天的一切究竟是她應該有的一份權利還是被強制規定的一種身分。❼

在法律制度的表面先行與對女性問題盲點之間的落差，也許可以從個人經驗的一個小插曲看得一些端倪：記得在山東大學的某次座談會有位男士提問，倒底什麼是女性主義？有沒有男性主義呢？兩句話而已，但這可是對女性主義一個「本體上」的質疑，攸關女性主義的存在價值。在這裡，不打算先就這個問題提出任何簡單化、概述式的回答，畢竟此書的目的之一，就在期待引起這個問題的對話，一切答案，只有先從對話開始。但筆著倒是願意先就這個提問背后所代表的意義做一個簡短的探討。這個提問至少點出了以下幾點：一、在許多男性的眼裡，兩性區別此事究屬天然，還需要什麼理論嗎？二、女性主義基本上就是男女二分，所以有女性主義，當然也有男性主義。這樣的直截反應在筆者看來是有些幽默化了，試問男性主義要的是什麼？無可否認的，我們現今所處的文化社會，絕大部分已經是建立在男權中心思維上，我們的世界已被男權中心氛圍所包覆，那麼這位發問者所說的男性主義目的是什麼呢？把目前的男權中心價值體系翻轉，拱手讓渡給女性？說句玩笑話，婦女同胞樂觀其成。這個問題道出在一個男權中心社會裡，女性議題仍是多麼深、多麼大的一個「黑暗大陸」。借用菲爾德的話來說，「只有特定的性別——男性，有幸可以把男性／女性做為天然區分範疇，原因很簡單，因為他們自己（優勢）的位置沒有被標舉出來過，因此也不被察覺。」簡單地說，對性別區分不會造成他們有問題的男性（男同性戀、雙性戀者除外），在蹚觸女性主義、接受「性別理論震撼教育」之前，是無從「自然地」瞭解性別與女性議題的價值所在。

另外，這個問題點出了在當今中國文學理論學術圈中，與女性主義理論的對話顯然還是相當落後的。當然，並不是說只有「身為女性」才能談論女性主義。誠如史碧娃克所說，「那種只有下層階級（**the subaltern**）才能瞭解下層階級，只有女人才能知道女人……等等的立場，並不能做為一個理論上的先決條件，因為它預設了知識的可能建立在身分上。不管採取此種立場的政治上的必要性……知識的可能是建立在不可磨滅的差異上，而不是在身分上。被認知的對象永遠超過知識。對它的客體而言，知識永不足夠。」❽女性主義不是只能由女性來發聲，不過婦女的歷史處境使得女性有較強烈的想說清楚的急迫感。女性主義所追求的不是一個獨立於男性言說、自說自話的理論烏托邦，它的發言是針對整個的語言／象徵體系，它想要改造的目標也是這個「男權中心」的語言／象徵體系。女性主義話語要有對話的對象，它的話語性實踐才有可能運作，進而影響我們文化中主體的模塑。

在這兒願意就國內對女性主義接受上的一些質疑，先作一些初步的釐清：一種常見的對女性主義文學理論的簡單化浮面印象，是認爲女性主義只是一種性別政治立場，而不具方法品性，缺乏理論。事實上，女性主義文學理論不能就簡化爲文學上的女男平等主義，它涉及了一些精微的理論思辨。女性主義固有其政治性的一面，但它又遠超過此。它以性別爲基本視角，創造性或批判性地吸納了各種文論思想，除了對女性解放具體目標的追求，它更著力於解構深層社會意識、思維習慣、文化符碼等機制。如孟悅、戴錦華所說：

女性問題不是單純的性別問題或男女權力平等問題，它關係到我們對歷史的整體看法和有所解釋。女性的群體經驗也不單純是對人類經驗的補充是否完善，相反，它倒是一種顛覆和重構，它將重新說明整個人類曾以什麼方式生存並如何生存。當然，這並不是意味著女性將把人類歷史歸結為性別鬥爭的歷史，實際上，女性所能夠書寫的並不是另外

> 一種歷史，而是一切已然成义的歷史的無意識，是一切統治結構為了證明自身的天經地義、完美無缺而必須壓抑、藏匿、掩蓋和抹煞的東西。❾

另一種常見的對女性主義批評理論的看法是，它基本上是一種「拿來主義」，借鏡了各種理論方法，以爲己用。這樣的看法點出了女性主義文論本身的多樣性與多元性，但另一方面又隱含了女性主義文論從某個角度來看，只不過是隨著男性大師的理論腳本起舞罷了。女性主義文論的確呈現了一種不同方法紛雜並陳的現象，有人說有多少種「主義」，就有多少種女性主義。❿但是，女性主義與各種不同文論方法之間的互動與結合，與其說是「拿來主義」，不如說是一種「對話」來得貼切些。任何理論方法都不能忽視來自女性主義這個當代最具顛覆性的一個思想文化發展的挑戰，與之作一個對話，甚至因此做一個修正。就如同帕楚西諾·史威卡特（Patrocino P. Schweickart）在評論女性主義與讀者反應理論時所說的，女性主義批評把讀者反應理論從某種「沉睡中搖醒」。⓫從文學史到各種文本批評理論，包括寫實主義、精神分析、解構主義、後結構主義、後殖民論述等，也經由與女性主義理論的正反對話，從對男性中心盲點的沉睡中睜眼，看到以往所未見到的視野。

對話、修正、打破男性中心盲點等，還不足以描述女性主義作爲一批評理論的開創性。事實上，女性主義理論家對解構西方傳統形上學的菲勒斯邏格斯中心（phallologocentrism）二元對立機制，所作的探討與努力，使得女性主義在當代後現代主義思潮中，居於一個核心的地位。它對後現代思潮無異起了一個推波助瀾的作用。因此，美國文學批評理論家強那森・卡勒（Johnathan Culler）說道，當代文學批評理論發生了根本的變化，其特徵是絕對的、單一的權威和權力中心已不復存在，文學批評者以多元化爲指導思想，推翻傳統上一貫倡導的批評角度的客觀性與普遍性，重新評估歷史的經驗和價值觀念，重新認識知識傳播過程中的政治運作問題。而他認爲，女性主義理論是這個潮流中影響最爲廣泛的研究方法之一。[12]女性主義在當代文學理論的發展中展現了極大的活力，不僅是因爲它對西方形上學的批評，也在於它提供了一些美學的可能性。尤其是在書寫理論上，女性主義展現了一種先鋒的、前瞻性的風采。

另外一個常見的質疑是西方女性主義理論對研究中國文學的適用性。針對這一個問題，首先要舉出的是，婦女運動發展軌跡或婦女社會情況的不盡相同，與女性主義理論做爲一個方法論的適用性並無多大的關聯。所謂方法者，是要穿透各種表面現象之不同，而透視問題之本質，重點不在處理內容的相似與否，而在理論方法是否燭照了以往的不見或未見。上述的否定質疑其實是一種對內容與工具的混淆。筆者並無意把女性主義當成一種「萬古常青」的理論來膜拜，因爲事實上是不可能的，沒有任何一種方法理論可以拿來一以貫之的。女性主義理論價值的仗量，不在其「眞理」可以長存不朽，而在於它對我們所出生於、模塑於、習慣於的主流宰制話語，指出了它所不證自明的「眞理」、「本質」，其是一套精密的權力話語，從而爲所有人類打開新視野，尋求更能代表兩性、第三性、中性權益的性別話語。意識形態與話語層次的重構，絕不是一朝一夕的事，女性主義正以其方方面面、不同的論述位置，從事這個工程。至於上述質疑所隱含的理論「主體性」與「本土性」的問題，這是從中國尋求現代化的進程之始就一直纏擾不休的問題，在這兒不敢妄言有任何更先進的見解或答案，但或許可以表達一些基本立場：不可否認的現實是，西方理論話語仍主宰當今文學研究，甚至文本的寫作也在在充斥西方理論影響的痕跡。在這樣的一個文化現實上，許多知識分子的心理反應是期許一個可以與西方理論平起平坐的「本土理論」。我無意對這樣的雄心壯志澆冷水，但也許在這個理想可以充份達到之前，不妨稍微務實地從正視當前狀況起手，如周蕾所提出的問題，「我們生活在這樣一個時代，事事要批評西方這原則不僅爲人們接受，而且具有指令性。然而，對於正因爲西方帝國主義的歷史已經變爲「西方化」的其他種族的人們，要批評西方是否是那麼簡單的事呢？」⓭對這個問題周蕾承認現實、而對西方理論「既用且批」的策略值得借鏡。她說：

擺在我們面前的工作不是鼓吹返回到純種的原初狀態，而是表明種族形成的特定狀態：

既置身於無以逃脫的文化境遇，同時又具有一種集體性身分的反抗（collective identities-in-resistance）……究竟怎樣藉由理論的幫助，才能真正地瓦解西方模式的唯一性？……西方理論之所以多姿多采、五花八門，其中與「第一」和「第三」世界的物質豐富程度參差不齊不無關係；然而正因為這樣，「西方理論」的作用是種族主體的見解難以逃脫的境遇。「西方理論」是遠遠超越我們可掌握的；但是，我們既要講話，就必然與之發生聯繫……如果理論果真能把種族問題的意義闡明，那是因為理論本身也是一種多重隱喻的症狀：它介於現代性與帝國主義之間，一方面基本上屬於重新界定過去，另一方面是把握並且征服其他所謂「他者」。⑭

當然，周蕾所提出的困境與因應立場是針對她的文化背景——殖民地香港、美國高等學府——而來，但對位於大陸、台灣的主體位置有一定程度的啓發性。從歷史上來看，中國的現代化一直與西方化有著牽扯不斷的關係，而從當今不論是大陸或台灣的政治、經濟與文化置位來說，第一世界的文化沾染是無從躲避的現實。其實中西之體用之間，如果能有不同的「閱讀」或「解讀」，不也是一種顛覆與重構的所由之徑。正如同在後殖民情境裡，雖然「「種族的」經歷的基本意義……對西方思想的發展，包括西方思想做自我批評所發揮的作用……只能滯後地加以實現」，但重點是，「這個基本意義，正在當前西方知識界對於種種認識論中的重要概念——如語言、本體、人、白人；精神、人性、傳統、他者——在重新探討的過程中得以復位。」⑮所以重要的是，先進入這個主流（西方相對於東方）話語，有個對話的起點，才有顛覆的隙縫與使別於西方的所有「基本意義」得以「復位」的可能。

再回頭來看一看大陸、台灣的女性主義文學批評與理論的發展，以忖度這個對話起點的高度與成熟度。台灣與大陸分別自八〇年代中期起開始引介女性主義文學理論，以下分別就兩地有關研究發展與成果作一簡要梳理：⑯

一、台灣女性主義文學研究概況

台灣以女性主義做爲文學研究的一個理論方法大約在一九八六年有明顯的進展——當代三本重要文學刊物：《中外文學》、《當代》、《聯合文學》不約而同推出相關專輯，分別爲《女性主義文學專號》、《女性主義專輯》與《女性與文學專輯》。其中，台大外文系研究刊物《中外文學》可說是台灣對西方女性主義文學理論引介的生力軍，自一九八六年以來製作了一系列相關專輯，除了上述第十四卷十期的《女性主義文學專號》，還包括：《女性主義／女性意識專號》（十七卷十期，一九八九年三月）、《文學的女性／女性的文學》（十八卷一期，一九八九年六月）、《法國女性主義專輯》（二十一卷九期，一九九三年二月）、《女性主義重閱古典文學專輯》（二十二卷六期，一九九三年十一月）、《精神分析與性別建構專輯》（二十二卷十期，一九九四年三月）、《性別與後殖民論述專輯》（二十四卷五期，一九九五年十月）、《衍異性與性別：酷兒小說與研究專輯》（二十六卷三期，一九九七年八月）、《女性文學／藝術與文化論述專輯》（二十七卷十期，一九九九年三月）、《女性書寫與藝術表現》（二十八卷四期，一九九九年九月）……等。

西方女性主義理論譯介方面主要專著有：《女性主義實踐與後結構主義文學批評》（克莉絲·維登著，白曉虹譯，桂冠出版社，一九九四年）、《性別／文本政治：女性主義文學理論》（托洛·莫伊著，陳潔詩譯，駱駝出版社，一九九五年）、《女性主義文學批評》（蓋兒·葛林等編，陳引馳譯，駱駝出版社，一九九五年）、《女性主義理論與流派》（顧燕翎主編，女書文化出版社，一九九六年）、《女性主義思想：慾望、權力及學術論述》（派翠西亞·克勞著，夏傳位譯，巨流圖書公司，一九九七年）、《逆寫帝國：後殖民文學的理論與實踐》（比爾·艾希克洛夫特等著，劉自荃譯，駱駝出版社，一九九八年）、《女性主義經典：十八世紀歐洲啓蒙，二十世紀本土反思》（顧燕翎、鄭至慧主編，女書文化出版社，一九九九年）。

以女性主義理論切入的文學研究專著與論文集有：《風起雲湧的女性主義批評——台灣篇》（子宛玉主編，台北：谷風，一九八八年）、《現代中國繆司：台灣女詩人作品析論》（鍾玲，台北：聯經，一九八九年）、《解放愛與美》（李元貞，台北：婦女新知，一九九〇年）、《當代台灣女性文學論》（鄭明娳主編，台北：時報文化，一九九三年）、《後現代／女人：權力、慾望與性別表演》（張小虹，台北：時報出版，一九九三年）、《解讀瓊瑤愛情王國》（林芳玫，台北：時報，一九九四年）、《婦女與中國現代性——東西方之間閱讀記》（周蕾，台北：麥田出版社，一九九五年）、《性別越界：女性主義文學理論與批評》（張小虹，台北：聯合文學，一九九五年）、《當代文化論述：認同、差異、主體性：從女性主義到後殖民文學想像》（台北縣新店市：立緒文化，一九九七年）、《仲介台灣、女人：後殖民觀點的台灣閱讀》（邱貴芬著，台北：元尊文化，一九九七年）、《女性主義與中國文學》（鍾慧玲主編，台北：里仁書局，一九九七年）、《中國女性書寫——國際學術研討會論文集》（淡江大學中國文學系主編，台北：學生書局，一九九九年）。

其中，周蕾出自香港、目前在美國任教，其所著《婦女與中國現代性——東西方之間閱讀記》全書原是以英文寫就，一九九一年於美國出版後廣獲學界注意，也使得作者躋身於出身第三世界而在美國學術界嶄露頭角的後殖民女性主義批評大將。⓱台大外文系教授張小虹的著作在台灣同志、酷兒、性別表演論述的領域上展現相當的活力與機峰，而中興大學外文系教授邱貴芬的《仲介台灣、女人》是迄今最完整的以女性主義後殖民論述切入台灣當代文學文本的著作。此外值得一提的是，不少男性批評家的專著中，也有不少女性主義文學批評的相關文章，如王德威一直以來對女性文學多所關注，不論在勾勒五四以來中國女性文學發展軌跡、以及給予女性作家創作力與文學史地位一個中肯評價上，都有重要貢獻。⓲

就學院建制來看，台灣自八〇年代中期起大學院校即零星出現女性主義文學的課程，而至九〇年代開始則出現了較有系統的女性主義文學課程。⓳

二、大陸女性主義文學研究概況

大陸方面自八〇年代即有學術刊物零星譯介女性主義理論的相關文章，⓴但要至近九〇年代才開始對西方重要文學理論著作展開較有規模的譯介工作。首本問世的是一九八九年湖南文藝出版社、由林樹明、胡敏與陳彩霞合譯的英國瑪麗．英格爾頓編著的《女權主義文學理論》；接著一九九二年北大出版社出版了由張京媛主編的《當代女性主義文學批評》；同年，林建法、趙拓譯的托洛·莫伊《性與文本的政治》（時代文藝出版社）也問世；中國社科院於一九九四年出版了康正果的《女權主義與文學》；一九九五年則有三聯書店出版，鮑曉蘭主編的《西方女性主義研究評介》；一九九五年貴州人民出版社出版，林樹明所著《女性主義文學批評在中國》則是女性主義理論與中國文學文本批評共治一爐。

九〇年左右開始了對女性作家作品研究的風潮，以及嘗試以女性主義觀點分析文學文本的著作。舉其重要者有孟悅、戴錦華合著的《浮出歷史地表：中國現代女性文學研究》（河南人民出版社，一九八九年。此書繁體字版於一九九三年由時報文化出版社於台灣印行）、王緋《女性閱讀與期待》（陝西人民教育出版社，一九九〇年）、盛英《中國新時期女作家論》（百花文藝出版社，一九九二年）、劉思謙《「娜拉」言說——中國現代女作家的心路歷程》（上海文藝出版社，一九九三年）、劉慧英《走出男權傳統的樊籬——文學中男權意識的批判》（三聯書店，一九九五年）、林丹婭《當代中國女性文學史論》（廈門大學山版社，一九九五年），陳順馨《中國當代文學的敘事與性別》（北大出版社，一九九五年）等。

其中，最值得一提的是孟悅、戴錦華合著的《浮出歷史地表》，此書雖然出版較早，但在宏觀理論的建構與女性主義批評意識上迄今仍是女性文本研究著作中最成熟的一部。該書諸論部分在馬克思女性主義與克里斯多娃邊緣顛覆的理論基礎上，上下求索，對兩千年來中國婦女

的情境做一恢弘的論述處理，不論在歷史縱深與理論深度上都有相當可觀之處。㉑

綜觀兩岸女性主義文學研究的成果，以及對照女性作家創作的情形，可以得到一個粗略的概況就是，女性創作成績大於女性主義批評研究成果與理論的譯介與評析。㉒首先在理論譯介方面，對照當今西方女性主義理論的蓬勃發展，兩岸翻譯作品數量上不成比例，㉓選材上有時程落後與不夠全面的問題，而就翻譯質量上，也有不盡如意的地方。㉔理論譯介與評析的遲緩已不可避免地影響了女性主義文學批評的整體成績，㉕過去十幾年來，大陸以女性主義爲著眼點分析文學作品，尤其是女性文學文本的論作雖然不少，但深入來看，許多是有女性主義的啓蒙意識，但在研究方法上其實不脫傳統的批評觀點。換句話說，國內看似熱鬧的女性文學評論，許多並不構成女性主義文學評論。女性主義雖然似乎是個風潮上的理論名詞，但國內對女性主義批評理論的接受與援用，還可見許多不求甚解的地方。事實上女性主義所以爲一個文學批評理論流派，不只是建立在它所研究的對象而已，更重要的是它有理論的設想與探討的方法，女作家作品的研究本身並不構成女性主義評論，除非它涉及了自覺系統的理論假設與方法。從對女性文本的批評、對男性文本的檢視、對女性作家做爲一個群體在文學史上的評價，以及女性書寫對文學傳統的開拓等等，都需要有一個宏觀與深度兼具的理論方法基礎。

基於以上所說的種種，本書的目的希望能經由對西方女性主義理論發展的介紹與對理論內容的探討及評析，把女性主義作爲文學批評理論的質性作一個較清楚的論述。理論的梳理與評介絕對是個吃力的工作，一來是當代西方理論愈趨艱深，掌握上具有一定的困難度，二來女性主義理論方法又呈現多元繁富的狀況，要在卷帙浩瀚的論作中理出一個較清晰的理路並給予評析更是深具挑戰的一項工作。因而不敢說對女性主義理論議題做了多少努力，只希望此部論文的研究成果能對當代文學批評界對女性主義的理論與方法的掌握有些許的貢獻。

由於女性主義文論包含多元的方法，基於時間、篇幅、能力等考量，本書著重探討一些對文學批評實踐以及美學探討最具有關係的理論方法。筆者的基本觀點是女性主義文論，尤其是後現代主義、後結構主義傾向的女性主義理論，是當代最有活力的批評理論隊伍；而後殖民女性主義理論，以其多層次對文本與社會、文化脈絡文本的關照，對置位於第三世界的大陸與台灣文學批評有高度的啓發性。女性主義批評家以性別視角對文學機制所作的探討，影響了文學閱讀與接受、文學寫作、文學批評與評價、甚至是文學的教學。而在寫作理論與美學的探討方面，女性主義理論家在挖掘語言與潛意識慾望、文本性與性特質、話語與主體的關係，以及文體的開創與實驗上都作了重要的貢獻。另外，女性主義批評理論與其他當代文論比較起來，有更深刻與自覺地對改造人類社會文化的一個價值追求，它以話語性實踐結合女性主義在其他領域，包括婦女運動等的努力，共同探索我們文化在菲勒斯邏格斯中心機制之外的他途

(alternative)可能性。

在對本書的要義與觀點作進一步說明之前，有必要對女性主義的發展背景與基本設想先作一番梳理。

第二節　女性主義理論的發展與歷史

一、發展背景

女性主義文學批評理論不是憑空就迸出來的，它是建立在婦女長時期對自身處境的反思與具體行動實踐所積累的成果之上。「女性主義」這個詞是在一八八〇年代才廣爲歐陸的婦女解放運動者拿來自我指涉，當時組織爭取婦女投票權運動的法國活躍分子雨蓓汀・歐克雷(**Hurbertine Auclert**)，於一八八二年在她出版的期刊《女市民》(*La Citoyenne*)上首度自稱是女性主義者(**feministe**)。十年後，於巴黎召開的一個婦女議題討論會也首次冠以「女性主義者」之名。「女性主義」這個詞大約在一八九四、一八九五年間傳至當時的英倫地區。㉖在美國地區「女性主義」一詞發展成為一個婦女運動者的自我命名，大約是與美國婦女於一九一四年贏得投票權同時。

女性主義運動一般來說經歷兩個高峰期：女性主義的第一次浪潮（the first wave），通常是指一八九〇到一九二〇年英美等地婦女爭取投票權與基本公民權的社會運動。女性主義的第一次浪潮所根據的思想基礎不脫啓蒙人道主義的理念，強調女性擁有同男性一樣的理性天賦，而以男女平等為號召，為女性爭取權利，一般稱為是自由主義的女性主義（liberal feminism）。㉗女性主義的第一次浪潮為婦女爭取了公民權，接受高等教育以及進入專業工作與其他公共領域的機會，為日後女性主義作更深入而精細的社會改造工作提供了條件。

關於現今女性主義文學批評理論的發展，一般咸認其滋養的土壤是六〇年代的西方婦女解放運動。六〇年代的婦女解放運動也就是一般所稱的女性主義第二次浪潮（the second wave），㉘與當時在美國地區發生的爭取公民權、反種族歧視與反戰運動，以及歐洲地區風起雲湧的學運、社會運動等息息相關。在這些政治運動中與男性併肩作戰的婦女卻感到來自男性同志的不公平待遇，當這些男性同志高喊自由平等時，她們卻被他們心中根深柢固的女性刻板形象所壓抑。女權運動者認識到自己必須另走他途，從男性主導的政治運動獨立出來，才有可能爭取女性的完全平等。

就美國地區來說，女性主義活躍分子所組成的重要團體有六〇年代初期的「婦女權利運動」（**the Women's Rights Movement**），這個組織大半是由職業婦女組成，主要訴求是改變婦女在就業市場所遇到的歧視、以及許多婦女角色仍被限定在家務這個私領域的不公平現象。在六〇年代後半期出了另一個「婦女解放運動」（the Women's Liberation Movement）它的起源與當時的左翼政治運動有相當的關聯。前者是一個較廣泛的政治運動，所提出的訴求與一般大眾的生活息息相關。然而後者卻是滋養了第二次浪潮中重要的理論著作溫床。

同處於歷史文化轉折點的六〇年代的歐洲，也經歷了風起雲湧的社會運動，其中尤以法國的學運、工運最具歷史與政治意義。在法國，一九六八年的「五月事件」[29]是知識分子對當時政治社會狀況從極度不滿到幻滅、到拒絕，而發起了反權威、反體制的抗爭活動。各派婦女團體也加入了抗爭的行列。與美國婦女運動者的情形類似，積極投身於社會運動的法國婦女，在爲社會正義奮鬥的時候，也遭遇到來自男性同志的性別歧視。因此，法國婦女也組織了自己的運動，其中最重要的也就是一般通稱的「婦女解放運動」（**Le Mouvement de Libération des Femmes**，簡稱爲MLF）。參與MLF的女性主義活躍分子相當看重文化改造工作的重要性，因此多投身刊物的出版與理論的撰述來闡揚她們的理念。其中最著名的《精神分析與政治》（*Psychoanalyse et politique*，簡稱 *psych et po*）於一九七三年創刊。**psych et po**鼓吹對婦女的抗爭運動採取一種精神分析與歷史唯物主義辨證的行動綱領。翌年，**psych et po**又創設了「女書店」(**de Femmes**)，致力於一系列女性專書的出版計畫，成爲MLF一個重要的文化與理論中心論壇。30

如果說女性主義第一次浪潮是以男女沒什麼兩樣爲基本出發點來爭取天賦人權，那麼女性主義第二次浪潮則是把焦點集中在女性與男性的「差異」之上。第一次浪潮關注的焦點在婦女個人與集體的政治及社會權益，第二次浪潮則基於男女差異與女性主義觀點之上，探討性別歧視在思想、文化與社會的根源及運作。這派理論家認爲「男人女人都一樣」，這樣的政治訴求有其限制，因爲此一訴求雖將婦女推到與男性一樣的位置上，卻無助於改變社會深層結構。這種強調差異的女性主義通常歸類爲「婦女中心」(**gynocentric**)論的女性主義。31

在女性主義第二次浪潮中，有一個重要的口號——「個人的即政治的」。32這個口號代表了婦女運動者對政治本質的另一個角度的思考，亦即對政治的瞭解不應該只限於政府、選舉等傳統公共領域概念，而應該要有更寬闊的定義，包括所有牽涉到權力運作關係的行動。在這樣的理念下，女性主義者徵引個人的經歷，來挖掘性別歧視在政治、社會、文化等各個領域的根源。女性主義文學批評的初期發展就是得力於這樣的一個思維，在個人的與政治的之間尋求一個改造文學機制的契機與途徑。

二、基本假設

雖然女性主義文論包含各種不同的理論方法，但是各種理論之間有一個共同的基本假設，那就是婦女在社會文化中遭遇了結構性的不平等。女性主義批評家認爲，性別差異所帶來的不平等是一個現實，其蹤跡也銘刻在文學文本的生產、接受與文學歷史之中。而女性主義文學批評與理論，在對這個性別不平等根源的探究與中止婦女壓迫的文化改造工程中，扮演了一個重要的角色，不管扮演的方式與途徑是如何。

由於「婦女解放運動」與左翼政治運動的關係，女性主義第二次浪潮初期婦女理論關注的是「婦女受壓迫」的問題，而尋求對這個壓迫的歷史根源與發展作理論的挖掘。這一派的女性主義者，在不揚棄馬克思理論的大架構下，試圖解釋女性受壓迫的特殊性。她們基本上認同恩格斯的理論，認爲「私有制」的崛起，也是婦女壓迫的開始。這一派的理論家認爲，馬克思的歷史唯物主義論點是正確的，但是馬克思理論把性別壓迫置於階級壓迫之下，把再生產置於生產之下，對解釋與改變婦女壓迫有不足之處。麗塔・菲爾斯基（Rita Felski）指出，性別關係構成了一個相對獨立的壓迫場域，非單單資本主義或其他因素的作用可以一言帶過的。㉝因此，這派的女性主義者致力於調和馬克思主義對階級的分析與女性主義對性別壓迫的論述。

激進派的女性主義者認爲，女性的受壓迫早於其他壓迫形式，而且是所有壓迫形式的基礎，所以必須發展出另一套迥異於馬克思的壓迫理論。這派的女性主義者指出，女性受壓迫的根源在父權制的性別／社會性別（sex/gender）體系。父權意識形態藉由區別男女之間天生的差異，把生物的男性與女性等同於社會建構的陽性特質與陰性特質，再經由尊崇陽性特質、貶抑陰性特質而建制化了男尊女卑的社會運作模式。這個父權體系的價値取向是權力、宰制、階序（hierarchy）與競爭，這樣的體系沒有改革的可能，只有連根拔除才能免受其弊。㉞

精神分析女性主義者，把婦女的壓迫加入了性心理構成的一環，認爲性別的不平等肇因於父權體系對伊底帕斯情結（the Oedipus complex）與閹割（castration）恐懼的建制。父權意識形態把對伊底帕斯情結的克服與認同父親、進入以父爲名的社會象徵秩序聯繫在一起。因此，在這樣的以男性／陽具爲中心能指（signifier）的社會性別獲得過程中，女性不可避免地成爲一個被壓抑的對象。

後現代女性主義認爲，父權壓迫來自更深層的文化思維方式，名之爲「菲勒斯邏格斯中心主義」，它以二元對立的思維模式把事物以階序的方式總括起來，如男人／女人、文化／自然、口說語言／書寫文字等，在這二元對立階序中，陽性—男性是與正面及優位價值相聯繫，造成陰性—女性的壓抑。

不管是性別壓迫、父權壓迫還是菲勒斯邏格斯中心主義也好，在這樣的基本假設下，儘管思想立場與方法各異，女性主義文學批評與理論有一共通的基本設想與貢獻，就是把性／性別與政治帶入了文本分析與研究的領域。

三、女性主義文學批評理論的對象與範疇

在此，先要界定一下本書所探討的西方女性主義文論的範圍。西方女性主義文學批評理論因為歷史文化傳承的不同，衍生出了三個主要流派，分別為美國、英國與法國。當然三者之間不是截然劃分為三個板塊，它們之間也互相交流、影響，甚至有共同的思想源頭。一般來說，傳統上美國女性主義較重批評實踐，英國女性主義則由於有深厚的左派傳統，馬克思或社會主義女性主義較為突出，對文化研究展現較大的關切。在法國由於精神分析、解構理論與語言學的影響，較重理論方面的建構。埃蓮娜·蕭瓦特（Elaine Showalter）基本上遵循的就是這樣的看法，她說：「英國女性主義批評基本上是馬克思主義的，它著重在壓迫；法國女性主義批評

基本上是精神分析的，它著重在壓抑；而美國女性主美批評基本上是文本分析的，它著重再現。」㉟

不過，這樣的分法是有些簡單化的傾向，而且也不能夠說明女性主義文論當前的發展。譬如說，在英國由於茱莉亞・米契爾（Juliet Mitchell）㊱等人的大力倡導下，精神分析視角的女性主義也獲得長足的進展。法國派的女性主義理論，隨著美國對解構理論的興趣與熱烈反響，也於八〇年代初期起廣被美國女性主義批評家引介討論。因此，所謂法國派女性主義理論事實上已經融入了美國當前女性主義批評理論的多元圖景中。在這點上，托洛・莫伊（Toril Moi）與瑪麗・英格頓（Mary Eagleton）的看法較為中肯，她們都強調「英美女性主義」與「法國女性主義」不應該是地域或國界的區別，而是表示理論架構所依恃的傳承。莫伊說：「『英美女性主義』或『法國女性主義』指示的不是批評家的出生地，而是她們的研究探討所置位的那個智識理論傳統。」㊲

由於美國地區的女性主義理論發展最能展現兼容並蓄的面貌，㊳因此，本書所探討的範圍以美國地區的發展為主。珍・蓋洛普（Jane Gallop）在《大約在一九八一年》一書中，指出女性主義文學批評理論在美國「學院建制」（institutionalization）的時間大約在八〇年代初期。她解釋說，所謂的學院建制是指女性主義批評理論被認可是正統（legitimate）文學研究的一部分。蓋洛普指出，美國女性主義學術圈於八〇年代初開始引介法國解構、精神分析、後結構主義等女性主義理論。這些理論的引介，對傳統以女性文學研究爲主的美國女性主義批評帶來深刻的影響。解構、後結構主義女性主義批評家與傳統女性文學研究者對女性主義的批評方法、對象、範疇及學術與實踐等議題，進行了廣泛的論辯，其結果導致了女性主義文學批評方向的一個重要演變，進一步深化女性主義批評在學院裡的紮根，建立其「學術」品性。

這並不是說在學院中，傳統英美女性主義批評被後現代的女性主義批評理論取代，而是女性主義文論的內涵更豐富了。蓋洛普指出，著重婦女作家研究的傳統女性主義批評，與法國派後結構主義女性主義，從兩個不同的側面對女性主義被文學學術機制的接受作出了貢獻，她說：

前者使女性主義批評被界定為一種「亞學科」，因此在不致於大動整個文學學術機制的情況下，給了它一方位置。也因此每個學系都開設這麼一個亞學科看來也不錯；第二種呢，是搭瞭解構理論在美國英文系研究領域的快速崛起的順風車。這兩者雖然在女性主義批評歷史上是屬於兩個相對的趨勢，但我認為它們不僅很明顯的是同時代的，而且作為女性主義批評的兩種分立與各具特色的策略，它們共同攜手——就算是不自覺地——對

女性主義批評被納入學術機制內作了貢獻。❸❾

我引用蓋洛普的一段話，是想進一步說明女性主義文學批評理論的研究對象與範疇。英美傳統的女性主義作為一種文學批評實踐，一直都很關注女性作家作品與女性文學史的建構。事實上，對女性作家與女性文學的關注是女性主義文學批評理論所以發展的一個起始點，而這部分仍是女性主義批評的一個重要對象。

在這裡必須作說明的是，女性文學所以成為一個文學團體，我們很難從本質上找到一個確定而穩固的原因。也許有人會提這樣的問題，為什麼有女性文學這樣的學科分類，而沒有男性文學？這基本上是歷史情境使然，婦女在歷史上與現實中是受到較多貶抑的一群，她們在男權中心文化裡的邊緣地位，在某一種意義上造成了女性文學與文學史的特殊性。女性文學可以形成一獨立的對象來研究，是因為女性文化在整體文化中形成了一種集體經驗，使得女作家可以超越時間與空間而彼此關聯。菲爾斯基認為，「女性文學做為一門學科不是因為女性寫作和男性有什麼本質上確定無疑的不同，而是因為自六〇年代開始的一個文化現象：婦女自覺地自我表述為一個受壓迫的群體，反映在文學上，則出現了一大批對性別關係與婦女身分問題的探討。」❹⓿當然，現在沒有男性文學這樣的學科研究，並不一定表示未來不會有；而現在有女性文學研究，不表示這個範疇會繼續有效，或不會改變。至少當婦女、女性這些文化符碼的所指內涵有突破性的改變的時候，女性文學這個範疇必定也要有所改變。

再回到女性主義文學批評理論範疇的問題上，婦女獨特的歷史處境，使得女性文學與女性文學史，始終是女性主義文論的一個中心議題。但是女性文學、文學史既是相對獨立的一個研究範疇，又與整個文學史的研究有密不可分的關係。因爲對女性文學的研究，牽涉到對文學評價與經典書目的重新審視，對整個文學的接受與文學史的書寫都會帶來影響。對文學評價與經典書目的探討，也進一步推動了女性主義批評家對文學機制本身與文學經典建制過程、文學史等的後設研究。

女性主義文學研究在八〇年代經歷了一個重要的轉折。因此，女性主義文論的一個重要範疇是以性別論述視角，對文學文本、文學批評方法論、寫作理論與美學等問題進行探究。如卡勒所說，當代西方文論從七、八〇年代以來發生了一個根本的變化，文學理論不再是附屬於文學作品的方法學而已，它朝向了一個獨立的文學體裁——「理論體裁」發展。[41]女性主義文論與這個發展不只是並進的，從某個層面來說，女性主義文論以其性別論述的視角，在這個發展上占有一個重要角色。

第三節　女性主義政治與詩學

女性主義文學批評理論的源頭是婦女解放運動，它或顯或隱的目標也是婦女處境的根本改變。政治始終是女性主義的一條基線，立場著重女性主義批評的理論面向的莫伊也承認，「女性主義批評的主要目標一向是政治的」。㊷而凱特・米勒特（Kate Millett）被譽爲是第一本學院派女性主義批評專著的《性政治》（*Sexual Politics*），書名就點出性別論述與政治實踐、期許是女性主義批評理論的兩個基本要旨。

事實上，女性主義文論之所以可以成爲當代批評理論發展中最具生命力的一支隊伍，是因爲它始終有著對改造社會文化的一個期許。也因此，當其他同樣居於當代思潮中心位置的批評理論，宣揚主體之死、意義的流失與歷史感的消逝的時候，對女性主義而言，重寫婦女的歷史與意義始終是個不能相忘的內在驅力。即使是後現代主義傾向的女性主義理論，在解構菲勒斯邏格斯機制之外，其更大的使命是重構一個去男權中心的社會。在女性主義批評理論中——不管以什麼風貌呈現——政治的有效性始終是一個終極關懷的目標。因此，女性主義文學批評理論可以說是一種「政治的詩學」，也是「詩學的政治」。前者指的是女性主義的政治期許，後者指的是女性主義文學與理論話語本身即是「政治的實踐」。

在此，必須對「政治」的意涵作進一步說明。女性主義的政治形式與途徑是多元的，它可以是訴諸實際社會運動的，也可以是理論的建構，如學院派女性主義批評家所實踐者；它可以是藝術形式的表達，如女性主義文學；也可以是文化或亞文化的實踐，如女性神秘主義者的女神崇拜、激進女同性戀的分離主義等。女性主義文學批評理論所關注的一個項目，是男權中心思想對文本生產、接受與文學機制所銘刻的影響，而且基於相關的探討之上，尋求解構這個男權建制、建立他途知識、文本形式的可能性。不管其理論方法為何，女性主義批評家都認識到，女性主義政治不是僅僅關注立即的社會與政治問題，更深一層的是求取改變文化和意識形態的可能性，文學作為一個模塑主體的話語場域、以及批評理論作為一個話語性實踐，可以在這樣的一個過程中扮演一個積極的角色。因此，女性主義批評家所提出的「性政治」概念，並不一定是指涉文學的主題及內容，更重要的是探討性／政治與文學生產、文學傳統、文本性、文學經典與文學接受等的複雜互動問題。

最後，再回到本書的基本要旨上。基於上述種種關注點，本書主文部分共分四部分：第二章著重評介英美傳統女性主義批評與理論，從文學發展的意義來看，英美傳統女性主義文論對美國文學研究從新批評到後現代各種文論的轉向有推波助瀾之功。相對於新批評對文本作為一個自感自足美學客體的看法，女性主義批評家主張文學批評必須置於一個更大的文化脈絡來看，注重文學生產的歷史文化面向。她們也提出了文學生產、接受與評價並非「客觀」而「中立」的，而是深陷於各種價值與權力網絡中的觀點。其中，菲勒斯中心，或說是男權中心意識，是最深層而精微的一種權力網絡。

女性主義批評對文學機制的挑戰，基本上從兩方面著手：一是對男性文本與男權中心批評規範的重新檢討，蕭瓦特名之為「女性主義批判」，主要以女性主義者——一個抗拒性讀者——的視角，考察文學作品，尤其是男性作品中，對女性形象的扭曲以及父權意識對性別意涵的建構。從這樣的批評立場出發，在六○年代出現了一股「婦女形象批評」的潮流。另一個主要面向是對女作家、女性文學傳統與美學特點的探討，通常稱為「女性中心批評」。「女性中心批評」的主要關注點與成就在於對文學經典書目的重新書寫，還以許多被湮沒的女作家其應有的文學歷史地位，對女性文學傳統的追溯，以及對女性創作力與社會、歷史、文化關係的探索。總而言之，女性主義的文本閱讀策略可以說是「男女有別」的。對男性作家文本採取「修正性」、「抗拒性」立場，對女性作家文本的閱讀則是採取一種「婦女一體」的基本立場。英美傳統女性主義注重婦女真實經驗的表達，也在文本分析中尋求性別意識作用的蹤跡。因此其文學觀點基本上還是屬於再現論與反映論這個脈絡，這樣的批評觀點對寫實主義傾向的作品較適切，但對重形式創造與美學意義的先鋒派作家作品則有些力有未逮。

第三章主要探討女性主義批評對理論問題的深化。美國女性主義文學研究於七〇年代末八〇年代初，展現了對理論建構的關注，除了對女性主義文學與批評的本質作反思以外，與後現代各種理論的對話也加深了女性主義作爲一種多元理論與批評方法的質性。解構、後結構與精神分析的女性主義可以說是當前女性主義批評理論中最具活力與能量的一支隊伍。此外，解構、後結構與精神分析理論對女性主義文本、寫作與美學理論的探討也最有關聯，因此這一章集中探討女性主義與德希達解構理論，傅柯的話語、權力、抵抗理論，以及弗洛依德、拉岡精神分析理論之間的各種正反對話。

德希達對西方形上學傳統的「邏格斯主義中心」與二元對立思維模式的批判，與女性主義對男權中心思維的解構在一定程度上有異曲同工之處。女性主義批評家指出，「邏格斯中心主義」的最深層的本質是「菲勒斯邏格斯中心主義」，父權體系經由二元對立思維模式，伸揚陽性價值，再把陽性與陰性等同於生物上的男性與女性，而內化了男尊女卑的價值體系。因此女性主義批評家主張，文本書寫必須打破根源於「菲勒斯邏格斯中心主義」二元對立的思維模式，開拓新的語言與再現方式的可能性。傅柯的話語理論則與女性主義對「性別是由社會文化所建構」的這樣的主張有積極件的交集，後結構主義的女性主義批評家認爲，「性別」並不具有本質的性質，其意義是各種對「性」與「性別」的話語在主體這個場域不斷競出的結果。傅柯對權力與抵抗的概念，也與女性主義批評家對多元化政治的觀點有一定程度的契合。

精神分析是當代女性主義文論的一個重要關注點，對女性主義書寫與美學問題的探討尤其具有啓發性與中心的位置。在這個部分針對弗洛依德的性別獲得理論、拉岡的語言／象徵秩序理論、以及女性主義批評家對兩者理論的反撥與借鏡，作一梳理探究。女性主義批評家最初對弗洛依德的性別獲得理論相當反感，認爲它的本質是一種男性中心的生物決定論觀點。後結構女性主義則發掘弗洛依德學說中較積極的面向，即無意識慾望在主體與經驗建構過程中的顚覆性作用。這派女性主義學者指出，前伊底帕斯期基本上是一個雙性性慾期，因此沒有什麼本質的男性或女性特質，因此，也沒有所謂完整統一的男性認同或女性認同。另外，女性主義理論家也嚐試以女性視角，建立弗洛依德精神分析學說中付之闕如的「母親話語」。

拉岡在弗洛依德伊底帕斯情結論點的基礎上，以象徵秩序與想像秩序來建構他的主體與性別獲得理論。想像秩序是孩童開始建立其自我感的一個階段，孩童要進一步獲得主體與性別的認同，必須克服伊底帕斯情結，而這個過程標誌著孩童由想像秩序到象徵秩序的一個跨越。「想像秩序」是一個自然的領域；「象徵秩序」則是一個文化的領域，而其中「父親之名」所代表的律法意涵，是這個秩序的運作原則。女性主義理論家認爲，女性在這個男性中心的語言／象徵秩序中，只能是一個被逐者，語言／象徵秩序對女人來說是「他鄉異國」。女人因而需要在女性力比多的基礎之上，發展一種新的語言與再現模式。

傳統的女性主義批評理論強調一個統一而先驗的女性主體，作爲政治訴求或文本書寫的一個依據，後現代傾向的女性主義則強調主體的話語建構性。對主體本質的消解並非如傳統女性主義批評家所質疑的那樣，將導致女性主義最終的自我消解。後現代女性主義理論強調對菲勒斯中心思維在較不爲人們所察覺、也更精微之處，作探討、揭露以作進一步的改變。對傳統女性主義與後現代女性主義不同的立場，應用一種兼容並蓄的態度，強調「策略性」的概念，依情境不同，選擇一個最有效的方式。

基於在第三章所探討的基礎之上，第四章著重在女性主義對美學與書寫理論的建構。本章把焦點集中在法國女性論述的三位重要人物，依麗格瑞、西蘇與克里斯多娃。依麗格瑞發展了一套與男性中心精神分析話語相抗衡的女性力比多理論，她指出女人以多元、差異爲特徵的性慾本質，是與性慾集中於陽物、只有單一式快感的男性所無法理解與代爲言說的。在這個基礎上，她嚐試探索一種女性的語言，名之爲「女人話」。女人話遵循的不是二元對立的線性邏輯，而是流動的、擴散的、包容的。一言以蔽之，依麗格瑞試圖以「女性力比多—多樣性歡愉

—打破二元對立思維」，來對抗「陽具—單一式歡愉—同一邏輯」。

西蘇賦予書寫極大的意義，認為經由它女性可以抵抗父權象徵秩序。她把這種對女性來說具有顛覆與救贖意義的書寫稱為「陰性書寫」。西蘇同樣在女性力比多與「陰性書寫」之間找到一種同質的律動，同樣是多元、富變化、充滿節奏感，而且是不占有的。她並把「陰性書寫」與前伊底帕斯的母性空間相連屬。她指出這種母性空間是只知給予、尊重客體、物我兩忘的境界，雖然西蘇把女性力比多與陰性書寫相聯繫，但她也指出，作者的性別與他們的作品是不是「陰性書寫」沒有一定的關係。在現階段女人比男人更接近陰性書寫的時代，但由於前伊底帕斯時期是一個雙性性慾的時期，因此理論上不論男性或女性都可以回溯這種原初的母性空間的能量，從而創作出陰性文本。

克里斯多娃不贊成把語言與生理結構混為一談，並在這基礎上把書寫風格分為陽性與陰性，她認為這樣無異於把男性與性再一次放入菲勒斯邏格斯中心二元對立的模式。克里斯多娃提出了語言象徵態與符號態的概念，符號態與前伊底帕斯的母性空間有關，它是不可名狀的、流動著的各種律動，不能用語言體系的概念來說明。孩童語言的獲得，必須要使這種渾然一體、物我不分的符號態產生割裂，以使語言符號獲得位置的差異，而在一個語言體系中達成意指的功能。孩童進入象徵語言秩序以後，符號態即被壓抑，構成了語言的無意識面向，對象徵語言與秩序具有顛覆的潛能。對克里斯多娃而言，女性一符號態之間雖然沒有「本質的關係」，但是卻分享了同樣的「邊緣性」，及與之相隨的「顛覆性」。

本書的最後一部分，探討與評析後殖民女性主義理論。後殖民女性主義相對於其他女性主義論述，發展較晚，要到九〇年代才見大量的探討。本書將後殖民女性主義放在最末一章討論，除了是因爲在理論發展時程上形成較晚外，㊸更重要的原因是對照於當代中國的歷史處境、政經位置以及文學發展與爭論，後殖民女性主義都有一定的理論參考性。後殖民女性主義雖然在當代中國文學批評界的引介尚處起步階段，但可以預見，後殖民主義觀點的女性主義論述將在當代中國文學研究中占有一席之地。

後殖民女性主義批評家強調「第三世界婦女」遭受到「性別化」與「種族化」的雙重銘刻，也因爲如此，其邊緣又邊緣的位置，對種族、性別、國家話語有更徹底的解構與顛覆的潛在性。女性主義後殖民論述呈現多重層次的抵中心話語實踐，一方面是對西方白人婦女中心主義將第三世界婦女「種族化」的抗拒，一方面是對男權中心民族、國家話語對婦女主體性宰制的抗拒。其主體位置是策略性的，而非本質性的，因此能在保持主體的能動性之外，可以避免墜入本質主義的陷阱。

由於時間與篇幅所限，更爲了顧及文章理路的統一性，本書所作的探討集中於女性主義文學理論的評述部分，實際的文學文本批評，有待來日、他篇撰述。

註釋

❶孟悅、戴錦華著，《浮出歷史地表》（台北：時報文化，一九九三年），頁二十六。

❷同上，頁一。

❸陶潔，〈美國女性文學給我們的啓示〉，《文學自由談》，一九九五年第十一期。轉引自王琳，〈走出女性心靈的樊籠——新時期女性文學若干心理癥結的梳理〉，中國人民大學書報資料中心《中國現代、當代文學研究》，一九九七年第四期，頁二十五。

❹盛英，《婦女研究論叢》，一九九八年第四期。引自榮維毅，〈中國女性主義研究淺議〉，《北京社會科學學報》，一九九九年第三期，頁一百五十一。

❺蔣子丹，〈創作隨想〉《當代作家評論》，一九九五年第三期。轉引自王琳，〈走出女性心靈的樊籠〉，頁二十五。

❻戴錦華於一九九八年「第四屆中國當代女性文學學術研討會暨首屆中國當代女性文學頒獎」中的發言，見采薇，〈女性文學研究與大文化視野——第四屆中國當代女性文學學術研討會側寫〉，中國人民大學書報資料中心《中國現代、當代文學研究》，一九九五年，第五期，頁

六十一。

❼孟悅、戴錦華著，《浮出歷史地表》，頁二十七、二十八。

❽Gayatri C. Spivak, "A Literary Representation of the Subaltern," in *In Other Worlds: Essays in Cultural Politics* (New York: Methuen, 1987), cited in Radhika Mohanram, *Black Body: Women, Colonialism, and Space* (Minneapolis: University of Minnesota Press, 1999), p. 194。

❾孟悅，戴錦華，《浮出歷史地表》，頁四。

❿現今一些女性主義理論選集，都以複數「feminisms」來表示他們對女性主義理論是爲多元性理論的看法。如一九九一年初版、一九九七年二版 Robyn Warhol與Diane Herndl編，*Feminisms: An Anthology of Literary Theory and Criticism* (Hampshire: Rutgers, 1997)，以及一九九七年出版Sandra Kemp與Judith Squires編，*Feminisms* (New York and Oxford: Oxford University Press, 1997)。

⓫Warhol and Herndl ed., *Feminisms: An Anthology of Literary Theory and Criticism*, p. 613.

⓬參見Johnathan Culler，"Literary Theory" in Joseph Gibaldi ed., *Introduction to Scholarship in Modern Languages and Literature*, 2nd ed. (New York: MLA, 1992), pp. 201-35.

⓭周蕾，《婦女與中國現代性：東西方之間閱讀記》（台北：麥田，一九九五年），頁九。

⑭同上，頁九、十六、十七。

⑮同上，頁十八、十九。

⑯以下所列僅以專著、論文集以及期刊專號爲主。

⑰張小虹稱周蕾是繼斯皮伐克、Trinh T. Minh-ha之後美國女性後殖民主義研究的大將，見其〈性別的美學／政治：當代台灣女性主義文學研究〉，收錄於鍾慧玲主編，《女性主義與中國文學》，（台北：里介書局，一九九七年），頁一百一十七～一百三十八。

⑱王德威《小說中國》（台北：麥田，一九九三年）一書就別立〈女聲殿堂〉一章，析論五四以來女性創作。邱貴芬甚至稱，「到目前爲止，對台灣女性小說的關注、論述最多的恐怕就數在哥倫比亞大學任教的王德威教授」，見《仲介台灣、女人：後殖民女性觀點的台灣閱讀》（台北：元尊文化，一九九七年），頁九。張小虹也肯定王德威與廖炳惠等男性評論家在女性文學批評上的貢獻，見其〈性別的美學／政治：當代台灣女性主義文學研究〉一文。

⑲根據張小虹的統計，台大外文系在一九九三年秋季與冬季有關女性主義文學研究的課程各有八門及四門，見〈性別的美學／政治：當代台灣女性主義文學究〉。

⑳根據林樹明的統計，一九八〇年至一九八三年間，大陸全國各刊物平均每年發表五篇這方面的譯介文章，一九八六、一九八七年間，每年十一篇，而一九八八年增至二十餘篇，一九八

九年增至三十二篇，其數量逐年成倍數成長。見其所著，《女性主義文學批評在中國》（貴陽：貴州人民出版社，一九九五年）。

㉑張小虹稱此書爲中國女性主義現代文學研究的「重要里程碑」。見〈性別的美學／政治：當代台灣女性主義文學研究〉一文，頁一百二十五。

㉒邱貴芬針對台灣的情況說過，「我們有如此豐富的台灣女性小說創作，卻沒有可以匹配的台灣女性文學批評。」《仲介台灣．女人》序，頁十。

㉓台灣方面的翻譯著作更是多由大陸翻譯人士執筆。

㉔小虹指出，翻譯著作的問題包括譯名不統一、譯文不精、自行刪減原文，此外更大的問題是專業知識不足，造成掌握原文理論背景的困難，見〈性別的美學／政治：當代台灣女性主義文學研究〉，頁一百三十一。

㉕針對台灣的情形，張小虹也指出，翻譯上的「體弱多病」，影響了台灣對女性主義文學研究的掌握，甚至在初期發展時還有「中文系與外文系在方法論上之不同步與難以對話之情境」，同上，頁一百三十一、一百三十二。

㉖參見Maggie Humm ed., *A Reader's Guide to Contemporary Feminist Literary Criticism* (Hertfordshire: Harvester Wheatsheaf, 1994)，序。

㉗這類自由義女性主義的思想根源，可見於更早期的英國社會學家與小說家瑪麗・沃斯敦克（Mary Wollstonecraft）一七九二年發表的《女權辯》（*A Vindication of the Rights of Woman*）一書，以及約翰・密爾（John Stuart Mill）與哈莉葉・密爾（Harriet Taylor Mil）一八六九年發表的〈女性的卑屈〉（"The Subjection of Women," in John Stuart Mill & Harriet Taylor Mill, *Essays on Sex Equality*, ed., Alice Rossi. Chicago: University of Chicago Press, 1970）等一系列論著。

㉘有學者質疑女性主義第一次浪潮與第二次浪潮的歷史分期方法，這中間當然有許多可以探討的題目，比如說時間的起始，這樣的分法會有哪些遺漏、哪些國家適用、又有哪些國家不適用這樣的分期法。但不容否認的，在六〇年代，不同的社會開始了各種角度、各種程度的對性別關係的重新反思。在歐美地區更形成有組織的政治運動，顯示對性別關係的理論與行動上的反撥，已不只限於一小撮個別的學者或是邊緣團體。它所造成的影響是世界性的，啓發了一種新的性別關係視角，模塑了之後的各種公共與私人領域生活。參見 Linda Nicholson ed, *The Second Wave: A Reader in Feminist Theory*. (London and New York Routledge, 1997), introduction。

㉙「五月事件」導致了戴高樂政府的垮台。

㉚參見Claire Duchen, *Feminism in France: From May'68 to Mitterrand.* (London and New York: Routledge, 1986)，以及Elaine Marks and Isabelle de Courtivron ed., *New French Feminisms: An Anthology* (New York: Schocken Books , 1981), introduction。

㉛婦女中心批評最早由Elaine Showalter提出，見第二章的討論。

㉜這個口號首先由Carol Hanisch在一九七〇年提出。參見Maggie Humm ed., *A Reader's Guide to Contemporary Feminist Literary Criticism*, p. 1。

㉝Rita Felski, *Beyond Feminist Aesthetics: Feminist Literature and Social Change* (Cambridge: Harvard University Press, 1989), p. 18.

㉞參見Rosemarie Tong, *Feminist Thought: A Comprehensive Introduction* (London: Hyman, 1989), introduction。

㉟Elaine Showalter,"Feminist Criticism in the Wilderness," in *The New Feminist Criticism: Essays on Women, Literature and Theory* (New York: Pantheon Books, 1985, pp. 243-70), p. 248.

㊱米契爾的相關著作見《精神分析與女性主義》(*Psychoanalysis and Feminism.* Harmondsworth: Penguin, 1974)。

㊲Toril Moi, *Sexual/Textual Politics: Feminist Literary Theory* (New York: Methuen, 1987), p. xiv.

㊳美國大學院校女性研究的普遍設立，也給予了女性文學批評理論的發展一個有利的條件。根據統計，一九七七爲止，美國高校中所開設的婦女研究課程總數達二百七十六。到了一九九一年，數目增加爲六百二十一，而四年制大學院校中有48.9%的學校提供婦女研究課程。參見Ann Taylor Allen, "The March through the Institutions: Women's Studies in the United States and West and East Germany," in *Signs: Journal of Women in Culture and Society*, 22: 1 (Autumn 1996), pp. 152-180), p. 155.

㊴Jane Gallop, *Around 1981: Academic Feminist Literary Theory* (London and New York: Routledge, 1992), p. 6.

㊵Felski, *Beyond Feminist Aesthetics: Feminist Literature and Social Change*, p. 1.

㊶鮑曉蘭編，《西方女性主義研究評介》（北京：三聯書店，一九九五年），頁九十五。

㊷Moi, *Sexual/Textual Politics: Feminist Literary Theory*, p. xiv.

㊸時間先後順序並不是基於進步論的安排，也就是各理論流派之間並不因發展先後決定其理論成熟與否。

2 女性主義與文學話語的再造

在六〇、七〇年代女性主義的第二次浪潮中，原本以社會運動爲訴求的女性主義，漸漸注意到文化論述的價值，與各種主流學術理論的對話，不僅使女性主義抓住了西方思潮中，從現代主義到後現代主義過度的脈動，也爲女性主義在學院的紮根開拓一片新天地。其中一項重要的成果是，在八〇年代我們看到美國大學院校裡，已經開始普遍設立了女性研究的專業科目。姑且不談女性研究在學術上所處的邊緣位置，以及它與學術機制之間對立或合流的種種糾葛關係，女性主義終於得以在象徵權威的學院中占有「話語」❶的權力，代表了對男性中心文化所進行的反思與改造已經跨出了一大步。而女性主義在學院的開疆拓土中，文學批評與理論這方面的領域可以說是表現得甚爲亮眼。

女性主義文學批評與理論可以得到較大的能見度、獲得較大的成功，也許部分是因爲人類歷史文化遺產中，文學這片園地相較之下還保有較多女性的心靈與智慧的蹤跡——即使她們所佔的位置是蛛絲網結、荒僻的一方角落而已。就文學本身而言，從宏觀上來看，它不但記載了人類歷史、社會的蹤跡，也相對地提供了一個潛在性顛覆的場域，可以對我們的社會、文化發出批評、或是寄以烏托邦的期許。在微觀上，文學記錄了人類理性、感性軌跡，是瞭解進而論述人類靈魂深處的渴望與投射的一個重要的寶庫。對期許改造父權話語的女性主義而言，文學機制是個必須攻佔的山頭。

再從思想理論的發展來看，二十世紀後半葉，人文學科所關注的議題呈現了一種「語言學的轉向」，❷這個傾向到了後結構主義理論家手中，又深化爲「話語分析（discourse analysis）的轉向」。❸後結構主義一項重要的理論就是，人的主體性是由語言建構的。文學做爲一個以文字爲媒介的藝術，對人們建立自我與外在關係的意義有重要的影響，在女性主義理論家挑戰學術權威話語的努力中，自然成爲一個重要論壇。就實際的發展而言，在過去的二十年左右，文學研究——至少在西方——的確經歷了明顯的改變，其中，女性主義批評家對整個文學作爲一個機制的批判是一個主要的推力。我們要問的是，什麼是文學的女性主義？女性主義又如何影響文學閱讀與接受、文學寫作、文學批評與評價，甚至是文學的教學與研究。

在傳統的文學研究中有一項信念，就是偉大的作品重現了人類普遍的經驗。然而，愈來愈多的研究顯示以往所謂的普遍背後，隱藏的是一些當權的話語對其他話語的排斥與壓抑。以往文學經典選集所依恃的「美學」原則，在不同程度上其實是一種「政治」與「社會」的選擇，它絕對不是中立客觀、無涉於任何意識形態的，相反地，經典的形成是一種建制（institutionalization）的行爲，在某種意義上，是當道話語對它認爲最能符合現存秩序的文本所給予的一種認定，「我們通常所說的文學史的東西事實上是一種選擇的記錄。哪個作者名傳後世，哪個不，取決於誰注意到了他們而且願意把所注意到的記錄下來。」❹黛伯拉．麥克道威（Deborah E. McDowell）說得簡潔有力，她稱之爲一種文學史的「省略之罪」（sins of omission）。❺

女性主義理論家對文學經典書目建構的分析，特別注意到權力的運作。黑人女性主義理論家芭芭拉．史密斯（Barbara Smith）對文學經典書目建構過程中權力準則運作的說法，頗具代表性：

> 必須強調的是……評價的價值——「好」或「壞」，像其他事物的價值（包括其他任何類型的言說）一樣，本質上是權宜性的，因此，要緊的不是它的抽象的「合乎真理的價值」，而是對於在任一時刻之息息相關的各種人群，它如何愜切地發揮各種不同的迎合需求的／激發需求的功能。在一樁美學的評價中，這些人群理當包括評價者，他或她對自己所作的判斷可能引起不同的效果，自然持有特定的利害考慮；同時也可包括作者、潛

在的出版社或贊助人，各類現有的未來讀者，或者那些只為了追逐知識熱潮的人。他們當中的每一個人會從評價中各取所需，而不同性質的迎合需求／激發需求的功能對每一個人也是利害互見。❻

作爲一個長期關注黑人女性的學者，史密斯的說法與其他類似的論點或許有所偏頗，太過貶抑了美學原則在經典書目建立過程中的作用與價值，但是對挑戰文學機制的權威，卻有著相當的力度。

許多女性主義批評家都曾談及自己在學院裡文學專業的養成經驗，而她們發現彼此的經歷是那麼的相似：經典書目中的偉大作家幾乎絕大多數是男性，而在年少時引發她們對文學熱情的許多女性作家作品，卻難登學術殿堂。她們也提出在閱讀經典作品的時候，發覺許多男性作家筆下的女性人物與自身的實際經驗有著很大的出入，而在學術權威的面前，她們不免懷疑自己的文學品味，在所謂學術知性與眞實感知之間游移掙扎，結果仍是屈服在文學典律這塊大碑之下。這樣的經驗告白在現在看起來有些像是「提高意識」（consiousness raising）❼在學術圈的延續。這些第一批在女性主義文學研究領域嶄露頭角的批評家對問題的觀察或許有過於簡單化之嫌，她們所訴求的共同經驗也在後來受到後現代思潮的衝擊。但這卻是一個起頭，開始了一個大方向，以性別與政治為主軸對文學機制做徹底的翻檢。套用茱蒂斯．菲特莉（Judith Fetterley）的話，「意識就是力量」，只有開創一個新的瞭解我們文學的方式，才可能開拓文學影響我們的新契機，而只有在這個新契機開啓後，才進而有可能改變男性中心的文化。

女性主義批評家有兩大基本設想，一是男性與女性之間存在著結構性的不平等，而文學機制也不例外地呈現這種「男性中心」的失衡現象。二是文學本身就是一種「話語性的實踐」（**discursive practice**），文學不只傳達意識形態，它也創造意識形態，結構著人們對世界的感知。因此，女性主義對文學的一個主要關注點是文學與意識形態的共謀關係，探討意識形態如何被銘刻於文學形式、文體、文學經典以及文學性的認定上。用羅蘭．巴特（**Roland Barthes**）的話說，女性主義批評家一就如同其他領域的女性主義學者一樣——是「神話的破譯者」。而對文學體制神話的破譯是女性主義者爭取話語權力的第一個必要步驟。

第一節　抗拒性的讀者

埃蓮娜．蕭瓦特（**Elaine Showalter**）在〈走向女性主義詩學〉一文中提出女性主義文學批評分為兩種：一是女性主義批判（**feminist critique**）[8]；二是女性中心批評（**gynocritics**）。[9]

女性主義閱讀的出發點是作爲讀者的婦女，是意識形態的，意在提供一個以女性觀點爲中心的閱讀方式，考察文學作品、尤其是男性作品中女性形象的扭曲、性別符碼化與僵化的過程。這類批評在女性主義文學批評發展的初期占有主導的地位。而女性中心批評關注的是作爲作家的女性，它涉及女性文學的歷史、主題、文類與結構，探討女性創造的心理驅力、女性寫作的結構問題，以及女性文學傳統的演變與規律。前者著重批判，是對文學傳統的解構，而後者著眼於未來，期待可以「建立一分析女性文學的架構，發展以研究婦女經驗爲基礎新模式」，而不是迎合男權中心文學體制的模式和價值。⑩

蕭瓦特的說法顯然是奠基在對女性經驗主體的認同之上，雖然在後現代論述中，經驗的權威性與自主性受到質疑，但是不可否認的，婦女作爲一個群體的閱讀策略是有其歷史與政治的需要與必要性。事實顯示，女性主義文學批評最初可以得到學術界的注目，展現出十足的火力，何嘗不是因爲她們對「眞實」女性經驗的宣示，使得仍居主要文學形式、以反映眞實爲主的男性作家寫實主義文本窘態畢露。女性主義批評家對女性經驗的訴求，揭露了男性文本所宣稱的普遍經驗，其實是漠視了女性經驗的結果。有趣的是，女性主義批評家對普遍經驗的質疑是個兩面刃，在鬆動了男性文本對普遍經驗的掌握之後，也回頭質疑女性經驗本身的普遍性與同一性。這點稍後再加以說明。

菲特莉在她所著的《抗拒性的讀者》一書開宗明義就說，「文學是政治的」而傳統文學卻以「非政治」、客觀的姿態自我論述。⓫而這種「非政治」竟只是一種姿態，隱蔽了它背後實際上是充滿男權中心結構的事實。文學經典是男性中心的，把男性經驗視作是普遍經驗，要求讀者對男性認同，對男性主人翁採取同情的立場。因此對一個女性讀者而言，閱讀經典作品的經驗往往是一個自我否定的過程，她被要求認同一個與她對立的立場，因此在閱讀過程中，女性讀者可以說是陷入了一種自我分裂的狀態。一言以蔽之，女性讀者的閱讀經驗是一種被要求向男性價值靠攏的過程。女性不管身爲讀者、教師或學者，她學習著像男性一樣思考，認同男性觀點，把男性價值系統、甚至是有厭女症內涵的價值視作規範標準。

蕭瓦特竭力批評文學上這種「男性價值化」的現象，在〈婦女與文學課程〉一文開頭她戲擬年輕女性進入學院可能遇到的陶成過程，「進入高校的第一年，她也許會學習文學和作文……（在一系列閱讀清單中），她可能碰到三十三個代表各種類別的男性英雄人物，有作家、詩人、劇作家、藝術家、精神導師。唯一被列入的兩個女性代表是演員依莉莎白．泰勒以及……賈桂林．歐納西斯……到了學年結束之時，女學生應該就已經學習了什麼叫知性上的中立；事實上，她是學習了怎樣像男人一樣的思考。」⓬

蕭瓦特進一步指出，這個「男性價值化」的過程在女性讀者身上形成了一種「負面定勢」，對女性讀者造成的心理結果是自厭與自我懷疑。在閱讀過程中，女性讀者與她們自身的經驗是那麼疏離，她們被期待與男性經驗、觀點認同，因爲男性經驗、觀點是普遍的。由於文學甚少肯定女性經驗，女性讀者因此容易對自身認知與經驗的有效性沒有信心，蕭瓦特更語重心長的說，「當我們力勸女學生們『要有自己的思考』時，我們能怪她們常常是膽怯、戰戰兢兢而缺乏堅定的自我態度嗎？」⓭著名黑人女性主義批評家貝爾．胡克斯（Bell Hooks）也說，「單單自我命名爲女性主義者，並不能改變那些我們必須有意識地祛除自己身上所接受的負面社會化積澱」，要祛除這個「負面定勢」或「負面社會化積澱」的第一步是必須拒絕做一個「同意性的讀者」，而致力做一個「抗拒性的讀者」。⓮抗拒性的讀者有意識地追求把附在自我身上的男性魔咒給驅除，認清男性中心文本實際上是如何地排拒與異化作爲讀者的女性。

作爲一個有意識的抗拒性讀者，女性主義批評家著手對文學遺產——尤其是佔大宗的男性文本——嚐試作以性別觀點爲基礎的清算式閱讀，第一個對象就是文學裡面對女性形象的誤解與扭曲。這類批評可以歸類爲「女性形象批評」。⓯

女性形象批評家在文學作品中挖掘大量貶抑女性的證據，她們認爲男作家無法眞正客觀地談論女性。男作家作品中女性的存在，總是透過男性慾望的複雜作用表現出來的。男人所描繪的女性「有著雙重而不實的形象……她具象化從善良到邪惡的各種正反品德代表……他在她身上投射了他所慾求的、所恐懼的、所愛的與所恨的。」⑯因此，在男性作家作品中，女性總是刻板地被歸類爲兩個極端：不是天眞、美麗、可愛、無知、無私的「天使」，就是複雜、自私、具有威脅性、危險的「妖女」。

女性主義批評家將男作家作品中，把女性要嘛理想化而流於空洞，要嘛妖魔化，總不能（或者說是逃避、拒絕）抓住女性眞實形象的傾向稱作文學上的厭女症（misogyny）。⑰這樣兩極化的情形到了十九世紀末、二十世紀初的現代小說，不但不見改善，反而更形嚴重。萊絲莉・費爾德勒（Leslie Fiedler）在她所著的《美國小說中的愛與死》⑱一書中，把文學經典中的女性形象以一個對立的概念「玫瑰與百合」總括起來。根據她的總述，那有著濃密黑髮、性感而倔傲的十九世紀文學中的玫瑰到了二十世紀初，變成了海明威（Ernest M. Hemingway）小說中的「美國婊子」，而到了諾曼・梅勒（Norman Mailer）手裡，更是每況愈下，「他使她更婊了」。⑲相對地，金髮、純潔、詩人繆司的百合，從一朵清靈的花，變成福克納（William Faulkner）、史坦培克（John E. Steinbeck）小說中的拯救之母，以及對人呵護備至的大姆媽的形象。

妖女、婊子固然對女性形象極盡扭曲之能事，那麼百合、拯救之母、大姆媽的形象又如何呢？它們不是補正了另一個極端嗎？女性主義批評家的答案是否定的，因爲它模糊了婦女地位的實際情形，以頌讚爲名，簒寫了眞實婦女的處境，就像伍爾芙所感歎的：

的確，如果女人僅僅是生活在男人們寫的小說裡，人們會把她視為一個極為重要的人物；非常豐富多變；既英勇又卑微；既光輝又污穢；無限美好又極其可怕；像男人一樣偉大，甚至有人以為更為偉大。但這只是小說中的女人。在現實中，正如崔夫廉教授所指出的，她被關在屋裡，被這裡的那裡的摔摔打打。

於是出現了一種十分奇怪的複合人。在想像中她無比重要；但實際上卻完全無足輕重。她佔據了一部部詩集的扉頁；卻在歷史名聲上留白。在小說中她支配王者和征服者的生活；事實上，只要有哪個男子的父母可以給她戴上戒指，她就得當他的奴隸。在文學中有些最富靈感的字句，最深遠的思想從她口唇吐出；但在真實生活，她卻幾乎目不識丁，只是丈夫的附屬品。[20]

女性主義批評家指出，女人在男性作家作品中只是一種客體性的存在，「女人」的意義與內涵是由男人決定的。要打破以往女性形象的迷思就得爲「女人」這個能指寫入新的意義的可能性。當然由女性主義者自我命名的「女人」，就像是其他能指一樣，不會是固定的、確定的，但至少會少些男性中心思維下所充斥的不平與壓抑。就像安卓・律奇（**Adrienne Rich**）所說的，我們必須對既往的文學閱讀做一個「修正」，以新的眼光、從新的批評角度切入舊文本，因爲對婦女而言，這不僅是文化歷史上的一個新章，它更是一種「生存的行動。」[21]對文學文本中的婦女形象發出批評是婦女自我命名，爭取話語權的第一步。

早期的「女性形象」批評比較傾向一種素樸的社會政治批評，在文學作品中尋找認識婦女社會生活的材料；或是把文學與生活聯繫起來，把閱讀作爲提高個人意識的一種途徑，重視閱讀過程中作者和讀者生活經驗的交流，進而擴大婦女聯合抗拒男權中心文本（**text**）與脈絡文本（**context**）的基礎。[22]直到六〇年代末，女性主義批評家才嘗試對女性形象批評作理論深度的挖掘，其中尤以凱特・米勒特（**Kate Millett**）的《性政治》（*Sexual Politics*）最爲突出。珍・蓋洛普（**Jane Gallop**）將此書譽爲第一本學院派的女性主義文學批評；[23]即使對米勒特的方法有所批評，托洛・莫伊（Toril Moi）也承認《性政治》一書確立了女性主義做爲一種文學批評方法的地位，此書的影響使它可以稱得上是英美傳統的女性主義批評之「母」與「先驅」。[24]

米勒特系統性地給予女性形象研究一個新的深度與視野，建立了女性主義閱讀的理論框架。《性政治》分成三部分：「性政治」、「歷史背景」與「文學的反映」。第一部分嘗試把文學批評與社會科學理論作一個大架構的聯繫，並在宗教、神話學、歷史學與心理學的理論基礎上探討兩性權力關係的本質。第二部分綜論女性主義運動的發展，從一八三〇年到一九三〇年女性主義運動第一次的高潮，她稱之爲「性革命的年代」。之後，到女性主義運動的第二次高潮前的一九三〇年到一九六〇年，她稱爲「性的反革命年代」的歷史時期，新興的社會科學，如心理學、社會學與人類學等如何形成對女性主義運動反挫的力量。最後一部分「文學的反映」則回歸文學作品，探討了勞倫斯（D. H. Lawrence）、米勒（Henry Miller）、梅勒與惹內（Jean Genet）的作品，作爲在第一部分所揭示的性政治的例證。米勒特的分析意在指出男性中心的文學作品不只反映了父權社會對性特質的褊狹態度，更參與了「性的反革命」意識形態的建構。

米勒特提出了「性即政治」（sexual is political）的論點，指出人們長久以來視性爲自然形成的事，但事實上它的背後是「政治」的結果。她主張兩性關係就像是「種族之間的關係」一樣，最好是以政治的角度來理解，而不是把它當作一個天生自然的定律。[25]米勒特把這種性政治的運作歸結於「父權制度」（patriarchy）這個概念。她援引恩格斯在《家庭的起源：私有財產與國家》（*The Origin of the Family: Private Property and the State*）所論述的思想，說明父權制度並不是永恆不變的眞理，而是一歷史發展的產物。[26]男人對女人的支配是透過意識形態的建構來獲得它的正當性的，父權家庭則是貫徹這樣男性支配的意識形態最基本的一個單位，男性和女性從中學習並內化符合男權利益的氣質、角色與定位。

而文學批評與性政治的關係又是怎樣接合的呢？米勒特認爲，性從來在兩性關係中是最隱晦的一部分，也因此它承載了父權社會中男性宰制最直接、最深沉的印記，用米勒特的話來說：

> 性交可以說是很難發生在一真空狀態；雖然就其本身而言，性交似乎只是一項生物、肉體的活動，然而事實上它深植於一個更大的、由人類各種事務交織的脈絡中，因此可以作為文化所支持的各式各樣態度與價值的縮影。姑且不論其他，它可以在個人或私人層面上作為性政治運作的一個模型。㉗

呼應她自己對「性」的看法，米勒特特別關注男作家在其作品中對性關係的描寫與態度，以作爲「性政治」理論的驗證。米勒特主張用文學作品來檢證父權社會中對兩性關係運作的軌跡，要對這些軌跡有所燭照與洞悉，則必須依賴女性主義文學批評理論。因此，可以說米勒特對文本與批評的的基本設想是，男性「文本」再現了男權中心文化、思想以及其對性別社會化銘刻的蹤跡，而「女性觀點閱讀」則批露了其中的權力與政治運作。在這樣的思路下，米勒特對男性大家的閱讀是毫不留情的。在米勒特極具顛覆性的重讀下，勞倫斯的作品不過是十九世紀軟調色情文學的餘緒，她批評勞倫斯是這個男性中心文學傳統的一個最後騎士，其作品中浪漫溫柔的感性與騎士精神不過是個帷幕，用以掩飾眞實的父權社會中對婦女壓抑、壓迫的性關係與性別框架。因此，當勞倫斯後期的作品在戳破感性的外衣後，就處處可見法西斯式的種族偏見、男性至上主義、對同性戀的厭惡、以及對女人性虐待狂似的想像。米勒特指出，如果勞倫斯作品中對女性貶抑的慾望還大部分掩飾在浪漫愛情帷幕下，那麼到了二十世紀的美國文學，男性作家對女性的貶抑可就不再遮遮掩掩，甚至可以說是明目張膽了，就如米勒與梅勒。米勒特對這兩位作家作品的評價是赤裸裸的色情文學，展現了對女性的粗暴慾望。㉘她這樣評論從勞倫斯到米勒的承繼與演變：

勞倫斯背逆了女性主義者對人性化對待以及更充分的社會參與的呼籲；在他的扭曲下，(女性) 滿足於像植物一樣的被動。他的成功為米勒日後公然的輕蔑女性鋪了路。勞倫斯處理的仍是人，到了米勒已經不避諱地大談其為物類。米勒直接把女人當做性器官——一個東西、一件商品、一種物質。沒有個人的個性可辨識、可遭遇，因而也無需像勞倫斯一樣用弗洛依德式的微妙的心理分析智慧來馴服或洞察了。㉙

梅勒更是變本加厲，對女性的粗暴被合理化為陽性特質的展現。在梅勒的筆下，陽性特質是男人的榮耀，他把男人對陽性特質的實踐等同於一個大我向上提昇的背後重要支撐，大有美國榮耀的創造繫乎陽性特質的舉揚與否。陽性特質並不是生而具有的，是要去爭取的，梅勒因此進一步合理化暴力美學。這也是為什麼米勒特批評說梅勒所崇尚的陽性特質，預設了暴力與爭戰。也基於此，陰性特質與同性戀，作為陽性特質的對反與背叛，在他的作品中處處可見被貶抑或輕視的痕跡。

在「文學的反映」的最後，米勒特轉而評論法國同性戀作家惹內，藉以對前述三位作家作品中所透露的男性中心偏見作批駁。惹內的作品以一認同女性角色的同性戀者角度觀照異性戀社會，他的結論是，同性戀在父權制社會中受到歧視與厭惡，是因為同性戀被視為陽性特質的墮落。當一個「生物」上的男人與陽性氣質的關聯斷裂，認同女性氣質時，這個男人無可避免地跟女人一樣，也墜入被掠奪與屈從的情境。惹內的作品說明了陽性氣質與陰性氣質並不是如大多數人所深信的那樣是天生自然的，它們與生物上的男人與女人的對應關係事實上是獨斷的，是由社會主流價值所建構的。而在父權社會中，為了保障男人的優先與主宰地位，陽性特質通常是對應於正面價值，而陰性特質即使不完全代表負面價值，但卻是陽性特質的「他者」，是次一等的。原本男性與女性這兩個符碼本質上並不具有價值判斷的意義，但透過它們在語言系統的位置與差異以及男權中心價值的介入與轉化，陰性特質開始在價值判斷天平上往下沉落，陽性與陰性特質分裂成為「表現稱讚與責備、權威與奴性、高尚與低下、主人與奴隸的代言詞。」❸⓪米勒特的文本閱讀就在指出，這個價值意義是權力與政治的結果，是由父權社會享有權力的一群決定與寫入的。

米勒特的批評方法對上述所說的「抗拒性的讀者」作了一個精采的例示。她以批判性的女性眼光重讀男性大家的作品，在她的閱讀中，排拒了文學成規中對作者權威與作者意圖的尊崇，反之，讀者／女性觀點的讀者躍居了中心的位置。米勒特的閱讀策略是雙重的，一方面宣示讀者在閱讀過程中對文本加入自己見解的權利，顛覆傳統文學批評中，作者／文本相對於讀者占有一個較高位階的成規；另一方面，女性讀者相對於男性文本呼應著現實中男性與女性關係上的權威／服從、主動／被動的二元對立模式；因此，米勒特的閱讀策略是突出女性作為讀者的地位，以女性視角顛覆男性作品，最終的目的是期望在女性觀點的閱讀中，顛覆文化中的父權意識。米勒特的閱讀策略展現了「女性主義批判」對解構與顛覆男權中心文本的有效性，如莫伊在評論米勒特的批評方法時所說，「她的方法打破了讀者／批評者作為作者權威話語的被動／女性化的接受者的一個通行的形象，因此，她的方法正符合女性主義的政治目的。」❸①《性政治》的另外一個突出點是它跳脫了當時在學院中仍佔霸權地位的新批評方法，力主文學批評必須置於一個更大的「文化脈絡文本」中來考量。文學內容與形式本身是文化的產物，也就是說，文學所處的社會文化脈絡不再是「外在於」文學文本，而與文本有著互文性（intertextuality）的關係。[32]就女性主義理論本身的發展來說，《性政治》最大的貢獻在它總括了女人受壓迫的主因，並將之命名爲父權制度，而替一事物「正確的命名」正意味著改變它的力量的開始。繼米勒特之後，「性」與「政治」也從此成爲女性主義理論與批評的兩把重要號角，爲一貫由男性中心思維所建構的各個領域吹起不同的曲調。此書也開啓了後來構成論（constructivist）女性主義批評的一個共同基調，就是批判性地指出在文化中看起來想當然耳、不證自明，所謂自然形成的事物，其實是由社會所建構的，而建構的準則是以享有權力者的利益爲依歸。

當然《性政治》不足之處也不少。最爲後起的女性主義學者所詬病的是《性政治》一書修辭學上的簡化，對文學實在過於簡單化地對應。事實上，文學是不可能簡單地化約爲內容，文學內容也不可能化約爲現實的眞象，而就兩性關係來說，男性支配也不可能簡單化約爲性行爲或性特質。此外，作爲一個文學批評家，米勒特卻甚少注意文本本身的形式結構，而一面倒地做純內容的分析。米勒特的批評方法沒有考慮作者的意圖、想像與讀者的認同及慾望，作者／文本／讀者之間複雜的互動關係被簡化爲直線式的反應，因此在她的筆下，作者、敘述者在作角色區分時，因爲批評的需要而被模糊化了，在閱讀過程中的想像與投射也被簡化了，讀者被定義爲打破作者上帝似權威的批評者，讀者似乎人人拿著同樣的尺，來丈量複雜的文本／作者的問題。事實上，米勒特的閱讀方式在女性主義文學批評發展的初期可以展現其力度的部分原因是，米勒特所選擇的文本都是明顯透露著男性沙文主義的作品，但是對其他作品，尤其是女性作家的作品卻顯得準頭與力道都不夠。33

做爲女性主義批評者，我們必須從這樣一個基本問題問起：「閱讀女性作者作品是否適用這樣的打破作者權威的模式？」更深一層的問題是：「性別在閱讀過程中有何作用？它又如何作用？女性經驗在解讀文學文本時如何能確立它的可靠性？想像、慾望、投射等心理作用又如何模塑，或是鬆動性別符碼的意涵？」這尤其是後現代女性主義批評家關切的話題。在討論這些問題之前，必須先梳理一下女性主義批評家對女性作家文本的閱讀與挖掘。

第二節　經典書目再造與文學母親系譜的重尋

繼對男性文本中女性形象與性別歧視話語的批判，七〇年代中期，女性主義批評家把眼光放回女性作家與書寫本身，在文學研究上掀起了一片對文學上「母親系譜」的追溯。如上節所述，蕭瓦特把這樣的研究方法稱為「女性中心批評」。面對女性作家作品在傳統文學史上幾乎是寥備一格的情勢，女性主義批評家的任務有幾個大方向：一是對文學經典書目作修正性的批評；二是重新挖掘湮沒的女作家；三是對女性創作力的正名以及闡揚女性文學傳統的獨特性。當然這些問題彼此是緊密相連的。

女性主義批評家關注所謂經典書目的建立過程，重新探討這個過程中其意義與價值是如何確立的，男權中心的文學觀又如何在意義與價值散播的過程中獲得一個穩定性與權威性的地位。對解答這個問題的初步探討，又必須從女性在文學歷史中的幾近無聲與沉默思考起，女性作家為何在文學歷史的長流中只是疏星散見？這種結果是本質上的必然，譬如說女性作家的創造力與男性有所不同；還是後天始然，譬如說是男權中心思想在我們文化中無所不在的作為？傳統經典的標準以女性主義的眼光來看是否還是那樣「公正」與「無偏無倚」？除了社會、經濟等歷史因素限制了婦女的文學表達空間，是否有其他因素阻礙了女性作家作品的流傳呢？女性主義批評家對此有志一同地指出，男權中心的批評策略導致一大批女性作家作品只能處在一個邊緣地位，難以進入以男權中心為斗拱柱樑的文學經典殿堂。過去的社會、經濟與歷史條件，限制了大部分女性在文學上一展長才的機會，此事無可挽回。但對於那些在種種不利條件下仍創作不輟的女性作家以及她們的作品，有其重新評估與正名的必要。

女性主義批評家指出，許多女性作家在文學歷史上的湮沒與貶抑，事實上是男權中心偏見的結果，瑪麗・艾爾曼（Mary Ellmann）將之總名為「菲勒斯中心批評」（phallic criticism）。㉞在她所著的《思考婦女》一書中，艾爾曼這樣評論，西方文化在各個層次上充滿著一種「性別類比的思維模式」，人們很容易也很習慣性地將所有的現象、社會經驗和個人行為，以男性或女性的特徵加以分類。這種思維習慣深深地影響人們對外在世界的認識，因此人們常常幾乎是不加思索地把男性與強壯、主動、積極劃上等號，而把女性與柔弱、被動、消極地聯繫在一起。

在文學批評中也處處可見這種「性別類比的思維模式」。男性批評家在評論女性作家作品時傾向於將他們對女性特質的刻板偏見讀進作品當中，如艾爾曼所說：「男人在討論女性作品時最後總將關注點落到女性特質上面。女人的作品好像就是女人本身一樣，而批評家樂此不疲地做一種知性上對胸圍和臀圍的丈量。」㉟許多男性批評家在針砭女性作家的缺失時，常常浮現的字眼是缺乏形式、狹隘、非理性、過於情緒化等等，用詞遣字彷彿就像是他們正在討論女人那些令男人大感厭煩的特質一樣。男性批評家可以大刺刺地說珍・奧斯汀（Jane Austen）的作品不忍卒讀，因為太女性化了；回頭批評喬治・艾略特（George Eliot）時又嫌她「裝男人樣」。許多男性批評家似乎不怎麼情願給女作家獻上由衷的敬佩，認為有些女作家固然有才氣，但是卻缺乏藝術創作的自覺。一代大師亨利・詹姆斯（Henry James）就把奧斯汀比做一個「心不在焉編織著的老處女」。有些評論者雖然對某些女性作家的作品給予肯定的評價，但用詞遣字卻是十足男性沙文主義，且隱含著對女性的貶意，說她們「超越」了女人氣的侷限。[36]最有趣的一個例子是原本以男性筆名發表的《咆哮山莊》，在揭曉艾利斯・貝爾（Ellis Bell）其實就是艾蜜莉・布朗蒂（Emily Brontë）之後，評論的角度與意見竟然也隨著作者眞正性別的水落石出而呈現前後不一的現象。[37]在男性批評家的眼裡，女性作家總是先是「女人」，然後才是「藝術家」。

對女性創作力的偏見是根植在男權中心思維之上的，在西方視爲典律的《聖經》中就已經銘刻了這樣思維。在女性主義者的詮釋中，《聖經》是一不折不扣的男權神話，提供了賦予男性在主體、權威、語言上的優先性的一個原型，神一邏各斯一男人形成一個權力與傳承的機制，在這個機制中女人、女兒是被除名的。讓我們先來看看《聖經》有關命名與語言的神話：「《聖經》中第一次對創造的敘述是神的初闢鴻濛、造天蓋地，第二次有關創造的文本就是把亞當塑造爲一個語言命名者，「神用土造了野地的各樣走獸和空中的各樣飛鳥，都帶到了那人面前，看他叫什麼，那人怎樣叫各個生物，那就成了它的名字。」[38]

《聖經》很清楚地給予了男性「命名者」的角色，透過命名的創造，亞當獲得了肖似神的主體性，也擁有了話語的權力。更微妙的是，女人的元祖夏娃要到亞當命名完萬物之後才被創生。女性在這個原初的神話中，由亞當的肋骨所生，雖然與亞當同骨同血，「女人」卻是同萬物一樣由亞當所命名。換句話說，這段命名萬物的創造神話提供了父（男）權制度的一個隱喻：亞當對萬物的命名表現了男性的權力意志，而女性在男性對命名權的獨佔中失去了話語的權力。[39]

《聖經》有關命名的論述固然結構了傳統西方思想中對男性主宰語言的正當性，但在女性主義的解構性閱讀中，卻也同時暴露了男性對女性創造力的深層恐懼。在男權中心思維模式中，男人是照神的肖像所造的，女性是從男人所生，而偏偏創育生命的能力——肖似神的創造能力——又與女人身體相關。《聖經》因此鋪設了亞當命名的神話，正當化男性的創造權威。接著，女人「與生俱來」的創造力被限定在與育兒、養兒有關的事務上，她們適情適所的地方被規定只能是在家庭內；相對地，男性的創造力則與語言、文明、文化、意義的創生相連屬。而顯然後者才屬創造力的大者，對它的主宰與獨佔意味著絕對的優越性。這種把女性從文化意義上的創造的除名，也可從對「Adam」這一詞語意義的篡改可見一端：根據凱西·米勒（Casey Miller）和凱特·斯威夫特（Kate Swift）的研究，人類始祖之名「Adam」的字源是「adamah」，是一個陰性普通名詞，意爲「泥土」、「大地」，是由希伯來語「大地之母」這個概念而來的。進入了父權體制，「大地之母」竟然搖身一變成爲命名萬物的人類始祖男性亞當。[40]也因此，安卓恩・慕妮奇（Andrienne Munich）直稱《聖經》的命名神話究其本質就是一種「性別政治」的運作。[41]

對女性創造力的懷疑與男權文化的交相運作，使得眾多婦女作家與作品湮沒在文學園地荒僻的角落裡，批評家如安妮絲・普拉特（Annis Pratt）認爲，許多女姓作家並非是偶然地被「遺忘」，而是有意地被「埋葬」的，因爲她們的作品或隱或顯地批判了與她們同時代的性別規範，因而逃不過被佔主宰地位的男性批評家篩檢的命運。[42]因此，重新發掘被湮沒的女作家是女性中心批評的基本工作——普拉特稱之爲「掘土式的批評」。在重新發現文學的女性以後，才能進一步研究女作家作品的主題、意象，探討是否有一女性作家獨有的文學傳統，以及新的文學史的可能性。

七〇年代中期以後英美女性主義批評家在挖掘女作家作品的成果上是相當豐富的，許多女詩人、小說家與散文家文集與選集相繼出版，相較於以前在文學史全集聊備一格或根本無處尋覓的狀況，新的選集使得女性作家作品終於可以較集中、較多樣地提供給大學院校課堂，引領學生一窺女性作家作品的豐富與多彩。[43]重新發掘女性作家只是最基本的工作，進一步對女作家作品做女性主義的文本分析是第二步。但只是研究個別的女作家是有其侷限的，如果只是把個別女作家當做孤立的現象來研究，而不去注意她們彼此間的關係，以及女性作家作品中主題、意象與結構的關聯，是無法對文學研究這個機制作出令人滿意的改變的。蕭瓦特對女性文學史建構的工作這樣期許，「重新發掘的過程是重要的……要把她們置於一個理論框架中，而不是把她們當做流行文化的浮光掠影。她們應該彼此聯繫一起，結合在一種女性文學傳統中。一種女性文學史將勾勒出女性寫作的連續性與一致性，並且提出一些假設，使個別作家能據以得到評估。」㊹在這樣的理念下，七〇年代後半葉出現了幾本代表性的著作，探討女性文學傳統與女性創作力的議題，包括愛倫・莫爾斯（Ellen Moers）的《文學婦女》（一九七七）、蕭瓦特的《她們自己的文學》、珊卓・吉爾伯特（Sandra M. Gilbert）與蘇珊・古芭（Susan Gubar）合著的《閣樓上的瘋女人》（一九七九）、以及普拉特的《女性小說中的原型》（一九八一）。

《文學婦女》對十八世紀末到二十世紀英國、美國與法國女作家作品做了一個概括的介紹，此書探討了女作家在文學史的地位，而且提出女性寫作歷史一直是在男性寫作傳統的大流之下、與之並流的一股「湍急而有力的潛流」。㊺莫爾斯以正面的眼光來撰寫女作家在文學史上的成就，不同於有些女性主義批評家低迴於女性才華的湮沒無聞，莫爾斯在《文學婦女》所展現的面向是樂觀與積極的，她斷言女性對文學史的影響超乎一般所想像，而文學史自十八世紀以來，愈來愈多突出的作品是出自女作家之手。她在《文學婦女》一書的序言說，「長久以來，文學是女性做出不可磨滅貢獻的唯一的學術領域。如果不予討論女作家……那就不可能合理地評論英國小說、法國浪漫主義、或美國短篇小說以及浪漫詩歌……在文學史上，女性已經佔據了中心的地位。」對莫爾斯而言，女作家不是在男性主導的文學史上只是做個陪襯的角色，她們實際上開創風氣、引領新的創作母題，這些成就只是刻意地被隱而不彰罷了。就像《文學婦女》書中所舉的例子，瑪麗·雪萊（Mary Shelley）於一八一八年完成的小說《科學怪人》（*Frankenstein*），不僅對「誕生神話」作了一個別出心裁的改造，探討了其中恐懼與荒蕪的一面，更將當時的「怪誕」小說推向了今天我們所熟知的「科幻小說」這個新文類。莫爾斯對伍爾芙更是推崇，直言在她之後才有現代主義意義的現代小說。

《文學婦女》也嘗試把女作家生活的歷史與寫作串聯一起、互相指涉，用莫爾斯自己的話說，「我們必須瞭解女性的歷史才能明白文學的歷史。」[46]然而莫爾斯對文學與眞實的互相指涉似乎是過於簡單化了，僅僅在作者的生平逸事上打轉，失之於缺少理論深度的支撐，但本書仍不失爲一部爲女作家重建文學史的奠基之作。

《女性小說中的原型》則把眼光放在女性的創作上面，探討女性作家是否有著不同於男性的想像、風格與體裁。普拉特借鏡原型批評的方法，考察了三百多部女性創作的小說，試圖找出女性經驗的類似之處。普拉特強調她的研究是從對文本的分析歸納出一些結果，而不是先有一個預設的原型架構來硬套進去，她敘述自己的方法：

就我的理解，原型典型代表了對各種各樣殊象的分類範疇。對這些範疇的描述可以從一個既定文本之中、或是一個較大的文學本體之下，它們彼此之間的關係來著手。一味地堅持一些一成不變、預設的原型典型會扭曲文學的分析。因此，我們不可把一些範疇演繹進手上的材料；相反地，是要從所擇選的、相當多樣的文學作品中，觀察並歸納出各種意象、象徵與敘述的類型。47

普拉特認為，文學的原型典型源自無意識的作用，研究女性小說家的敘事結構，可以從中找出女性心靈的普遍經驗、甚至模式。舉例來說，她指出女作家作品的敘事結構常常呈現迴旋反復的傾向，這個特點與許多女作家與世隔絕的生活有密切的關聯。此外她也指出，在現代女性小說中，仍然殘留著一股揮之不去的陰暗情緒，是因為婦女數世紀以來受男性限制的處境使然。無意識不僅結構著小說的敘事，也結構角色的塑造。在普拉特的解讀下，女作家所寫的小說中出現的「起起落落」的典型，表徵的是女性「情慾期待的浮起」以及常常是隨之而來的「男權中心思考的誤解所導致的反高潮。」48而現代女性科幻小說的結構則是一再環繞著「頓悟、情慾或形而上的高峰經驗」打轉。

普拉特的研究範圍不可謂不廣，但她的結論卻顯得過於簡化。她認爲因爲社會制約的關係，女人與男人的寫作必有不同，而女作家所選擇的虛構典型與母題，事實上就在搬演著這個差異；這個內在化、潛沉在無意識的差異，也使得女作家一再地使用這些典型的文學主題和技巧。普拉特的論調似乎讓女作家陷入了一種繞不出去的怪圈。普拉特執迷於尋找女性特有的感性經驗，卻往往導致對於女性寫作過於草率的概括。另外，她把女性作品看成是受到婦女所處情境制約的結果，忽略了女性文本本身對社會機制潛在的抗拒性與顚覆性。

論理論深度與影響力，這幾部著作中首推《她們自己的文學》與《閣樓上的瘋女人》。蕭瓦特在《她們自己的文學》一書中企圖建立一個符合她自己所說的「女性中心批評」的文學史。她不像莫爾斯那樣樂觀地認爲在男性中心文學之外，女性文學自成一股不斷的、湍急有力的暗流；相反的，由於傳統文學機制的男性中心偏見，女作家一再重複著崛起、又湮沒於無名的歷史。女作家的聲名是如此短暫，以至於女作家常常發現自己在歷史的長流中，前不見來者。「每一代的女作家都發現她們在某個意義上是沒有歷史的，使她們不得不重新發掘過去，一次又一次地打造屬於她們性別的意識。」㊾

蕭瓦特提出了女性文學做爲一種亞文化的設想，有著自己的主題、意象與關注的典型。她強調，「對女性文學傳統，要把它放在婦女自我意識演進的大背景，以及少數群體尋求相對於主流社會的自我表達方式下來看。」50她也提醒讀者，「女性文學傳統來自女作家與她們所處的社會的關係，而這個關係是現在進行式，仍在演變著。」蕭瓦特把文化、歷史的分析與女作家做爲一個獨特團體的探討聯繫一起，在一定程度上避免了本質主義的弊病。基於女性意識的發展過程，蕭瓦特把女性文學歷史分成女人氣質的（feminine）、女性主義的（feminist）與女性的（female）三個階段，51根據她的說法，這樣的過程也是所有亞文化所共有的發展軌跡。在第一個階段，女性作家展現了對主流傳統模式的長期模仿，把它的藝術準則和對社會角色的觀點予以內化。在第二個階段，女性作家開始對這些準則與價值質疑、甚且反抗，相對地提倡少數團體的權利與價值，並且自我要求自主性。最後一個階段則是自我發現的時期，不再依賴對立來突顯自我價值，而是面向自身，正面地尋求自我的身分。

根據蕭瓦特的歷史分期法。從一八四〇到一八八〇年艾略特辭世那年，爲女性氣質的時期。女作家慣以男性筆名創作，以男性作家的藝術觀及成就爲標竿，對男性文化中關於女性的觀念也全盤照收。女性主義階段則是從一八八〇年到一九二〇年，在這個階段由於婦女政治意識的覺醒與女權運動的蓬勃，女作家開始以她們的筆寫出對男性中心文學標準和價值的反抗。女性的階段始於一九二〇年，女作家轉而把女性對文化的分析擴大到文學形式和文學技巧上，追求以女性文化、女性審美爲基礎的自主藝術。對這時期女作家的成就，蕭瓦特給予高度的評價，認爲她們能夠「以新的語言與經驗領域，融合過去的力量。」52

蕭瓦特對女性文學歷史的分期與評價透露了一種過於簡單的歷史進化觀，認爲歷史與意識是愈來愈進步的。她以二十世紀後半期女性意識發展的標準來衡量作家，對六〇年代以前女作家的評價有不公允也有不足之處。蕭瓦特在女性主義文學研究工作上自我期許一個照顧到歷史發展脈絡的批評方法，但在這點上她恰恰顯示出了一種「反歷史的傾向」。53此外，《她們自己的文學》一書在對女性主義政治與文學評價之間的關係，並沒有做一個較清楚的理論說明。不過，《她們自己的文學》一書的確挖掘了許多被遺忘與忽略的女作家，引起文學批評界對她們的重新評估。蕭瓦特的研究也啓發了後來的女性主義批評家，在一個女性文化的設想上對女性美學做各個方面的探討。蕭瓦特在八、九年後爲《新女性主義批評》作序時，對這時期女性中心批評的成就做了一個總結，她的說法也許也適用於《她們自己的文學》一書：「或許還不夠完整，但我們現在對女性文學歷史有了一個較連貫的敘述，勾勒了過去二百五十年間，婦女寫作從模仿、反抗到自我定義的演變階段；也穿越歷史、國族疆界，追索在男人主導的各種文化中，婦女基於她們社會、心理與美感經驗所反覆出現的意象、主題與情節彼此之間的關聯。」54

吉爾伯特和古芭合著的《閣樓上的瘋女人》以長篇巨著企圖重建十九世紀女性文學的面

貌。除了對此時期重要的女作家作品的重讀，此書也嘗試去理論化女性創作力的本質，以及從新的視角闡釋女性文學所以有一獨特傳統的原因。吉爾伯特和古芭在〈山洞的寓言〉（the parable of the cave）一章，引用了瑪麗・雪萊在《最後的人》（*The Last Man*, 1826）序言所講述的故事：瑪麗・雪萊告訴我們她在探訪女預言家絲柏兒（Sibyl）居住的山洞時，發現了寫滿訊息的散葉，她因此決定花她一生的時間去完綴它、解釋其中的訊息。吉爾伯特和古芭接著引申這個故事：

> 這則寓言是女性藝術家進入她自己內心洞穴的故事，她發現散落在那兒的葉子不只是有出於她自己的力量，也有出於也許是產生那個力量所屬的傳統。她的先驅以及她自己的藝作零碎散落一地，被肢解、被遺忘、被分離。她要怎樣才能恢復對它的記憶，成為它的一份子，接合它、加入它、整合它，從而獲得她自己的整一性、她的自我？[55]

吉爾伯特和古芭引用的這則寓言闡述了多層的意思：一是女性文學確實有它獨特的傳統，只是在男權中心的社會成為那隱於山洞、零碎散落的訊息之葉，女作家／女性主義批評家必得去尋綴出原有的、具有整一性的女性敘述，這個女性敘述雖被壓抑而隱晦，卻是女性文本的力量來源，連綴著女性的創作。

在肯定有一獨特的女性文學傳統之後，吉爾伯特和古芭接著討論女性作家作者性的問題。在「女性作家與作者身分的焦慮」一節，她們一開始就追問：在一個對作者性的定義明裡暗裡都是男性中心的文化中，作爲一個女性作家意味著什麼？如果天使與惡魔、單「蠢」的白雪公主與兇悍瘋狂的皇后是我們文學傳統給女人提供的主要意象，女性在嘗試執筆爲文之際會受到什麼樣的影響？她們接著巧妙轉換魔鏡的譬喻來隱射女作家在充斥男聲文化下的處境，再問：如果從皇后的魔鏡裡發言的是國王的聲音，長期耳濡王者的訓示會如何影響她自己的言說？皇后會學著國王的腔調，像他那樣說話？還是會用自個兒的語彙、自個兒的音質、堅持自己的觀點向國王回嘴？[56]

吉爾伯特和古芭的問題點出了她們的基本設想。女性作家作爲婦女的特殊經驗與歷史文化處境始終會影響到她的創作，如同吉爾伯特在另一篇文章所說的，「不管自覺的與否，最終所寫下的東西是由整個的人所寫的……如果作者是一個被當成女人來養大的女性……她的性別身分如何能與她的文學能量剝離呢？即使是排斥她自己的女性氣質……對理解她藝術創作的動力也是具有意義的。」[57]長期以來，藝術創作力被視爲是屬於男性的，黑洛德・布洛姆（Harold Bloom）討論作者性問題的「影響焦慮（anxiety of influence）說」，更是把文學歷史的傳承與創作驅力設想爲文學上「父與子」的伊底帕斯情結。根據布洛姆的觀點，文學歷史的動力來自作者對影響的焦慮，害怕自己沒有原創性，害怕文學先驅們的影響陰影籠罩著自己的作品。因此，每一個偉大的詩人／作者的志業就是與他的先驅打一場轟轟烈烈的戰役，這是一場文學上的「伊底帕斯之戰」，文學之「子」必得要篡奪了文學之「父」的位子，才能享有詩人的桂冠。

在布洛姆的理論中，文學的「女人」是被逐者，她的存在是不被考慮的。吉爾伯特和古芭要問，在這則男性中心的文學伊底帕斯範式中，女詩人置於何處？她要篡「父」之位還是「母」之位？布洛姆的理論是偏頗的，但對吉爾伯特和古芭來說，卻也是歪打正著，透露了文學歷史的圖景是如何地在一種父權的性心理背景中被編造。女作家面對這樣男權中心思想所建構的創作力與文學史圖景，她的焦慮是更深層的，一種對「作家身分的焦慮」：

> 在嚐試拿起那嚴格防範她們使用的筆之前，父權制以及其種種文本早已囚禁了婦女，使她們當個順民；她們必得要從那些男性文本中脫逃，那些男性文本把她們當作「無用的人」，拒絕給她們自主權，以防她們拿來弄出另一套來取代現在幽禁她們、防著她們拿起筆來的權威。58

這種「作家身分的焦慮」使得十九世紀的女作家作品呈現了獨特的想像、意象、創作母題與傳統。她們採取迂迴而曲折的手段，躲避男性中心的閱讀，尋求去克服這種焦慮、並表達「女性特有的力量」。吉爾伯特和古芭用了一個鮮明而又震撼的意象，把十九世紀女作家比作憤怒的瘋女，從父權的閣樓上喃喃地訴說著自己的秘密。她們在疏離與沮喪中發展了一種瘋狂、幽閉、病態的語言。從奧斯汀、瑪麗．雪萊，到布朗蒂與艾蜜莉．狄更遜（Emily Dickinson），女作家的作品在某種意義上「就像是用一種羊皮密紙寫的，要除去表面的僞裝才能看到深層、隱晦（較不爲社會所接受）的意義」。[59]

以「瘋女人」這個意象與母題爲中心，吉爾伯特和古芭在十九世紀的女作家作品中歸納出一些反覆出現的對立意象群：禁閉與逃脫、疾病與健康、破碎與完整等。她們進一步深化「瘋女人」的意義內涵，將它視爲十九世紀、甚至是二十世紀女作家「作者性」的一個隱喻以及創作的動力。「瘋女人」承載了作爲作者自我「重像」（double）的一個意義。換句話說，女作家把自己的「憤怒與病癥／不安（dis-ease）投射到可怕的形象上，爲她們自己也爲她們的女主角創造了黑暗的重像」[60]。這個「瘋狂的重像」既承載了男權文化中對女性形象塑造陰暗的一面，又同時代表了女作家對強加在自身的男性定義的抗拒，透過它，女作家可以「把她自己想逃脫男人的家和男性文本的洶湧慾望展演出來」。[61]吉爾伯特和古芭指出，這樣的雙重性是十九世紀女性作家特有的文本策略，[62]同時也是她們作品「革命性」的一個指標：「諧擬、口是心非、極度的世故，所有這些女性作家作品同時具有著修正性以及革命性。」63

《閣樓上的瘋女人》與同時期的女性主義批評著作相比，顯然展現了較多的理論自覺性。莫伊在批評她們的方法之餘指出，與其他英美女性主義批評家批評論辯的普遍水平比起來，吉爾伯特和古芭在理論的探討上有引人入勝之處，莫伊說，她們「富創造性與新穎的閱讀方法也啓發了許多女性主義批評家接續她們所開拓的文本分析工作。」64的確，從七○年代末開始，女性主義批評家開始反思女性主義與各種批評理論的關係，伊莉莎白・埃伯爾（Elizabeth Abel）描述了這個發展，「最初，女性主義文學批評……主要的關注點是男性文本的盲點，蒐集男性文本中刻板化的女性形象。女性主義閱讀……一個典型的模式就是從文本到作者到社會。」65到了八○年初以後，女性文學研究終於轉向了較名幅其實的文學或文本研究，批評家開始關注文學性與文本性的問題，使得女性主義批評家與主流批評理論之間有更多的對話。蕭瓦特在一九八三發表一篇文章〈婦女的時間，婦女的空間〉中也說，「在剛開始的時候，如果女性主義批評來自『女性主義』，比來自『批評理論』的要多，那麼我們可以說現在情形已經倒置過來。」66這當然不是說《閣樓上的瘋女人》是女性主義文學批評轉向的原因，但它絕對是這波新浪潮中，站在潮頭的論著之一。

對理論的探索使得女性主義批評家不再侷限在「作為抵抗性閱讀者與批評者的婦女」這個

架構中，大量的評論開始對女性主義文學批評的本質作反思，其中對婦女創作與女性主義美學的探討更建立了女性主義文學批評自身的特殊性。對文學性與文本性的關注也帶來對女性中心批評所依恃的「完整而統一的女性主體」的質疑，這個質疑開啓了女性主義與後現代主義理論的各種正與反的對話，在某一個程度上深化了女性主義在學院的紮根。這點將在下一章作進一步的論述。

第三節　女性主義閱讀策略的再思考

縱觀上述女性主義批評對文學話語再造的努力，可以歸納出女性主義文本閱讀策略的一條基線是「男女有別」的。女性主義批評家把性別加入了作者—文本—讀者—世界的關係中，嘗試把性別置於牽動這四者交錯互動的樞紐位置，進而對男權中心的文學傳統做一顛覆式的改造。在女性主義的閱讀範式裡，對男性作家文本的基本態度是「修正性」、「抗拒性」的，動機是擾亂「被男性價值同化」的過程，讀者對手中的材料是採取對立、或至少是有距離的態度；對女性作家文本的閱讀則是出於想「連結一氣」的動機，想尋求一個可以把女性作家彼此相連，也與女性讀者與批評家相連的一個傳統。安卓．律奇在「在家的維蘇威火山」一文，一開始就以她重讀狄更遜作品的經驗來闡述女性主義對婦女文本的策略：

狄更遜存在的方式，她的孤獨絕非是我的；但是身為一位尋求自我方式的女詩人，我愈來愈能瞭解她的需要，因而可以做為她辯護的證人。67

「家不是心所在的地方，」她在一封信上這樣寫著，「而是那房子與毗鄰的建築物。」……我穿過時光隧道，朝著那房子和建築物的方向……多年來……我試著造訪、進入她的心靈——從她的詩、她的信札，從我的想像：在十九世紀中葉生活在麻州安姆赫斯特的女人會有什麼樣的際遇——但對她的想像從沒有像這樣清晰過。68

數月來，我像隻昆蟲，盤旋在她的居處——她一八三〇到一八八六年在麻州安姆赫斯特的生活所在——紗窗外……這兒（在狄更遜的臥房裡）我再度像隻昆蟲，就著窗框振著羽翅，黏著玻璃窗，試著想其應有個連結。69

律奇用了三個隱喻：第一個隱喻把女性主義讀者視作替女性作家辯護的證人，與女作家站在一起對付男權中心批評對她們的誤讀、甚至是扭曲；第二個隱喻說明進入女詩人的心靈，必得先要瞭解「那屋子與毗鄰的建築物」，意思是對女作家作品的重讀，必須與當時的社會、歷史與文化環境聯繫在一起；最後一個隱喻更是點出了對女性作家文本的閱讀最終是要與文本中的女性聲音相連結。70

律奇的觀點也透露了女性中心批評一個共有的信念，就是在女性文本中有一個確定無誤的「女性聲音」，女性文本不只是 個文本而已，更是一個「主體化」的客體——是一女性主體的心聲。在男權中心的文學傳統中閱讀女性作品其中一個重要的方向是，尋回文本中那個女性的聲音。女性中心批評家並從對弗洛依德的修正性閱讀，尋求女性作家彼此之間以及與讀者形成一共同體的可能。根據南西・秋多羅（Nancy Chodorow）對前伊底帕斯的母親／女兒關係的論述，女人與男人不同，男人經由個人化和與他人的分離來界定他們的自我，而婦女卻有較具彈性的自我疆域，比較傾向由與他人的關係來界定自我。71埃伯爾據此指出，女作家與其他女性作家之間的關係，比較是一個經過融入後的自我分化過程，是一個朝向自我定義的集體合作之互動關係。72這樣彼此支持、合作、滋養、非競爭的關係被視爲是「女性主義文學團隊」73的性心理學基礎。而這女性主義文學團隊不只包括女作家，也包括了女性主義讀者／批評家在內。

女性中心批評對女性文化、女性傳統鄉愁式的追求，使她們的論點容易呈現一種「簡約主義」的傾向，而重複出現這樣的論辯模式：女性文本總是雙重性的，在一「表面的文本」下隱暱著深層而隱晦的「眞正文本」。而「女性文本」總是被閱讀成「女性主義文本」，「向父權的壓迫發出女性的憤怒」[74]、或者迂迴地講出她們的控訴。

女性中心批評在理論與實踐上同時也有自相悖論的地方，蕭瓦特在多篇文章中都提醒讀者注意女性文學傳統與社會發展的關係，以及「女性」構成的社會成因，避免生物本質主義的傾向，但包括她以及其他的女性中心批評家在追尋一個統一而完整的「原刑女人」(Ur-woman)時，[75]並沒有同時釐清生物的女性與社會的女性之間的區別，我們甚至可以說，這個重要的區分在女性中心批評中被模糊化了。關於這點，莫伊在對《閣樓中的瘋女人》的批評中也有類似的觀點：

> 長久以來女性主義批評家用「女性氣質」以及「男性氣質」來代表社會建構（由文化與社會規範所強加的性特質與行為），「女性」與「男性」則被用來指純粹由生物因素所形成的性別差異。因此，「女性氣質」代表後天培育，而「女性」代表天生自然的。「女性氣質」是文化建構，就如同波娃所說的，女人並非天生，而是變成的。從這個觀點來看，父權制壓迫在於把一些社會對女性氣質的標準加在所有生物意義上的女人身上，以使我們相信，為「女性氣質」所擇選的標準是天生自然的……。究竟她們所研究的「女

性創作力」指的是什麼？是指女人天生具有的特質？是指某種符合社會對女性行為標準的、「女人氣」的創作力？還是指在精神分析意義上的一種女性主體位置的創作力？[76]

在莫伊的觀點裡，吉爾伯特和古芭、以及其他女性中心批評家似乎是持第一個假設，她們執著於「文本的性特質」（the sexuality of the text），卻忽略了「性別的文本性」（the textuality of the sex），[77]也就是性別的社會構成特質，因此對性別在閱讀過程中所起作用的論述，表現出一種單一而直線式的對應關係，這點尤其爲後現代主義思潮影響的批評家所詬病。事實上，把一部作品與作者的性別劃上等號是有問題的，它忽略了作者在寫作過程中無意識慾望的流動與性別投射的複雜性。不論是爲男性或女性所創造的文本，都記錄了兩性之間和人性的衝突矛盾，以及我們文化中性政治神話的蹤跡（traces）。對女性主義批評家而言，重要的是去「關注文本的生成過程，構成文本的各個話語，以及文本在銘刻一種意識形態的過程中，如何敉平其中的不一致與矛盾的地方」，[78]如此才能較有效地解構父權中心思維對性別的二元論建構……，獨尊陽性特質爲正面價值，將生物意義上的男性與陽性特質等同，以確立男性的優先性……，尋求更符合女性主義政治的性別話語。

不論是女性主義閱讀或女性中心批評，本質上都透露了「寫實主義」的傾向，假設文學是被社會歷史所制約的，而文學也反映了這個社會歷史。女性主義批評家拿著文學這個「反映眞實的鏡子」尋找女性被壓抑、被對象化的事實，從女性文學作品中織綴出屬於女性的想像與女性的「眞實」歷史。她們相信經由女性主義閱讀的幫助，男性與女性讀者因而能瞭解性政治的眞象，進而改變菲勒斯中心的性政治機制：

> 在藝術和文學、在社會科學、在我們所接受一切有關世界的描述，傾聽且觀察那些沉默的、缺席的、沒有說出的、符碼化的——從那兒，我們將發現有關女人的真實知識。在打破沉默，命名自我，發掘被隱藏者，讓我們自己在場之後，我們將開始定一個可以引起我們共鳴，肯定我們的存在的現實。[79]

不容諱言，在男性中心思維佔絕對主導的六、七〇年代文學批評界，這樣的反向思考自有其顛覆性，不失有發聵振聾之勢。「女性主義批判」或「女性中心批評」的方法針對某些文類的作品，如寫實主義小說，也許也有很大的效益，但對許多其他注重形式創造、或是先鋒派小說，如後現代主義小說，卻顯得有些左支右絀、力有未逮。

女性中心批評對一個眞實女性經驗的訴求，事實上也複製了父權社會對女性特質的定義，瑪麗·賈克伯斯（Mary Jacobus）聲稱，這是一種與菲勒斯中心批評的「自傳謬說」的「合謀」，認為「女性作家作品比男性更為接近她們的經驗，女性文本就是作者本身，或說……是她無意識的戲劇性延伸。」」[80]另外，有趣的是，女性主義批評家在對男性作家文本的解構性閱讀中，質疑了男性文本對普遍經驗的掌握，但卻沒有追根究底地質疑「統一的經驗」的可能性，反而回過頭來宣揚女性經驗本身的普遍性與同一性，正是攻人之矛變為衛己之盾。

此外，女性中心批評所呈現的美學理念，一種追求文本的完整性，以及保證這個完整性的一個確定無疑的作者性，事實上不脫邏各斯中心美學思想的框架。在這點上，女性中心批評其實離米勒特所批評的、代表傳統父權美學價值的新批評並未有多遠。[81]

註釋

❶見第三章〈對後結構主義的探討〉。

❷語言問題的突出是二十世紀西方哲學、文藝理論最明顯的一個特徵，語言哲學甚而被標舉爲現當代的「第一哲學」。這種對語言突出性的哲學思考既表現在當代英美分析哲學，也表現在歐陸人文語言哲學學派中。英美分析語言哲學學派從事語言形式的邏輯分析和語義分析，法國哲學啓發了語言對社會和知識的構成性與消解作用，而德國哲學家則直指存在與語言之思。參見孫周興，《說不可說之神秘》（上海：三聯書局，一九九三年），頁三百五十四。

❸Deborah Cameron, "Gender, Language, and Discourse: A Review Essay, " in Signs 23: 4 (1998), p. 947.

❹Louise Bernikow, *The World Split Open: Four Centuries of Women Poets in England and America, 1552-1950* (New York: Vintage Books, 1974), p. 3.

❺參見Deborah E. McDowell, "New Directions for Black Feminist Criticism," in Showalter ed., *The New Feminist Criticism*, pp. 186-199.

❻史密斯，〈價值的權宜性〉，刊於《批評探索》（*Critical Inquiry*）第十卷，一期，一九八三年九月，頁二十二。引自，Hazard Adams作，曾珍珍譯，〈經典：文學的準則／權力的準則〉，《中外文學》，二十三卷，二期，一九九四年七月（六～二十六頁），頁七、八。

❼所謂提高意識（Consciousness-Raising，簡稱CR）是流行於六〇年代美國女性主義者之間的活動。婦女們組織談話小組，交換個人的經驗與體驗，經由經驗的共享與互證，抒解婦女內心的壓抑，將原本在無意識層面的東西提到意識的層面。共同經驗的分享除了可以有類似集體精神治療的效果，也促使參與者意識到她們個人的問題是一個整體結構性的問題，這樣的認識，讓婦女可以有進一步共同行動的動力，參與婦女組織改造社會的運動。

❽參見Showalter, "Toward a Feminist Poetics," in *The New Feminist Criticism*, p. 131。蕭瓦特在"Feminist Criticism in the Wilderness"一文中重複了這個分法，不過，她的用語是女性主義閱讀（reading）。

❾Josephine Donovan有類似的觀點，她認爲女性主義批評是辨證的，具有雙重面貌：一是否定模式；二是正面或烏托邦模式。前者與蕭瓦特所倡的女性主義批判相當，而後者與女性中心批評相類，見她所編*Feminist Literary Criticism: Explorations in Theory*, 2nd ed.（Lexington: University Press of Kentucky, 1989, pp. 1-28）序文。在否定模式的批評，女性主義批評家審

視文本中省略、裂隙、缺席之處，以批評的眼光將文本對照於其意識形態脈絡（父權制）。而在正面的面向（或者稱做先知的模式），女性主義批評認同文本的解放向度，補捉文本的烏托邦遠景。但多諾凡也澄清，批判性的女性主義批評並不是簡單地認定文本與意識形態有一對一的對應或因果關係。由於作者總是處在一種政治位置的存在，他的創造牽涉了「美學或敘事形事的生產」，因此，文本可視爲一具有政治內涵的「慾望的寓言」（xvii頁）。

❿ Showalter, "Toward a Feminist Poetics", in *The New Feminist Criticism*, p. 131.

⓫ 參見Judith Fetterley, *The Resisting Reader: A Feminist Approach to American Fiction* (Bloominton: Indiana University Press, 1977)。

⓬ Showalter, "Women and the Literary Curriculum", in *College English* 32 (1971), p. 855.

⓭ Ibid., p. 857.

⓮ 參見Fetterley, *The Resisting Reader: A Feminist Approach to American Fiction*，序文。

⓯ 以「女性形象」爲主題的探討是女性主義批評早期主要的形式，因此也得到最充份的發展。相關著作成千上百，在一九七二年出版的一本婦女研究精裝教科書就定名爲《小說中的女性形象：女性主義觀點》（*Images of Women in Fiction: Feminist Perspective*），此書也再版多次。另外，在七〇年代初美國出版了一系列《婦女研究》（*Female Studeies*）的專業書，共七

卷。其中第二卷是文學研究課程，在所提供的二十七項課題，有五項的標題就是「女性形象」，另外五項實際上也可歸類在這個標題。還有九個課題，也涉及了對男性作家作品中女性刻板印象的探討。參見Cheri Register, "American Feminist Literary Criticism," in Josephine Donovan, ed., *Feminist Literary Criticism: Explorations in Theory*, 2nd ed. (Lexington: University Press of Kentucky, 1989), pp. 1-28。

⓰ Simon de Beauvoir, *The Second Sex* (1949), tr., H. M. Parshley (Harmondsworth: Penguin, 1972).

⓱ 在《麻煩的另一半》（*The Troublesome Helpmate*. Seattle: University of Washington Press, 1966）一書中，凱撒琳·羅吉斯（Katharine M. Rogers）認爲，文學厭女症的傳統可遠溯至早期基督教與古典希臘文學。參見Donovan ed, *Feminist Literary Criticism: Explorations in Theory*, p. 4。

⓲ Leslie Fiedler, *Love and Death in the American Novel*, rev. ed. (New York: Stein and Day, 1966).

⓳ Donovan ed., *Feminist Literary Criticism: Explorations in Theory*, p. 4.

⓴ Virginia Woolf, *A Room of One's Own* (New York: Harcourt, Brace & World, 1929), pp. 45-46.

㉑ Adrienne Rich, "When We Dead Awaken: Writing as Re-Vision," in *College English* 34 (1972), p.18.

㉒女性「眞實」經驗的宣稱是女性形象批評的一個中心點，因此講述「經驗」的自傳文學在女性主義批評中是相當受到重視的一環，如Flowrence Howe所說的，「我從自傳開始，因爲女性主義與文學關聯的起始點，就在我們對我們生命的意識中。」見其所著"Feminism and Literature", in Susan K. Cornillon ed., *Images of Women in Fiction: Feminist Perspective* (Bowling Green: Bowling Green University Press, 1972), p. 255.

㉓Jane Gallop, *Around 1981: Academic Feminist Literary Theory* (New York & London: Routledge, 1992), p. 77.

㉔ Moi, *Sexual/Textual Politics: Feminist Literary Theory*, p. 24.

㉕Kate Millet, *Sexual Politics* (New York: Ballantine Books, 1970), p. 33.

㉖恩格思認爲，當歷史條件增強了男人累積生產財富的能力時，男人開始把婦女與她們勞動的產品據爲私有財產；而爲了確保私有財產父傳子的確定無誤，掌控婦女的再生產是非常中心的課題。恩格思並提出男性支配先於資本主義，基於此，米勒特認爲，恩格斯的理論暗示了男性支配在資本主義剝削下有相對的自主性。參見Patricia T. Clough, *Feminist Thought: Desire, Power, and Academic Discourse* (Cambridge: Blackwell, 1994), p.18.

㉗Millet, *Sexual Politics*, p. 31.

㉘Clough, *Feminist Thought: Desire, Power, and Academic Discourse*, pp. 21-22.

㉙Millet, *Sexual Politics*, p. 416.

㉚Ibid., p. 480.

㉛ Moi, *Sexual/Textual Politics: Feminist Literary Theory*, p. 25.

㉜參見Clough, *Feminist Thought: Desire, Power, and Academic Discourse*, p. 26.

㉝包括克勞、莫伊等批評家都曾批評米勒特的方法在閱讀女性作家作品不足的地方。莫伊甚至斷言，米勒特的批評方法「不足爲後來女性主義批評家的典範」，因爲她只將焦點放在男性作家身上，對於閱讀女性作家作品「不能提供任何指導」（Moi, *Sexual/Textual Politics: Feminist Literary Theory*, p.31）。七〇年代，女性主義論壇轉向所謂的「女性中心批評」，米勒特旋風隱沒在這股建立文學上母性系譜的潮流中，似是不可避免的了。

㉞Mary Ellmann, *Thinking About Women* (New York: Harcourt, Brace & World, 1968), p. 28. 關於這方面的論著，另見Joanna Russ, *How to Suppress Women's Writing* (London: Women's Press, 1984.

㉟Ellmann, *Thinking About Women*, p. 29.

㊱Register, "American Feminist Literary Criticism," in Josephine Donovan, ed., *Feminist Literary*

Criticism: Explorations in Theory, p. 9.

㊲See Carol Ohmann, "Emily Brontë in the Hands of Male Critics," in *College English* 32 (1971), pp. 906-13.

㊳《聖經》，創世紀，2 : 19。

㊴See Mary Daly, *Beyond God the Father: Toward a Philosophy of Women's Liberation* (Boston: Beacon, 1973).

㊵See Casey Miller & Kate Swif, *Words and Women: New Language in New Times* (Gardern City: Doubleday Anchor, 1976), pp. 150-51.

㊶Andrienne Munich, "Notorious Signs, Feminist Criticism and Literatry Tradition" in Gayle Greene & Kahn Coppelia ed., *Making a Difference: Feminist Literatry Criticism* (London and New York: Routledge, 1985, pp. 238-59), p. 241.

㊷Annis Pratt, "The New Feminist Criticisms: Exploring the History of the New Space," in Joan I. Roberts ed., (*Beyond Intellectual Sexism; A New Woman, A New Reality*, Bloomington: Indiana University Press, 1976), p. 176.

㊸關於早期女作家的選集有Cora Kaplan 所編，*Salt and Bitter and Good: Three Centuries of*

English and American Women Poet (New York: Feminist Press, 1975)；Mary Mahl與Helene Koon所編，*The Female Spectator: English Women Writers before 1800* (Bloomington: Indiana University Press, 1977)；Moira Ferguson編，*First Feminists: British Women Writers from* 1578-*1799* (Old Westbury: Feminist Press, 1984)；也有許多少數族群作家的選集，如Mary H. Washinton編，*Midnight Birds: Stories by Contemporary Black Women Writers* (New York: Doubleday, 1980)；Dexter Fisher編，*The Third Woman: Minority Women Writers of the United States* (Boston: Houghton Mifflin, 1980)；Cherrie Moroga與Gloria Anzaldua編，*This Bridge Called My Back: Writings by Radical Women of Color* (Watertown: Persephone, 1981)等。

㊹見Showalter在*Sign*創刊號（一九七五）的文學評論文章，頁四百四十四。

㊺Ellen Moers, *Literary Women: The Great Writers* (Garden City: Doubleday Anchor, 1977), p. 63。

㊻Ibid., p.16。舉例來說，莫爾斯以瑪麗・雪萊的日記和信件爲依據，詳細引徵了她創作《科學怪人》的背景：從一八一四年女作家十六歲，與當時還是有婦之夫的雪萊私奔，到一八一八年此書完成之時，五年的期間，瑪麗・雪萊三度懷孕，首胎夭折；其間又經歷兩起熟識之人的自殺事件：一是她的姐姊在發現自己是母親（Mary Wollstonecraft，女性主義先驅者，著

名的《女權辯》（*A Vindication of the Rights of Woman*）即出自其手）與美國籍情人的私生女而自殺；一是雪萊當時的正室也因懷了他人的孩子而選擇跳水。莫爾斯聲稱，死亡與出生構成了當時瑪麗・雪萊正在撰寫的小說的兩個交錯的主題。雖然小說中並沒有女主人翁，但此本小說確爲誕生的母題所縈繞，它折射了一個母親對誕生所懷有的期待與恐懼的雙重心理。

㊼ Annis Pratt, *Archytypal Patterns in Women's Fiction* (Bloomington, Indiana: Indiana University Press, 1981), p. 5.但是有評論者認爲，她的分析還是可以看出演繹的影子，《女性小說中的原型》一書，結構安排從「發展小說」，到「婚姻小說」、「社會抗爭」，到「愛與友情」，再到結束篇章的「獨身與孤寂」與「重生和轉變」明顯是受到男性原型批評家所揭示的「追尋」（quest）原型的啓發。參見Sydney J. Kaplan, "Varieties of Feminist Criticism." in Gayle Greene & Kahn Coppelia ed., *Making a Difference: Feminist Literatry Criticism*, p. 47 (37-58).

㊽ Pratt, *Archytypal Patterns in Women's Fiction*, p. 85.

㊾ Showalter, *A Literature of their Own: British Women Novelists from Brontë to Lessing* (Princeton: Princeton University Press, 1977), pp. 11-12.

㊿ Ibid., p.11.

51 Ibid., p. 13.

(52)Ibid., p. 35.

(53)See Kaplan, "Varieties of Feminist Criticism." in Greene & Coppelia ed., *Making a Difference: Feminist Literatry Criticism*, p. 51.

(54)Showalter, "Introduction: The Feminist Critical Revolution," in Showalter ed., *The New Feminist Criticism: Essays on Women, Literature and Theory*, p. 6.

(55)Sandra M Gilbert. & Susan Gubar, *The Madwoman in the Attic: The Woman Writer and the Nineteenth-Century Literary Imagination* (New Haven: Yale University Press, 1979), p. 98.

(56)Ibid., p.46.

(57)Gilbert, "Feminist Criticism in the University," in Gerald Graf, & Reginald Gibbons ed., *Criticism in the University* (Evanston: Northwestern University Press, 1985), p. 117.

(58)Gilbert & Gubar, *The Madwoman in the Attic: The Woman Writer and the Nineteenth-Century Literary Imagination*, p.13.

(59)Ibid., p. 73.

(60)Ibid., p. 79.

(61)Ibid., p. 85.

62 女性文本的雙重性成爲女性主義批評中廣爲引用的一個觀點，譬如，蕭瓦特在「荒野中的女性主義批評」，就借用吉爾伯特和古芭的說法，指出女性小說可以被理解爲一種「雙重話語」，包含了「支配」和「無聲」的故事。在一九八三年的〈婦女的時間，婦女的空間〉一文，她更把這種雙重話語的理論推到女性主義批評文本。

63 Gilbert & Gubar, *The Madwoman in the Attic: The Woman Writer and the Nineteenth-Century Literary Imagination*, p.80.

64 Moi, *Sexual/Textual Politics: Feminist Literary Theory*, p. 61.

65 See Elizabeth Abel ed., *Writing and Sexual Difference* (Chicago: University of Chicago Press, 1982), preface.

66 蕭瓦特把這個發展的轉折點提前到一九七五年左右，不過大部分批評家還是認爲女性主義文學批評對理論的反思到八○年代後才蔚爲風潮，蓋洛普所著的《大約在一九八一》在標題上就點出學院派女性主義文學批評始於八○年代初。

67 Rich, "Vesuvius at Home: The Power of Emily Dickinson," in her *On Lies, Secrets, and Silence: Selected Prose, 1966-1978* (New York: W.W. Norton, 1979), p. 158. 粗體爲筆者所加。

68 Ibid., pp. 158-59.

⑥⑨Ibid., p. 161.粗體爲筆者所加。

⑦⓪See Patrocinio P. Schweickart, "Reading Ourselves: Toward a Feminist Theory of Reading," in Warhol & Herndl ed., *Feminisms: An Anthology of Literary Theory and Criticism*, pp. 609-34.

⑦①See Nancy Chodorow, *The Reproduction of Mothering: Psychoanalysis and the Sociology of Gender* (Berkeley: University of California Press, 1978).

⑦②See Abel, "(E) Merging Identities: The Dynamics of Female Friendship in Contemporary Fiction by Women," in *Signs*, 6: 3 (1981), pp. 433-34.

⑦③這裡引用克勞的用語，見*Feminist Thought: Desire, Power, and Academic Discourse*, p. 48.

⑦④Moi, *Sexual/Textual Politics: Feminist Literary Theory*, p. 62.

⑦⑤引用Moi用語，*Sexual/Textual Politics: Feminist Literary Theory*, p. 67.

⑦⑥Moi, *Sexual/Textual Politics: Feminist Literary Theory*, p. 65.

⑦⑦Mary Eagleton ed., *Feminist Literary Criticism* (Essex: Longman, 1991), p. 10.

⑦⑧Catherine Belsey, *Critical Practice* (New York: Methuen, 1980), p. 129.

⑦⑨Rich, "Taking Women Students Seriously," in her *On Lies, Secrets, and Silence: Selected Prose, 1966-1978*, p. 245.

80 Mary Jacobus, "Review of *The Madwoman in the Attic*," in Signs, 6: 3 (1981), p. 522.

81 Moi, *Sexual/Textual Politics: Feminist Literary Theory*, p. 67.

3 女性主義的後現代處境

八〇年代女性主義文學研究的一個特點是對理論建構的關注，批評家不僅對女性主義文學與批評的本質問題進行探討，更以女性主義觀點爲基礎，展開與各種批評理論之間的正、反對話。邏格斯

許多女性主義批評家對走向理論起初抱持了相當懷疑、甚至敵意的態度。有些人以女性主義政治的考量來看這個問題，認爲女性主義在學院紮根之始，也是草根性婦女社會運動盛況不再的開始。❶學院派女性主義者對抽象理論的執迷，是一種「精英主義」的體現，是被男權學術機制所收編了的結果。這些學院派的女性主義批評家被譏爲「女性主義官僚」——意思就是靠女性主義在學院裡討口飯吃。

有些批評者是從理論的本質來看，認爲女性主義應該與理論劃清界線，因爲理論本身就是男權思想的產物，它僞裝成中立、客觀，事實上卻是爲男權服務的。瑪麗・達里（Mary Daly）把理論稱爲「方法之神」（the god of method），她說：

我們必須體認到方法之神實際上是一個俯首稱臣的神祉，為更高的權力機制服務。這些社會與文化機制生存的方式是靠把顛覆性所搞亂的訊息視為非訊息（nondata）。在父權制下，設法把婦女的問題抹除地一乾二淨，以致婦女不能依據自己經驗的需求，傾聽、處置我們自己的問題。❷

理論是父權制的幫兇，建立了這樣二元對立的價值階序：理論是公正、公共領域、客觀，最重要的是男性的；而經驗則是個人、私有領域、主觀、女性的。因此，有些反理論的女性主義者提倡反轉這個二元價值，重經驗而輕理論。然而親理論派的女性主義批評家指出，反轉這個二元價值，不過就是反轉罷了，不能從根本上挑戰它。事實上，女性主義批評家不能自外於理論，對理論的探討正是深入父權制最堅固的堡壘之內，試圖鬆動那使女性從歷史文化中沉寂的形上學建制。

這場理論與反理論之爭，顯然是前者佔了上風，因此在後來的發展中，女性主義成了文學理論論壇上最有活力、展現多元包容能力的一個流派。在對理論的探討中，後現代主義❸傾向的女性主義批評家，是很突出的一支隊伍，他們在性別觀點的基礎上與後結構主義、精神分析理論的對話，有著相當引人注目的成果：許多後現代女性主義學者的研究，常常是女性主義、後結構理論、精神分析三者共冶一爐。此外，後結構主義與精神分析理論的探討，對女性主義文本、寫作、美學理論的發展也最有關聯。因此，在本章對女性主義與後現代主義的交集與分歧的探討中，把焦點集中在後結構與精神分析理論上。

第一節　女性主義與後結構主義的對話

後結構主義一詞是複數的，包含相當廣的一些理論立場。後結構主義一個共通的基本假設是，語言並不反映既存的社會實在，相反地，語言建構了社會實在。所有的意義是在語言之內被建構的，語言並不保證有一個意義自足的說話主體，因此克莉絲・維登（Chris Weeden）指出，後結構主義在某一個意義上都是後索緒爾的。❹以下對後結構主義的探討，將集中在對女性主義從「女性中心批評」到後現代多元批評的轉向，最有影響力的兩位後結構主義理論家：德希達（Jacques Derrida）與傅柯（Michel Foucault）。

一、差異與延異：德希達解構理論與女性主義

德希達的解構理論從某一個層面來說是對索緒爾（Ferdinand de Saussure）的繼承與批判。索緒爾認爲，語言是一個由符號鏈所組成的抽象系統，每一個符號由一個「能指」（signifier）與「所指」（signified）組成。「能指」即語言系統的聲音或書寫形象，「所指」則是意義的元素。「能指」和「所指」彼此的對應關係是任意而獨斷的，也就是說在聲音、書寫形象與它所表徵的意義、概念之間是沒有所謂的天生自然的關聯。因此，符號意義的產生是由每一個符號在語言鏈中與其他符號的差異與關係來決定的。舉例來說，「妓女」這個所指沒有任何固定、內在的含意，它的意義是由與女人這個概念相關的其他所指，如「處女」、「母親」等的差異產生的。[5]

德希達從索緒爾的語言理論中承繼了「差異」與「意義非本質」的觀點，但對他的理論中所透露的單一意義的傾向提出批判。索緒爾認爲：

> 一個語言系統是由一系列聲音的差異和概念的差異所組合形成的，但一定數量的聲響符

號，與同樣數量、從大片思想裁選來的概念之間的配對組合，產生了一個價值體系（system of values）。這個價值體系在每一個符號的語音與心理元素之間，起了一個有效連接結的作用。雖然所指和能指在各自分開的時候是純粹差異的（differential）、負數的（negative），但組合在一起，卻形成一個正數的事實（positive fact）。❻

對索緒爾而言，所謂「正數事實」是基於一個「言語社群」❼的公認慣例所形成的，因此語言不是根源於個別、意欲的主體，語言是個人後天學習來的，它的意義是由一個先於個人的社會慣例所規定，說話的個人也受到這個社會慣例的制約，個人與語言的關係「大體上是無意識的」。❽索緒爾堅持語言在落實到說與寫之前，已經先存在了一既定、固定的結構關係，這也是爲什麼他的理論被認爲是「結構的」。

解構與後結構主義學者指出，索緒爾的理論不能解釋意義的複數性與意義的改變問題，譬如說，「婦女」這個所指爲什麼會有許多互相衝突的意義，而且會隨著時間不同而改變。❾德希達是率先對結構主義提出批判而又具有影響力的理論家之一。❿他指出「能指」與「所指」在語言系統的位置與意義是由關係與差異所決定的，因此都不可能固定下來，而且受制於一個不斷「延擱」（deferral）的過程。德希達創造了一個新詞「différance」（延異）來說明這個過程：「différance」代表法語動詞「differer」的兩個意義：差異與延擱。不論是口說的還是書寫的，終極意義是不斷被延異與散播的（disseminated）。在這兒，德希達又巧妙地使用了一個多層含意的術語：「disseminated」。這個詞本身點出了「給予字語意義」（semantic）的過程，是一個「散播」（disseminate）到無數替選（alternative）意義的過程，而這個過程，又否決了（dis-）給予任何固定「字語意義」（semantic）的可能。

因此，任何口說、文字語言的實踐中，意義的獲得只能是暫時的。而這表面上暫時得到的意義只是一「自我隱沒」（self-effacing）的「蹤跡」（trace）的結果，這個蹤跡不指涉任何一個根源、「在場」（presence），只暗示出由於當下這個語言實踐而浮現之暫時意義與其他未在場者、在語言體系的延異鍊上的關係。它是所有那些因差異關係、而給了當下這個語言實踐暫時意義的一切的總合。說「蹤跡」是自我隱沒的，是因爲人們並不意識到它的存在。它的存在是非物質的存在，但它卻是符號構成的條件。

德希達把「延異」的概念引申到他的文本理論：一方面文本由於差異的效果，有了一個意義，但同時，這個由差異所產生的意義永遠無法停佇在一個在語言之外的「先驗所指」。因此，意義是無法有終極闡釋的，意義只能是暫時的，指涉一個缺席的「在場」。因此，德希達主張文本的意義不是定於一的，鼓勵文本解析的「自由嬉戲」（free-play）。

這個「在場」的缺席帶出了德希達學說中對西方形而上學的進一步批判。德希達指出西方思想的本質是一「在場的形上學」（metaphysics of presence），設想存在的現象之下有一內在的、固有的意義或眞理。他進一步指出這種「在場的形上學」，是建立在一種二元對立（binary oppositions）的思考模式上，如眞理／謬誤、男／女、自然／文化、言談／書寫等。二元對立隱含了一種階序（hierarchy）的價值判斷，在每一組的二元對立概念中，其中一個擁有優於它的對立面的地位。他舉言談和書寫爲例，西方傳統形上學一直有側重口說語言，卻有貶低書寫文字的傾向，這種現象形成的原因是因爲一般人多認爲書寫文字在流傳、複製、引用的過程中，會產生許多原作者所料未及的詮釋，因此書寫文字是較不可信賴的。言談被認爲是比書寫「原眞的」，因爲有一個說話的主體在那兒，可以保證一個確切而單一的語義。德希達認爲，這是西方思想中一種根深柢固的「邏格斯中心主義」（logocentrism）作祟的結果，這種邏格斯中心主義的傾向，使人們執著於某種「在場」、本質或眞理，認定有一「先驗所指」，自在自足、不假外求的存在，作爲「意義的源頭」。

德希達對邏格斯中心主義與二元對立思維的批判，在一定程度上與女性主義有不謀而合的地方。女性主義批評家指出，父權制所體現的正是邏格斯中心主義與二元對立思維交相作用的典型代表：突出陽性價值、壓抑陰性價值，再經由把陽性價值等同於生物上的男性，確立男性的優勢地位，因此女性只能是男性的「他者」（other），是由「非男性」的一切所定義。德希達對邏格斯中心主義的解構，有助於女性主義對與之同質同構的菲勒斯中心主義的消解。依莉莎白·格洛茲（Elizabeth Grosz）指出，德希達的解構方法被女性主義批評家挪用後，形成了一股強而有力的批評力量，「（德希達）對索緒爾的純差異概念加添了政治的一維，使它在挑戰形上學對單一的堅持時，更形犀利。」⓫

德希達對法國女性主義理論家的影響尤大，特別是在語言的探討上。法國女性主義理論家認為，女人在以男權價值為主導的象徵／語言秩序中，形同被放逐者。要讓女人重新找回做為說話者的主體，必須找出新的語言、新的再現方式。她們的理論最具原創性的一點，就是把德希達的解構批評、延異的概念，與精神分析理論接合，在這個基礎上試圖建立一種「陰性書寫」（écriture feminine）的美學。⓬

二、權力、話語與抵抗：女性主義與傅柯理論

維登指出後結構主義有各種不同的形式，不是所有的形式都與女性主義的訴求可以有創造性的結合。一個理論是否對女性主義有用，要看它能不能夠解答這些問題：社會權力是如何運

作的？人們又怎樣可以改變建立在性別、階級與種族等的社會關係？她認爲這需要有一種歷史的角度，而最能詮釋這種歷史角度的是傅柯。

傅柯把後結構主義的原則，包括意義的不斷延異、主體的不穩定性，整合到一個語言和社會權力的理論。在他的理論中，「話語」（discourse）、「權力」（power）與「抵抗」（resistence）佔了其中心要旨。根據傅柯的論點，「話語」是構成知識的方式。各種話語不僅是思考、產生意義的方式，更是構成「它們試圖掌控的那些主體的身體的『本質』、無意識與意識的心智活動及情感生活」的要素，不管是身體、思想或情感，它們只有在話語的實現中才有意義。與德希達等解構理論家專注於文本意義的延異遊戲有所不同，傅柯關注話語的歷史情境，如米雪兒．巴瑞特（Michele Barrett）所評論的：「與那些對『文本性』（textuality）的關注有顯著的不同，傅柯對「話語」、以及我們所說的『話語性』（discursivity）概念的使用，一般來說與脈絡文本（context）有很密切的關係」，[13]傅柯指出所有的話語都指涉了一社會、歷史背景，是特定存在情境的產物。用他自己的話說，與話語有關的「不是思想、心智或產生它的主體，而是它被部署的實際領域。」[14]

再看話語與主體的關係。傅柯首先批判人道主義的主體觀，他說人道主義把人視爲一個自給自足的主體，具有一獨特、固定的本質，這個本質使人成爲他所說的那個人。這個本質在不同形式的話語中有不同的呈現，在自由主義政治哲學話語裡，是統一、理性的意識；在馬克思主義話語裡，則是被異化的人；到了自由主義女性主義話語裡，又是本質的女性。不管是理性的意識、異化的人、或本質的女性，都預設了一個統一的「自我」，這個自我是一切意義的源頭與保證。

傅柯主張並沒有一個自給自足、作爲意義派生源頭的「主體」存在，「主體」是在話語中，透過話語實踐建構的。話語存在於各種書寫的或口述的形式，並存在於日常生活的社會實踐中。「話語」透過不同方式模塑，主宰個人，使個人成爲可以具現「話語」的「主體」。在話語中建構主體性，包括了對個人心智、身體、情緒的模塑，讓個人與特定的主體位置認同。這是一個不斷重複的過程，人終其一生就在各種不同的話語，特別是當道話語中，被建構其主體性。這個建構主體性模式的過程，「牽涉意識到和沒有意識到的對各種主體位置，以及隱含在其中的心理與情感結構的記憶的累積。」⑮而話語對個人身體與心智的建構，總是在一個較大的權力關係網絡裡進行，這個權力關係網絡往往是有機構做爲基礎的。⑯爲了要使「話語」有效地實現，必須要激活個人的「能動性」(agency)。因爲只有當個人認同在某個話語中，特定主體位置最符合他的利益的時候，這個主體才會對這個話語所支撐的權力關係階序發揮最大的效用。但相對的，只要「在這個話語所提供的主體位置與個人利益之間，出現了空間，那麼可以對那主體位置產生抵抗的力量便產生了。」⑰「話語」建構並主宰主體，但由於「權力」的作用，「話語」並非全然穩定不變的。在此，傅柯提出了「抵抗」的觀念來解釋「話語」的潛在顛覆性。在進一步探討「抵抗」的概念之前，有必要先理解傅柯理論中對權力的界說。根據傅柯的定義：

> 「權力」是各種力的關係，為他們所運作、以及存在於構成他們自身的那個組織的領域裡，展現其多樣性；（權力）是一個過程，經由不斷的鬥爭與對立，轉化、加強或倒置權力的關係；（權力）是這些力的關係在彼此之間找到的支持，於焉形成一個鍊或一個系統，或是相反的，是使得他們彼此孤立的歧異與矛盾；最後，（權力）是這些力的關係可藉而產生效用的策略，其概略的設計與具體的展現可以在國家機器之中、法律形成過程及各種社會霸權之中看到。⑱

在傅柯的理論中，與權力的概念切題的不是權力的代理者，如國家、個人等，而是權力的「微觀」運作。如巴瑞特所指出的，「對傅柯而言，分析的對象從權力作爲一絕對物，轉向了以權力關係來論述權力。」⑲各種話語都處在某種權力關係中，權力是話語在爭取掌控主體過程的「動力體」（dynamics），⑳也是這個過程的總和。權力結構了在話語之內或不同話語之間、不同主體之間的關係。

傅柯對權力的論述中還有一項重要的概念，就是權力並不是僅有「壓迫性」的一面，它同時也有「生產性」的一面。在《權力／知識》一書中他說道：

然而對我而言，壓迫實在不足以涵蓋的正是權力生產性的那個面向。把權力的效用定義為壓迫，是把權力看作純然是法律的概念，把權力等同於向人說不的法律，把權力看作是攜載禁制的力量。我認為這是一種全然負面、狹窄、缺乏血肉的權力觀念，但它卻奇妙地廣為大眾所接受……權力並不只是壓制我們、對我們說不的一種力量，它也反過來有所生產，它誘導享樂、形成知識、產生話語。我們應該把它看作是穿透整個社會體的一個生產性網絡，而不止是把它當作發揮壓迫功用的一個負面例子。㉑

佳娜．撒維奇（Jana Sawicki）在《規訓傅柯》（Disciplining Foucault）一書中，把傅柯所說的法律概念的權力模式總括爲三項特點：第一、權力是被擁有的（possessed），譬如說是自然狀態下的個人、一個階級、一群人民；第二、權力由上至下來自一中央集權式的源頭，譬如說法律、經濟、國家；第三、權力在作用的時候主要是壓制的（禁制背後有著制裁作支撐）。而傅柯「生產性」權力的概念也可以總結爲以下三點：第一、權力是拿來運作（exercised），而不是拿來擁有的；第二、權力並不止是壓制的，它也是生產性的。第三、對權力的分析是從下到上的。22

再來看看傅柯話語與權力關係的闡述。他指出，在我們社會中最有力的話語，都具有堅固的機構基礎，例如法律、社會福利、教育及家庭與工作組織等。然而這些機構本身就是話語競爭的場域。因此，那些主宰這些社會機構的組織與實踐的當道話語，總是處在不斷被挑戰的過程中。話語的這種不穩定性，部分是因爲當一種話語提供它偏好的某一主體形式之時，總是隱含了還有其他主體位置（subject position）的可能性。因此，也給了對當權話語抵抗、改變的空間。傅柯這樣說明話語與權力相輔相成、又可能彼此抵消的關係：

> 話語傳播並產生權力；話語鞏固權力，但同時也挖它牆角、揭發它、使它脆弱，而得以阻擋它。同樣的，沉默與隱密是權力的庇護所，穩固住它的禁律，但同時它們也鬆馳了它的管轄，提供了給予相當容忍度的模糊地帶。23

不管是「挖牆角」還是「模糊地帶」，都提供了「倒置話語」（reverse discourse）或「對抗話語」（counter discourse）的空間，「抵抗」的可能於焉產生。對權力的抵抗可以以新的話語、生產「新的眞理」的形式出現，而這牽涉了對某些被壓抑的話語或知識的重新評價。關於壓抑的知識，傅柯的定義是：

（「壓抑的知識」）……指的是那些被評定為不足以勝任它們的任務、或是沒有經過充份闡述的知識：是質樸的知識，處在（知識）階序的最底部，尚且達不到認識論或科學性所要求的水平……我稱之為通俗知識，雖然它們並非是一般常識上的知識，但它們相對的是一種具有殊性的、地方性的、區域性的知識，一種不能夠納入一整一概念的知識……只有透過重現這些低層次的知識，這些地方性的通俗知識，這些被認定是不合格、不及格的知識……批評才能發生效用。㉔

「對抗話語」是以直接對立的態度，挑戰當道的眞理或知識形式。「倒置話語」則是透過重新評價、並反轉被主流話語貶抑的話語、知識、主體位置，來達到顚覆主流話語權力的目的。作爲挑戰意義與權力的第一個階段，「倒置話語」創造了新的、抵抗性話語的可能性。舉一個女性主義的例子：情緒化、直覺、對理性的棄置，在傳統上一直是與陰性主體位置相關的具有貶抑性的價值敘述，但激進女性主義者卻將這個價值判斷倒轉，賦予正面價值，並將之作爲她們話語的基礎。㉕

不是所有的話語都享有一穩固的機構所帶來的社會權力與權威，邊緣話語要獲致較大的能見度，就必須開拓主宰話語之外的他途（alternative）知識形式的空間。「在個別主體的層次上對主宰話語的抵抗，是生產他途知識形式的第一階段，而如果是這種他途形式已經存在的情況，這種抵抗則可使個人轉向這些他途話語，進而逐漸增加這些話語的社會權力。」㉖維登指出，在傅柯對歷史的研究中，他的話語、權力、抵抗理論得到了最佳的發揮，尤其是《性意識史・第一卷》這部著作對他的理論方法提出了一個清晰的闡述。由於這部著作所論述的性話語的建構，是女性主義關切的中心課題之一，有必要對它的要義作一個敘述。傅柯認為在當代西方社會，「性」（sex）與「性愛」（sexuailty）㉗是權力對主體進行掌控的一個主要場域，當道話語經由對身體（body）的模塑來建構主體。他這樣分析：

> 我們……處在一個「性」的社會，或者說是一個「具有性意識」的社會：各種權力機制關注著身體、生命，那可以使它增生的所有的一切；關注著可以強化族類、鞏固它的韌性、它宰制的能力、或它能被運用的能量。經由健康、後裔、種族、族類的未來、社會群體的生命力等等主題，權力談論（spoke of）性意識，同時對性意識談話（spoke to）。㉘

在傅柯對西方性意識史的解析中，「性」不具有本質的性質或意義，它的意義是各種性愛話語在主體身體這個場域，不斷爭相競出的結果。「身體」不只是解剖學上的身體而已，它是權力、知識、話語的焦聚點。人們對它的理解、賦予它的意義與價值的方式，銘刻了權力藉由各種話語來建構主體的過程。這個過程不易察覺，但它對主體的建構卻是精細而深層的，如傅柯所說：

簡短的說，討論的要點是「話語的事實」，性被「付諸話語」的方式。也因此，我的主要關注是去找出權力的各種形式，它採取的管道，以及它為了觸及那最細微、最個人的行為模式而滲進的話語；它所以可以觸及那幾乎察覺不到的慾望形式的途徑；它如何穿透並掌控日常的享樂——所有這一切都牽涉了拒斥、阻撓與無效化的作用；但是同樣也牽涉了激勵與強化的作用：簡而言之，是「權力多形態的手法」（**polymorphous techniques of power**）。㉙

傅柯指出，西方社會與其他文化之不同在於，西方社會不把性愛視爲「情慾藝術」，而是以眞理㉚與科學來論述性：「性不只是感官與享樂、法律與禁忌之事，它還是眞理與謬誤之事。性的眞理成爲一種根本的事：或者是有用的、或者是危險的、或者是珍貴的、或者是可怖的。總之，性被建構成一個眞理的問題。」㉛性與眞理的聯繫到了十九世紀最爲明顯，也最爲自覺。弗洛依德話語是一個最典型的例子，對弗氏而言，瞭解自我眞象、眞理的主要途徑是對性慾的解析。根據他的理論，幾乎所有性格結構都可以經由性慾來解釋，而他的性慾論述是圍繞在無意識層次的力比多（libido），或原慾之上。對弗洛依德來說，主體的眞象要從性慾裡尋求，既然原慾是潛沉在無意識層面，那麼問題的癥結就在如何把無意識提出到意識層面，這也就是精神分析的目的。這樣的一個過程牽涉病人和精神分析師，或者用傅柯的話來說，一位告解者和一位對告解的詮釋者。

傅柯用「告解」這一名詞來說明他在精神分析、以及其他西方科學研究上發現的一個共通模式。他指出在告解的敘述過程，個人生產了有關他自身的「眞象」，而這個「眞象」接著由一位神父／專家詮釋和認定。在表面上，是一個人透過告解得以瞭解並表白有關自己的眞象，但事實上卻是這個告解的實踐生產了這個眞象、建構了這個個人的主體：

> 如今告解的義務從這麼多不同的點上傳達而如此地深植人心，我們不再感到它是權力限制我們的結果；相反地，對我們來說，似乎是那深藏在我們心中最隱密之處的真象自己「要求」要浮到表面的；而如果它不能浮到表面，我們會認為那是有個力量把它給綁住，是權力暴力地把它給壓制住了，只有付出像是尋求解放之類的努力，才能讓它終於發出

聲來。㉜

在西方基督教文明中，告解對構成並有效地控管主體方面，扮演了重要的角色。告解模式意涵著一種特殊的權力關係，在這個過程中，有一權威人物—質問者—誘導著告解，並對之加註判斷；而「說話的主體」(speaking subject) 也是「陳述的主語」(the subject of statement)，㉝受制於他所談述的話語。傅柯指出這是西方哲學一直深信的一個主題：「告解使人自由，而權力壓制以使人噤聲；眞理不屬於權力秩序，而與自由分享一眞正的親密關係。」㉞在這點上，傅柯顯然挑戰了西方傳統思想中認爲眞理是與權力無涉的觀點，對他而言，眞理不是獨立於人際關係和社會實踐之外、存在於一個具有普遍性質的形上學領域。眞理是被產生的，而它的產生是在一權力關係網路中，如傅柯所說：「這正是『眞理的政治歷史學』在推翻上述傳統的(權力)主題時所要表達的，眞理不具有本質的自由……它的生產完全充斥著權力的關係。」㉟

傅柯進一步論道，當代許多科學研究對性愛話語的建構，究其本質都是上述所說隱含著眞理與權力關係的告解模式，包括醫學、精神病學、心理分析、倫理學、教育科學、政治科學等。在這些科學話語的實踐中，話語的主體同時是話語所建構的、並且受制於話語，而話語主體作為一個主體的位置，則是由一探詢的「專家」所保證的。眞理不具有本質的意義，同樣地性、性愛也不具有本質的意義。維登在評論傅柯時如此說，他揚棄「由上帝、自然或人類社會的「普遍」結構所保證的本質的性愛概念，（他）把性愛開放給歷史與改變。」36

女性主義批評家對傅柯理論的態度是分歧的。對傾向人道主義的女性主義者而言，雖然傅柯的理論與沉溺在文本遊戲的解構理論相比，更加注意歷史與脈絡文本化（contextualization）的問題，但他對主體是話語性構成的論點，不止忽略了人的能動性問題，更消解了婦女做為一個範疇的基礎，對女性主義的政治實踐來說是不利的。在這點上，莫伊的評論具有相當的代表性：

> 對女性主義者而言，還有什麼像傅柯《性意識史》這樣探討權力與性愛的論述，更有誘惑力的呢？……儘管是這樣的吸引人，但我們不可對傅柯的論著與女性主義表面上的應和給矇住了。女性主義者必須要抗拒他這誘人的計畫……因為投向他有力的論述的代價，會是女性主義的去政治化。如果我們向傅柯的分析投降，我們會發現自己陷在一個施虐—受虐狂式的權力與抵抗漩渦中，不斷地繞著一個異質的怪圈，它將使我們無法辯說婦女是在父權社會下受壓迫的一群，遑論發展一個婦女解放的理論了。37

一些女性主義批評家指出，傳柯的主體與話語理論無法解釋，在改變話語性機制的過程中，人的經驗與意識的積極角色，傳柯消解了人的主體能動性，代之以一個「消極被動」的概念。[38]對女性主義者來說，傳柯理論所隱含的另一個主要隱憂是他對權力本身的認識。傳柯在他後期的著作對權力的解析，有淡化權力的壓制與負面色彩的傾向，而更著重探討權力正面與生產性的面向。在這點上，傳柯與傳統女性主義批評家有極大的歧異。女性主義批評家將男性權力視爲壓迫的，但傳柯認爲權力不是從一先驗的、單一的宰制或壓迫來源所產生的，所有權力、壓迫形式都是在話語中產生的。如果依照傳柯的論點，壓迫是由話語所建構的，不存在於話語之外，那麼就無所謂有什麼集體的「父權壓迫」了。拉馬贊杜格魯（C. Ramazandoglu）雖然爲傳柯的權力理論提出辯解，說他對權力的解構，有助於使女性主義從普遍父權制、種族主義與異性戀堅持等批評論述的僵化概念中釋放出來。但她也批評傳柯把權力看作是無處不在的日常生活政治，可能造成的結果是對一些結構性壓迫的視而不見，譬如說男人對婦女的宰制，或甚至是一群婦女對另一群婦女的抑制。拉馬讚杜格魯說：「（認同傳柯的概念）意味著……宣佈「婦女」作爲一個普遍範疇的終結。但同時也導致了這樣的結果：由於在他的思想中，缺乏階級、種族或性別作爲權力關係的分類範疇……因此容易流於以抽象的詞語來解構『婦女』」。[39]

後結構主義傾向的女性主義批評家對傅柯的理論立場顯然是有較大的共鳴，維登認爲傅柯並沒有鬆動了婦女抵抗與能動的潛能，主體固然是由話語所建構，但仍是「一思想著、感受著、社會的主體與能動者，在各種矛盾衝突的主體位置與實踐中，產生抵抗與改革的能量。」[40]維登強調，有關父權壓迫這個議題，以及所有基於「優勢權力形式」的概念，如資本主義生產模式、核心家庭或男性對女性的暴力所作的解析，都不可避免地「在分析上呈現了偏頗與政治面向上狹隘」的結果。[41]她進一步指出，權力本質與主體身分是從各種不同的話語產生出來的，透過對它們的分析，女性主義可建立一他途知識的基礎：「婦女受制於這些話語的過程中所產生的知識，可以作爲說出他途意義的基礎，這些他途意義不再邊緣化、壓制婦女，而是在過程中，改變男權的霸權結構。」[42]格洛茲也指出，傅柯對邊緣性的政治鬥爭和壓抑話語的論述中，呈現了一種多元、地方化的權力觀念，有助於女性主義在「微觀」層次上對父權話語作「抵抗」：「雖然傅柯的邊緣化、局部化鬥爭的論點，排除了對父權制作狠命一擊的『革命式』的觀念，他卻讓我們明白，一種也算得上是革命的東西已經開始上路了。要能夠去改變父權制，不是透過改革主義，而是對權力最脆弱的地方，進行策略性的、局部的打擊。」[43]

不過，後結構女性主義批評家指出，傅柯理論的一大盲點是對性別（gender）[44]建構論述的不足，珍·弗雷克斯（Jane Flax）論道，「傅柯所論述的歷史幾乎完全沒有受到女性主義敘述的啓發……（如果）對性別關係作一系統地考慮，對他的性愛、主體性、權力與知識的系譜學將有深遠的影響。」㊺茱迪．巴特勒（Judith Butler）試圖在傅柯的主體理論加上性別的一維，她提出「宣成性主體」（performative subject）的概念。「宣成性」是從語言行爲理論引借的概念，根據巴特勒的定義：

> 宣成性的行動指的是，能把所命名的事物成形、或實踐的行動，並且在過程中可以顯示話語的建構與生產性力量；甚至於這個宣成行動可以「表達」有一個先在的意圖，在行為之後有一行為者，而且只有藉著那表達出來的效果、先在的能動者才有清晰的面目。為了要使一宣成行動有效，必須要援引、覆誦一系列的語言成規，這些語言成規傳統上是用來達到某些效果的。一個宣成行為是否有效，要看它是否有能力把那些成規的歷史性，援用、整合到現在的行動中。㊻

宣成性的表達，是要以一特定方式進行，來達到某一特定效果。舉個淺顯的例子，在婚禮中新娘所說的，「我願意嫁給這個男人」就是一種宣成行爲。巴特勒指出，言語之所以會有力量，形成行動，不是因爲它反映了個人的意志或意圖的力量，而是因爲它援用、重述了宣成的規則與慣例。把主體當作是宣成性的，並不是要放棄能動性的概念，而是強調能動性是在宣成行為中構成的。而從另一方面來看，在主體是被社會文化建構的情形下，人還有行動、選擇的能力，就是因為文化建構具有「宣成性」的緣故。

巴特勒用宣成性的概念來解釋性別的建構過程，她指出性別既是被建構、也是被宣成的。人一出生就是與自己的身體一起進入世界，因此性別是與認同分不開的，性別建構不是後於身分認同，而是與之同時。這個「性別化的身體」(gendered body)不是指「一個先定的本質或事實，不論這個本質或事實是自然、文化還是語言的」，而是指涉了一種「積澱行為的遺產」。㊼把性別概念當作一個宣成行為或表演(performance)，不是指有一個主體在那兒，像換衣服一樣，今天決定表演某個性別，明天高興又換另一個性別試試；把性別描述成一個宣成行為或表演，是要強調只有透過不斷重複這樣的行為，性別才得以建構。巴特勒這樣解釋：「性別是對身體重複的風格化的過程，是在與時俱固、相當嚴格的規範架構中，為了給予實體(substance)(某種自然存在)外在風貌的一系列重複的行為。」㊽作為生存在世界上的一個性別化的主體，每一個人總是、也已經是在性別表演的行為中，當我們認知到我們是在表演，就可以對在其中運作的權力進行操縱、重新建構，而這也是巴特勒的論點在身體政治上的積極性意涵：性別的表演不是對某一特定角色的表現，並沒有一個事先存在的「自我」來決定該怎樣表演角色。表演本身建構性別，也建構自我，如巴特勒所說：

沒有什麼正確或錯誤的、真的或扭曲的性別行為。假設一個正確的性別認同，不過是一種規範上的虛構……性別因而不能被瞭解為表現或掩飾一個內在的「自我」的一種角色……作為一個宣成性的表演，廣義的來說，性別是一種「行為」，一種建構了它自身心理內在的社會虛構。[49]

第二節　精神分析理論與女性主義

自七〇年代以來，精神分析關於性特質與主體的研究，對女性主義在理論上的探討有很大的影響，其中弗洛依德與拉岡的影響尤大。從對弗洛依德的反撥，到對弗洛依德的重新認識與修正，再到與拉岡的對話和運用，女性主義理論家在這個領域的成果是相當引人矚目的。以下對精神分析理論與女性主義對話的探討，將以弗洛依德的性別獲得理論、以及拉岡對弗洛依德的修正爲中心議題。

一、弗洛依德性別獲得理論與女性主義

弗洛依德的性別獲得理論是建立在他提出的「伊底帕斯情結」上。弗洛依德把人的心靈結構分爲三部分：本我（the id）、自我（the ego）與超我（the superego），根據他的說法，「自我」是「本我經由感知—意識（perception-consciousness）的系統、受到外部世界的直接影響而有所修飾的那部分……自我試圖把外部世界的影響帶到本我身上，而影響本我的傾向。」[50]弗洛依德進一步說明，「本我」的運作是建立在「享樂原則」之上，而「自我」依循的則是「現實原則」。享樂原則尋求本能需要的立即滿足，而現實原則則是要提升本能到社會可以接受的行爲。「自我」部分是在意識層面、部分在無意識層面，它是心靈可以作理性分析之處。而「超我」依循的是「道德原則」，它內化社會的權威結構，那些代表了社會秩序利益的一切。人們心理所發生的有意識或無意識的罪咎感常常就是與超我有關，而超我也是弗洛依德學說中，解決伊底帕斯情結所依恃的力量。

再來看弗洛依德對性慾發展的論述，佛洛伊德將性心理的發展分爲幾個階段：在初期快感區位於口腔，就是所謂的口慾期，嬰兒從吸吮中獲致力比多的滿足感。兩歲左右，快感區移到了肛門，從糞便的排解之中得到施虐／受虐的快感。而在二歲半到六歲之間，是所謂性心理發展的陽具期（the phallic phase），這時期就是伊底帕斯情結產生的時期，孩童必須要克服伊底帕斯情結，才能發展社會所認可的性別認同。男孩和女孩在克服伊底帕斯情結的過程是截然不同的，根據弗洛依德的說法：

> 男孩從很小的時候就把情感投注到母親身上，……小男孩對待父親的方式則是認同於他。有一段時間這兩層關係分別進展，直到有一天小男孩對母親性的願望變得更強烈，並且發現他的父親阻撓著這些願望的實現，於是產生了伊底帕斯情結。此後他對父親的認同蒙上一層敵意的色彩，轉為想要擺脫他以取代他在母親身旁位置的願望。[51]

當男孩產生這種戀母心理的同時，他害怕父親知道而會傷害他，這種恐懼主要是閹割的恐懼。閹割恐懼對男孩克服伊底帕斯情結是攸關重要的，弗洛依德說，「（閹割的恐懼）迫使（男孩）轉化他的伊底帕斯情結，這導致他發展他的超我，因而啓動了那所有使個人可以在文化群體裡面，找到安身立命的位置的一切過程。」[52]

小男孩由於害怕失去陰莖，而學會去控制本能衝動，形成強固的超我。戀母恨父的情結轉化成了對父親的認同。小男孩認識到他與父親一樣擁有陰莖，因此，跟他父親一樣，是個男人。伊底帕斯情結的化解，也代表了對父親權威的內化。日後，超我繼續運作，內化文化社會中代表與父親一樣、代表權威的一切。弗洛依德指出，這個過程同時也表徵了男孩進入父權制度、以及厭女心態（misogyny）的開始：「男人從伊底帕斯情結所遺留下來的影響之一是，他們或多或少都有對婦女藐視的心態，他們把婦女看作是被閹割的人。」[53]

對女孩而言，克服伊底帕斯情結的過程是另一套全然不同的故事，「小女孩長成一個正常的女人的發展過程要比較困難，而且要來得複雜，因爲它多出了兩項工作，而這是在男人的發展中找不到可資比擬的。」[54]這個多出的步驟包括將性感帶從陰蒂轉移到陰道，以及把慾望的對象從母親轉到父親。小女孩也經歷閹割恐懼，但由於她本身就缺乏陰莖，在某個層次上閹割對小女孩而言是「已遂」的事實，因此閹割恐懼無法像在男孩身上那樣發揮正面的作用。「閹割情結對女人的作用相當不同。她認識到自己閹割的事實，而這個事實也讓她認識到男人的優越與她自己的劣勢；但她反抗這樣令人不快的事情狀況。」[55]這樣的心理反抗容易導致神經官能症或反常的男性欽羨情結（masculinity complex），根據弗洛依德的說法，「發現自己是被閹割的，在女孩的成長過程佔了一個轉捩點的地位。從這點來看可能的發展有三條路線：一是導致性壓抑或精神官能症；二是基於一種男性欽羨情結改變個性；三是朝正常的女性特質發展。」[56]

女孩朝向正常的女性特質發展的初期步驟，就是「接受父親爲一個主要的愛欲對象，而在性特質上變得較爲被動。」57然而即使女孩朝向正常的女性特質發展，她也不可能達到完全正常的標準，直到她能夠生下嬰兒，最好是一個男嬰。弗洛依德說：

女孩轉向父親的願望無疑是起源於對陰莖的意想，她的母親拒絕了她這個意想，因此她現在只有把期望轉向了父親。女孩只有在她們對陰莖的意想被對一個嬰兒的意想所取代——也就是說，由嬰兒代替了陰莖的地位——，她們的女性特質才能完全建構完全。58一位母親只有在她與兒子的關係中才能得到無限的滿足感；這也是人類關係中最沒有什麼猜疑的關係。一位母親可以把她自己內在被迫壓抑的想望移轉到她的兒子身上，從他身上得到她男性情結所未能滿足者。59

由於女孩的閹割恐懼不像男孩那樣，可以發揮正面的克服伊底帕斯情結的作用，因此女孩欠缺動機，僅能形成微弱的超我，如弗洛依德所說：「無法達到足以產生文化意義的強度和獨立性」60。影響所及，女人的性格一般「比男人欠缺正義感，比較不能急公好義，而且，對事物的判斷也比較容易受到一己好惡的影響。」61

女性主義理論家對弗洛依德的態度最初是有相當敵意的，批評者認爲弗洛依德充分體現了父權社會對女人的偏見。米勒特批評弗洛依德的心理分析是一種生物本質主義的理論，把所有人類行爲化約到天生的性別特徵上：

（弗洛依德的學說讓人們）可以科學地說婦女天生就容易屈從的，而男人是喜歡掌控的、具有較強的性慾，因此他們在性上征服女性是情有可原的。她們也享受這種壓迫，而且理當如此……如果這樣的偏見得到科學的認可，那麼（性的）反革命就可以順利進行了。62

米勒特對弗洛依德的陰莖欽羨（penis envy）理論尤其反感，她認爲陰莖欽羨這個概念不但把性特質與解剖學、生物學、自然等同齊觀，它更是一種規訓婦女的方法，尤其是要壓抑那些對兩性關係所造成的社會、經濟、政治地位不滿意的婦女。63西蒙．波娃也批評弗洛依德的理論是生物決定論的，甚至指出他的方法是不科學的，沒有任何哲學或科學的根據就直接任意認定「婦女感到自己是一個殘缺的男人」，她批評道：

我們不能單從一個簡單的解剖學上的比較（就這樣認定）。事實上許多小女孩很晚才發現男性構造，而且只不過是看到而已。小男孩在他的生活經驗中感到他的陰莖對他是一個可資驕傲的物件，但這樣的驕傲感不一定就表示他同時會輕蔑他的姐妹們……對這個多長出來的東西，這個脆弱的小肉棒本身，他們所引發的感覺也可能是不在乎，甚至是厭惡的。64

事實上，弗洛依德也體認到他的學說可能引致的生物決定論的訾議，「女性主義者對我們所提出的（女孩不像男孩那樣可以正面克服伊底帕斯情結）這個事實對女性性格的影響，不會高興的。」65他也說，「如果你們……認為我對缺乏陰莖對女性特質構成的影響的信念，是一個先在的成見（idee fixe），我當然是無可辯駁的。」66弗洛依德似乎在為他理論的生物決定論傾向作辯護，他在「女性特質」的討論一開始就聲稱，他只是「提出（他）所觀察到的事實，幾乎沒有什麼思辨上的增添。」67

對於弗洛依德的生物決定論傾向固然是女性主義批評家所大加撻伐的對象，但晚近的女性主義學者從新的角度切入，認為弗洛依德的某些理論在顛覆傳統的主體觀方面有相當的啓發性，尤其他有關無意識的論述，開放了無意識慾望流動對性別認同造成不穩定的可能性。珍・弗雷克斯（Jane Flax）指出，弗洛依德對無意識與慾望的看法，挑戰了傳統理性主義的主體觀。在弗洛依德的觀點裡，人類的行爲主要是受慾望而非理性所主宰：「(無意識)力量總是影響著我們的『理性』思想與行爲，但我們對這些力量充其量只能半知半解而已。我們認知的能動性被這些無意識力量，包括慾望，給『污染』了。」68弗雷克斯進一步指出，弗洛依德對主體非理性、以及主體非穩固不變的想法，與後現代主義思想有異曲同工之處：

如同後現代主義理論家所指出的……弗洛依德把心靈視為……本質上是矛盾、動能、非統一的，由它所建構的各種過程本質上是相異的，不能夠被整合進一個永恆的、階序式的功能或控制的組織。理性主義者對理智的信念，以及實證主義者認為感知與觀察是可信賴的基礎，都在於心智不致於全然受到身體、激情，與社會權威、慣例的影響。然而，弗洛依德的心智理論使得這些信念岌岌可危。69

維登在對米勒特的評論中也指出，弗洛依德事實上並沒有把性別認同認定是與生俱來的生物本質，相反地，他曾言明，「目前尚不知是什麼特點構成了男性特質與女性特質，而在這點上，解剖學並不能告訴我們什麼。」70她批評道：

《性政治》使人認識到弗洛依德作品中的矛盾，卻選擇把焦點集中在他的女性特質理論。

在這個理論上，解剖學上的差異直接影響了女性性格的結構。這種解讀強調瞭解剖學的決定論，而犧牲了弗洛依德學說中其他較有創造性的面向。雖然《性政治》在開始的時候是以嚴謹的態度來解讀弗洛依德，但後來卻把屬於女性特質（the feminine）的消解於女性（the female）的，把心理的消解於生物的，鬆動了弗洛依德理論中較進步的面向，如無意識與語言理論。71

不過，姑且不論弗洛依德是不是徹頭徹尾的生物決定論者，但他對克服伊底帕期情結與性別獲得的假設，正是突顯了一個堅固的男權思想作祟的結果。當弗洛依德說他只是把觀察到的事實呈現出來的時候，他並沒有察覺這些所謂的事實與歷史、文化的父權機制的關係。也就是說，弗洛依德的探討並沒有質疑父權體系對性別關係的設定，而其背後隱含的意義是，弗洛依德學說其實是建立在父權體系是天經地義的、而且是唯一可能有的社會結構這樣的一個設想基礎上；因此，對女性主義者而言，在重讀或修正弗洛依德學說之時，塡補他學說中性別觀點的盲點是有必要，而且是有創造性的。弗雷克斯說：

女性主義理論家對精神分析學提出了各種分歧、矛盾的評價。有些人因為弗洛依德潛在的男性偏見，就不假思索地排斥（他的論點）。另外一些人則認為，精神分析理論所呈現的自相矛盾之處，是個有用、具有啓發性的分析對象……第二種方法更具有創造性。弗洛依德的著作，的確被一些未經反省、對性別與性別關係的焦慮所充斥、結構、並限制住了。72

精神分析女性主義理論家對弗洛依德理論的修正，重點是建立他的學說中付之闕如的「母親話語」，她們的方法是回到前伊底帕斯時期（the pre-Oedipal phase），以母親爲中心，重新界定母親與兒子、以及母親與女兒的關係。弗洛依德的學說中，對兒童在前伊底帕斯期的雙性性慾（bisexuality）、以及無意識對性別認同所造成的不穩定性的論點，被女性主義學者挪用爲重新打造性別獲得理論的基礎。

美國學者南西．秋得羅（Nancy Chodorow）在《母職的再生產》一書中論道，早在伊底帕斯期之前，兒童的性別認同就已經開始發展了。在此之前伊底帕斯時期，孩童開始有身體完整性與心理獨立性的內在意識，也就是開始發展了自我疆域感（an ego-boundedness）。而在前伊底帕斯兒童性認同開始的階段，是母親而非父親，牽動著整個發展過程。由於母親通常都是單獨負責嬰兒早期的撫育工作，因此母親對於自己以及嬰兒的性別認定，主導了嬰兒自我區別（differentiation）的過程，母親對自己性別以及對嬰兒性別的認識，及其分化的過程具有舉足輕重的影響。

母育的過程使一位母親涉入了一種雙重認同當中：與她自己的母親和與她的孩子之間的認同，在其中，她重複著她自己經歷過的與母親的關係。由於母親視男嬰為與自己有不同的性別，所以很早就「把她的兒子從與她的前伊底帕斯關係中擠出，讓他進入一個以伊底帕斯為基調、以性特質和性別區分來定義的關係中。」73母親會鼓勵兒子朝與自己相異的方向發展，而趨向一個向父親或父親替代物角色的男性認同。這造成了男孩的一種分離的自我感，這種分離的自我感繼之發展成一種「陽性特質」的意識。另外，由於在生命的前伊底帕斯階段，父親很少扮演一個主要照料者的角色，因此父親對孩子來說是比母親要來得疏遠，這造成了男孩在性別認同上採取了與女孩不同的模式與途徑。男孩發展性別認同過程的一個特點是一種「位置性」（positional）的認同。所謂位置性的認同，是指由於父親在育兒過程中的經常缺席，使得男孩的性別認同無法藉由從與父親的實際相處關係中獲得，因而指向了父親所展現的男性角色面向，也就是對父親的人格、價值和行為特點的認同，這是一種「擴散式（diffuse）認同」，74影響所及，男孩成長後與其他男性的人際關係通常是「非基於特殊關係或情感的聯結，而是基於抽象的、普遍的角色期許。」75

婦女的性別認同發展則不同，由於女孩並沒有像男孩一樣被推入一個以伊底帕斯為基調，以性特質和性別區分來定義的關係中，因此女孩與母親較親近，也因為如此，女孩跟男孩比起來，自我疆域感較鬆弛。即使在伊底帕斯情結的階段，母親與女兒這樣親近的關係仍持續著，伊底帕斯情結的意義不是「戀父恨母」，而是女孩如何經由這個階段發展異性戀的認同。秋得羅指出，女孩在伊底帕斯時期的心理結構發展是多層次的：「她與母親（在前伊底帕斯期）依賴、親近、共生的關係持續著，而她與母親、然後與父親的伊底帕斯情感關係（三角的、性別化的）僅僅是附屬而已。」76一個女人之所以會變成母親，也正因為她與男人的異性戀關係，永遠無法超過前伊底帕斯期，她與母親之間緊密的內在心理關係。而在與一個男人維持關係的情況下為人母，對女人的意義不僅是伊底帕斯情結的超越，也是一個可以複製她與母親之間曾經有過的共生關係的途徑，如秋得羅所說，做一個母親，使女人「能夠將她（在伊底帕斯時期所經歷的）內在心理關係結構，重新在社會或世界中展現出來，同時，當她在這個三角關係中取得了新的位置——相對於她自己孩子的一個母親的位置——以後，解決了她的伊底帕斯情結……。」77另外，秋得羅也根據她對前伊底帕斯性心理發展的認識，修正弗洛依德「陰莖欽羨」的論點。她保留了「陰莖欽羨」這個說法，但扭轉了其男性中心的內涵。她認為，女孩固然希望擁有陰莖作為陽具的權力象徵，也就是說，作為脫離依賴母親狀態、爭取自立的一個途徑，但她同時也為了母親的緣故而想要擁有陽具——擁有母親缺乏且慾望的東西。78

秋得羅的探討翻轉了弗洛依德性別獲得理論中，陽性特質與父親角色的優勢位置，母親的角色躍至一個核心的地位。弗洛依德把性別認同的獲得侷限在性心理結構的探討上，秋得羅卻強調了歷史、社會因素對這個性心理結構的作用，以及在性別認同過程中的影響。秋得羅這樣的看法開啓了女性主義者透過改變家庭、社會的制度與結構，以轉化性別角色規範的可能性。另外，一些後結構女性主義批評家認爲，秋得羅對前伊底帕斯時期性別認同的說法仍堅持了一先驗的性心理結構，忽略了弗洛依德無意識理論對一穩定自我的顛覆面向。她們認爲，婦女對女性特質的認同從來沒有在無意識中被固定下來，男人對陽性特質的認同也是如此。所謂「完整統一的男性認同或女性認同」在本質上只是原型幻想的產物。因此以精神分析爲取向的女性主義批評應該顛覆、解構那些以性別爲基礎的概括概念，如「婦女經驗」、「女性慾望」、「陰性想像」等。如卡佳．席爾維曼（Kaja Silverman）所說：

> 前伊底帕斯這樣的圖景只是一種事後的建構，讓已進入語言與慾望的主體可以去想像母性的完整……。它是一種回溯的幻想……透過它，女性主體追尋在伊底帕斯時期象徵閹割讓她所失去的母親和完整性……。它代表了女性主義的一個主導幻想：對婦女一體以及她們有時必須採取分離主義的一個強而有力的形象。[79]

席爾維曼與其他後結構女性主義批評家認爲，只有將弗洛依德學說回歸到他對無意識的認識上，才能避免掉入對女性性質、男性性質「本質化」（essentializing）的陷阱。而克勞指出，西方現代資本主義正是藉著刻意忽略無意識的作用，而將伊底帕斯情結變成固定化兩性特質的主流話語，進而使這個性心理發展話語爲男性中心社會生產模式服務。她說，伊底帕斯成了主流的「敘述虛構」（narrative fiction），目的在「使人們臣服於象徵秩序，以及調合象徵秩序與生產模式。伊底帕斯成爲主流的敘述邏輯，透過它，霸權意識形態的一致性才能塑造成形。」❽⓪

二、象徵秩序與想像秩序：拉岡與女性主義

拉岡的理論最有原創性的一點，是他把弗洛依德的無意識理論整合到一個語言學的架構中。拉岡指出無意識運作的原則，就是語言的原則，或者是意指（signifying）的原則，用他的話說：「無意識是像語言一樣被結構的（the unconscious is structured like a language）。」❽①而這個無意識的語言體系，是以陽具爲優位能指（the privileged signifier）。以下將對拉岡理論中與自我、主體建構有關的鏡像理論、想像秩序、象徵秩序，以及無意識、慾望等分別作探討。

「鏡像階段」（**the mirror stage**）是孩童主體性建立的第一個關鍵時期。拉岡指出，小孩在大約六個月大的時候，對自己的身體還缺乏整體統合能力，但是視覺系統卻相對地得到了較快的發展。嬰孩在能控制身體的行動能力之前，在母親的懷抱裡從鏡中看到了自己的完型（**gestalt**）。他認同於這鏡中的形象而使它成爲建立自我（**ego**）的基礎。拉岡「自我」的概念與弗洛依德不同，拉岡的自我是在想像秩序中、與鏡中虛像認同而形成的。自我最初的形成主要是來自視覺的感知，而不是生理學上的經驗，因此拉岡認爲自我即是主體與自身疏離、將自身變爲「另像」的場域。[82]由於這時期的認同是建立在想像上的，所以拉岡稱這時期爲「想像秩序」（**the imaginary**）時期。

孩童與鏡中的形象認同時，從鏡中反射的自我形象完型給了他一種可以控禦四肢肌肉的欣悅感，這種「想像上的勝利，使得他期待自己可以達成還沒辦法做到的統合肌肉的能力。」[83]然而與此同時，孩童也感受到一種沮喪感，因爲鏡中反射形象的完整性，跟小孩對自己身體實際所感受到的無法完全與統合感相映照之下，對小孩產生了一種威脅感，拉岡稱這樣的威脅感爲侵略性的緊張關係（**aggressive tension**）。因此拉岡說，鏡像認同有著雙重特性：一是對鏡像自戀式（**narcissistic**）的認同；二是對認同對象的侵略性緊張關係。歷經鏡像階段的孩童對經由視覺性的認識途徑形成自我，而這自我進一步發展成一個社會文化性的個體，也就是在象徵秩序（the symbolic）中置位的主體。象徵秩序是與想像秩序相對的一個概念：想像秩序是自然（nature）的領域，象徵秩序是文化的領域，是律法（the Law）、也是大他者（the Other）的場域。從鏡像的自我到象徵秩序中的主體，這個發展的關鍵啓動點就是伊底帕斯情結。

拉岡指出，伊底帕斯情結是孩童從想像秩序過度到象徵秩序的一個中介。在孩童時期伊底帕斯情結的作用有三次：第一次作用是在鏡像階段，以母親、孩子和陽具的想像三角關係爲特點，拉岡稱之爲「前伊底帕斯三角關係」。在以往精神分析理論對前伊底帕期的探討中，通常都把這個時期描繪爲第三者出現之前的孩子與母親的雙邊關係。拉岡修正了這樣的觀念，他認爲在父親介入之前的前伊底帕斯時期，其實並不存在純然的母親與孩子的雙邊關係，第三者早就介入其間，這個第三者就是「陽具」（the phallus）。[84]拉岡用「想像的陽具」來描述這個想像秩序中母子關係的第三者。陽具並不等同於陰莖，陰莖是生物學上的器官名詞，而陽具是從這個器官所衍生的想像與象徵意涵、作用。因此，母親在兒童鏡像時期所呈現的全能形象，使得母親對男孩、女孩來說，都是一個「陽具母親」（phallic mother）。「想像的陽具」對孩童而言，是母親所慾望的對象的表徵，戀母情結會使小孩（包括男孩以及女孩，因爲在這時期小孩還未發展出性別意識）想要成爲母親所慾的對象，也就是作她的陽具，塡補她的缺乏。

伊底帕斯情結的第二次作用是從「想像的父親」（imaginary father）的介入開始。「想像的父親」通常並不等同於現實中眞實的父親，它是主體在幻想中對父親角色的所有想像的建構。它的意涵是由母親所中介的，也就是說它是母親在言語、行爲上所服膺的對象的代表，孩童從母親的身上察覺到「想像的父親」的作用。「想像的父親」的介入也就是孩童意識到「母親的閹割」（the castration of the mother）——或更正確的說，她的「被剝奪」——的開始，母親不再是鏡像時期那個全能的「陽具母親」。這樣的認識啓動了伊底帕斯情結第三次作用的到來，也就是「眞實父親」（the real father）的介入。

「眞實父親」是小孩經歷「象徵性閹割」（symbolic castration）的能動者（agent）：由於他是擁有陽具者，因此在某一層意義上來說，他使孩子「閹割」了，因爲他讓小孩認清了一個事實，跟「眞實父親」競爭是徒勞的，他不可能成爲母親所慾的陽具。[85]明瞭到「眞實父親」擁有陽具而自己遠非競爭對手的這個事實，從另一個角度來說，恰使主體從必須作母親所慾的陽具的焦慮中解放出來，同時也讓主體轉而向父親認同，進而進入了「象徵秩序」。

伊底帕斯情結的作用也是性別獲取所由的途徑，小孩發現「母親的慾望是陽具」之後，小孩將依據「作陽具」（being the phallus）和「有陽具」（having the phallus）的區別，來發展他或她的性別關係位置。拉岡說兩性之間的關係，「將圍繞在『作』與『有』這個概念上，它們都指涉一個能指，陽具，卻有相反的效果。一個是在這個能指上給予主體一個實在（reality），另一個是使這個關係『虛化』（derealizing）以被意指（signified）」。[86]正常情形下，女孩選擇「作陽具」，而男孩選擇「有陽具」。男孩與女孩同樣對陽具有所欲求，女孩在性別獲得過程的一個重要分水嶺即是她瞭解到自己的閹割，她只有經由男人，成爲他所欲求的對象，才能成就「陽具」這個慾望的能指。「對女人而言，『作』陽具意味反映陽具的權力，意指那個權力，『肉身具化』陽具，提供它刺穿的場域，以及經由『作爲』它的他者、它的缺乏、經由辨證地肯定它的身分，來意指陽具。」[87]而選擇「有陽具」的男人，一方面以其陽具爲滿足對象；另一方面，僅僅藉由女人的缺乏來證明他的「有」是不夠的，他必須也從女人對她的慾望中來肯定他的「有」。

孩童認同的對象從「陽具的母親」移轉到「陽具的父親」，標誌了他進入象徵秩序的開始。「父親之名」（the Name-of-the-Father）是這個象徵秩序的運作法則，它一方面授予主體身分（給他命名，給他一個在象徵秩序裡的位置），一方面意指著（signify）伊底帕斯禁制，也就是亂倫禁忌。另外，這個象徵／語言體系，是以陽具作爲優位能指。簡言之，陽具意指文化中的權威與權力，主體根據他或她與陽具的關係與位置，在象徵／語言體系中獲取主體位置的意義。因此根據拉岡的說法，如果一個人不能把這個能指納入主體取得意義的象徵秩序之內，就會產成精神上的病變。

拉岡同時也用後結構主義延異的觀點對慾望（desire）的本質作解析，他指出需要（need）與要求（demand）是構成慾望的兩個基本條件。這兩者的區別在於需要是屬於本能的，滿足了就會消解。而要求卻與一個永遠不能滿足的慾望所指有關。拉岡指出，嬰兒由於無法自我照顧，只有藉著哭鬧等聲音形式引來他人的照顧，這就是要求的原型。這個照拂者除了滿足嬰兒的需要，最重要的一個意義是愛的給予和提供。需要可以滿足，但對愛的需求卻無止境，但現實是沒有人可以提供這樣源源不絕的愛。因此需要從要求中被滿足了以後，卻遺留了一個無法填滿的對愛索求的黑洞。這個黑洞就是慾望（desire）。拉岡這樣解釋慾望，它「既不是尋求滿足的想望，也不是對愛的索求，而是後者減去前者所得的差額，是兩者分裂的現象。」88用後結構主義的說法，慾望永遠是「對其他東西的欲求」。因此，慾望是一種不斷的「換喻」（metonymy），欲求的對象／所指則不斷地被延擱。89

拉岡根據他對慾望、閹割情結與無意識理論的理解，進一步說明無意識的運作，閹割的威脅使得心靈內化了父親的律法，包括亂倫禁制與代表父親權威的一切，形成了超我。對戀母慾望的壓抑造成了無意識，換句話說，無意識是「大他者」、「父親之名」壓抑慾望的結果。無意識提供著源源不絕的心靈動能，然而，這心靈動能的內涵被壓抑了，無法通向原初的慾求之物，只剩下無以消解的能量，不斷地位移、替置。慾望的位移、替置所遵循的就是後結構主義語言的法則，因此拉岡說，「無意識是像語言一樣被結構的」。慾望、潛意識能量，依循著語言學的原則，藉組合（combination）、替代（substitution）、位移（displacement）、壓縮（condensation）、隱喻（metaphor）、以及換喻等方式，在意指鍊上不斷地蜿蜒開展，卻始終無法達到一固定、確定的所指，也就是慾望的原初對象。[90]

拉岡對弗洛依德的重讀與修正對女性主義來說，有相當大的啓發性。格洛茲在評論拉岡的論著時這樣說：

> （拉岡）對弗洛依德的閱讀強調弗洛依德的原創性和顛覆性，有助於用女性主義的術語來為精神分析辯護，也使精神分析可以用來作為解釋社會、政治關係的一個範式。拉岡可用來以社會——歷史與語言學的術語，解釋如婦女的「閹割」或「陰莖欽羨」之類惡名昭彰的概念；也就是說，跟弗洛依德的生物主義比起來，較合（女性主義）政治口味的術語。[91]

跟弗洛依德比較，女性主義批評家對拉岡顯然少了一些「生物決定論」的訾議。拉岡的學說中，最能讓女性主義有所發揮的空間，就是他的無意識／語言體系的理論。根據拉岡的說法，陽具雖然是這無意識／語言體系的優位能指，但終究它只是一個符號元素，與「男人」這個所指的對應關係是任意的。因此，把陽具這個「能指」固定於某個「所指」，是一種外加的、屬於社會價值的結果：對拉岡而言，無意識、慾望與性特質不是自然、生物或某種人類本質的結果，而是人的主體在象徵秩序、想像秩序中，被它們所建構的結果。❾❷拉岡的象徵秩序是「社會秩序的領域」，這個領域是由「大他者」所治理。而作為「大他者」的陽具的地位與父親的位置，主要是象徵性的。事實上，沒有一個個別的男性能佔據「大他者」的位置，例如，在猶太基督教傳統中，這個「大他者」就是身為律法根源、控制意義及慾望的「天父」的位置。男人跟女人一樣，在成為語言的主體的過程中都臣服於象徵秩序，因此不論男人或女人都不可能眞正「擁有陽具」。象徵秩序對性別認同或性別差異的控制過程，始終存在著一股惶惶的威脅，一種來自無意識的抵抗。對拉岡而言，不管在伊底帕斯時期或後伊底帕斯時期，幻想不時介入性別認同的過程，因此之故，主體其實總是處於一個過程中……這些幻想不論以什麼樣的面貌呈現，都可以說是一種對伊底帕斯象徵秩序的抗拒，以及重建前伊底帕斯性質的衝動。

拉岡的象徵秩序理論拆解了陽具這個能指與男性的關聯性，但他並沒有解釋為什麼象徵秩序是以陽具而非其他的，如女性性特徵來作為優位能指——雖然，女性主義者可以「臆測」這是因為父權制的緣故，因此在某一層面上，拉岡「描述的是實際的情境。既沒有發明女性性意識，也沒有發明男性性意識」。[93]由於拉岡所描述的象徵秩序／語言體系，在實際運作時是往陽性能指傾斜的，女性意識在這個體系中著實成了「異鄉人」。拉岡自己也說，男性自戀地把陽具能指固定於男性性質，如此而產生的語言系統，發揮了排斥女人的效果。而他也承認，女人有著「超乎陽具」所指涉範圍之外的「歡愉」（jouissance）。[94]這個超乎陽性知識的歡愉，並不是跟象徵秩序的陽性結構成互補關係（complementary），而是一增生之物（supplementary），是「外於」陽性結構的「全體」（not-all）。[95]而對於女性超乎陽具的歡愉經驗究竟何解，拉岡並沒有繼續探究。

法國女性主義一項重要的理論方法是精神分析，對弗洛依德與拉岡等精神分析理論以女性主義觀點的重讀與挑戰，構成了女性主義文學理論中最有開拓性的一個面向。法國女性主義理論家對精神分析的重讀，重點之一也是回到前伊底帕斯時期上：對法國女性主義批評家來說，前伊底帕斯不僅是一個嬰兒與母親身體緊密相連的時期，同時，它也是女性性質尚未被父權的象徵秩序所壓抑的前語言時期。因此，可以提供一個對反的位置，相對於律法與語言結構所定義的伊底帕斯秩序；也就是以母之名，對抗父系象徵秩序。前伊底帕斯時期是一種「母性的空間」，是一「容納處」（chora）[96]，它先於意義、再現、理論，在那兒只有聲音與動力的節奏。

從精神分析專業科班出身的呂絲・依麗格瑞（Luce Irigaray）[97]對包括拉岡與弗洛依德的

精神分析理論，作了嚴厲的批判，她說，「精神分析聲稱伊底帕斯情結是不變的、普遍的結構；對我來說，這是非歷史的，而且，事實上是太天眞了。」98她認爲他們所呈現的精神分析的世界是男性價値的世界，伊底帕斯理論充滿了男性一廂情願的投射，女人被描述成「匱乏」，在陰莖欽羨的心理作用下，從與母親的緊密關係中被割裂放逐。在這男性中心的伊底帕斯結構中，女人是「被閹割」的女人，以其缺憾而必須藉著種種僞裝進入男性慾望的體系。從弗洛依德到拉岡，精神分析建立在男性中心的陽具敘述上，以陽具作爲文化生產與再現的意義中心，這形同是一個單一性別的文化，女人「他者」只是這個單一性別原型的反射，只能依著對這男性中心自我再現的差異位置被定義，甚至許多時候是「否定式」的定義。爲求反轉女性在象徵秩序中形同放逐的境遇，依麗格瑞強調必須在我們的文化中，尋求透過女人自己的身體、自己獨特的欲望模式，來建立一個觀照到女人這一性的性別話語與語言。伊麗格瑞致力的方向至少有兩個主要的部分：一是追溯男性中心文化再現對母親、母性的負欠；二是建構一個自給自足、基於「正面」而非「否定」或「缺乏」模式的女性、女性性愛、女性特質話語。

依麗格瑞在〈建立女性系譜〉（**Etablir un généalogie de femmes**）一文中指出：

為了要成為男人，他們繼續消費……（母親），引用她的資源，而同時在認同於、從屬於男性世界時，他們拒絕了她、或否定她。他們欠（她）他們的存在，他們的身體、生命，而他們遺忘了或沒有體認到這個欠負，以使自己成為強而有力的男人、忙碌於公共事務的成年人……。99

對依麗格瑞而言，尋求母親系譜的重建是彌補這男權中心文化「負欠」的一個必須的策略。依麗格瑞的步驟之一是把眼光轉向了希臘神話，她認爲神話擁有我們文化的各種原初敘述，雖然神話的發展也不免銘刻上男權中心思維，但它卻仍保留許多豐富的歧義，使我們可以重新對它做「再詮釋」，尋出父權體系進入歷史中心之前的文化根源的蛛絲馬跡，以及潛埋在這男權文化歷史地表之下的女性慾望與言說。依麗格瑞對神話的再詮釋主要是隱喻的，著重這些隱喻在我們文化深層結構的運作方式或顛覆的潛能。首先，她指出父權制的建立是建立在「弒母」之舉上。依麗格瑞的說法是針對弗洛依德的一個駁正，弗洛依德的文化進程圖式是建立在父子相抗爭的伊底帕斯情結上的，因此他假設遠古人類社群的形成是建立在「大父」（**primal father**）的弒殺之上。依麗格瑞援引希臘神話中奧瑞提斯（Orestes）弒母的故事，認爲在「弒父」之前早就有了「弒母」之舉。因爲父權制的建立必須先要斬斷母親與孩子之間親密的臍帶關係，如此父親、家長以及其所代表的律法才能佔據這個人倫關係的中心位置，進而主宰社會與文化的發展。依麗格瑞用隱喻的手法，把弗洛依德的伊底帕斯虛構、他對原始社會的「弒父」假設與她所提出的「弒母」神話並置，凸顯這個基於伊底帕斯圖式的男權文化對母親的殘殺：

> 在伊底帕斯的憎恨中——當她的身體被切斷為不同的階段……每部分都有所投資，而後又被丟棄以求成長——母親不已經是破碎成片了嗎？當弗洛依德說到父親被原始部落的兒子們肢解時，在（母親）被完全吞噬和否定之際，她不是在兒子與父親、在兒子們之間破碎成片了嗎？[100]

在這已是男神／父權主宰的社會，女人／母親要如何言說呢？依麗格瑞舉出了希臘神話中波希芬尼（**Persephone**）的例子，以與另一位女神雅典娜（**Athena**）做比較。雅典娜是天帝宙斯（**Zeus**）呑下了他懷孕的妻子後，從宙斯頭上躍出而誕生的。因此，雅典娜可以說是「有父無母」的，她被斬斷了與母親的關係，她的出生代表了宙斯對女人創育生命能力的嫉妒，以及父權對母權的壓抑與呑噬。雅典娜從頭至腳全副冑甲，只露出面容，代表對女性慾望的壓抑，以冷面無私、理性之姿爲父親效力，維護父親的律法與價值。依麗格瑞指出，雅典娜女神代表的是父權中心思想所投射的一種理想女性形象，與父權合作而執行其價值體系。與此相對，依麗格瑞在波希芬尼身上找到雖然身陷父權中心文化、受其限制，卻仍可以與母親的力量聯繫、保持母親系譜於不墜的一個原初典型。波希芬尼是地府女神，她是大地女神德米特（Demeter）之女，被父親從其母身邊偷走，獻給了冥府之神。她在地府中由於思念母親而不停悲泣，耳聞哭聲卻苦尋不著女兒的大地女神德米特於是拒絕讓萬物滋生，以求換回她的女兒。冥府之神最後同意波希芬尼在春天與夏天回到母親的身邊。波希芬尼雖爲冥神所佔，卻仍然維繫著與母親情感的關聯，她代表了爲父權所俘虜的女性，靠著與母親聯繫的力量，而終能戰勝冥府／死亡而遊走於兩界。[101]

依麗格瑞的說法是隱喻式的，目的在指出重尋母親系譜、重建前伊底帕斯緊密的母／女關係，對女性尋求建立一個可以白我言說、再現的一個場域的重要性。於此，依麗格瑞的另一個主要步驟是解構男性中心精神分析理論中被邊緣化、壓抑與異化的母／女關係，她指出，如果前伊底帕斯時期孩子與母親的關係是一個「黑暗大陸」的話，那麼母／女關係更是「黑暗大陸中的黑暗大陸」，[102]是我們社會秩序中最隱晦的區域。在弗洛依德的伊底帕斯情結理論——或稱虛構——中，女孩的「戀父厭母」情結是其從與母親的同性愛慕過度到異性戀的一個中介，但這個過程最終還是以女孩回到一個由「閹割的母親」所代表的性別位置，作爲她性別認同與獲得的完成。而這「閹割的母親」代表的正是對父親之名／象徵秩序的臣服。不管是女孩最初所放棄的對前伊底帕斯時期「陽具母親」的欲求，還是最後對「閹割母視」的認同，都是一種對女性認同的自給自足性的一個否定。

伊底帕斯／象徵秩序使女人的存在，只能以與母親的斷裂、以及「母性」來定義與規範，這對不管是女兒或是母親而言都是一種不完滿，甚至是一種充滿扭曲的存在。就母親而言，母性是有其社會功能的，它扼住母性之下的女性，它以社會關係上的位置來抹煞其爲女性的慾望與自我表述，因此依麗格瑞指出，母親這個角色讓女人在兩個極端間擺盪：母親的愛常常要嘛是過度給予而幾乎令人窒息，要嘛是給予太少而讓母親時時陷於罪咎感與自我空間的天人交戰中。另一方面，男權／伊底帕斯文化與象徵秩序不止壓抑了母親作爲一個女人的潛能，也造成了女兒的放逐，因爲她通往母親／女人之路在幼童時期就生生被切斷，她自我認同於女人的潛能也被切斷，她沒有女人可以認同，她只能重複位置性的自我置位，也就是以替代母親的位置來自我置位於男性象徵系統。如同依麗格瑞在〈建立女性系譜〉一文中所說的，「女人最初的慾望，她們的性愛從她們身上被撕裂。而她們永遠無法找到一個母親的替代物，除非是佔據她的位置，」[103]而不能回覆她們原初慾望的女人，無異是從自我的認同中被放逐。

依麗格瑞並不是要否定母性，也不是如一些女性主義者主張要從母性的樊籠裡解放出來。她的主旨在指出我們的父權文化，關於母親作爲女人的部分說得太少，甚至是把它壓抑在這男權中心秩序的無意識底層。只有母親是以女人、以她的慾望，而不是以伊底帕斯母親來界定時，才有可能回復前伊底帕斯時期的母／女關係，尋回女性自我言說的場域。從這個出發點，依麗格瑞發展了一個陰性力比多（**feminine libido**）的理論。她指出，相較於集中在陰莖的男性性愛，女性性愛遍及整個身體。依麗格瑞把女性身體界定爲一個「瀰散著情慾的天地」，她說：「女人的慾望大概是跟男人的慾望說著不同的語言，而它也大概被自古希臘以來主宰西方的邏輯所淹沒了……女人到處都是性器官……有關她愉悅（**pleasure**）的地理分佈比想像的要分散的多，差異更多元、更爲複雜、更爲微妙。」[104]這種性特質也結構了女人與外部世界的關係：「女人始終是多數……他者原本就已經在她內心裡，以自體快感（**self-eroticism**）的方式爲她所熟悉。」因此女人跟男人不同，她不會爲了自己而挪用、佔據他者；相反地，她的性特質讓她不斷地融合她自己和他者。女性不占有，但卻注重「鄰近感」（**nearness**）。[105]

依麗格瑞的「陰性力比多」與其他法國女性主義理論家對女性性愛、慾望以及與其再現關係的探討，是女性主義有關文本與寫作理論發展的一個重要部分，她們把無意識慾望與陰性性質、寫作聯繫在一起，探討陰性美學的可能性。關於這點，將在下一章中再繼續說明。

第三節　後現代主義：女性主義政治的消解？

後現代主義與女性主義之間，有著既合又分、千絲萬縷的關係。珍妮·沃馬克（Jenny Wolmark）曾指出，後現代主義與女性主義「享有共同的理論時刻。」[106]兩者有共同關注的問題，如對於主體、差異、邊緣等的重新探討。蘇珊·海克曼（Susan Hekman）也說，「在這個二十世紀後半期中，認識論經歷了一個重要的變化：從對眞理的一種絕對主義、主體中心的概念，轉向了把眞理視爲有特定處境、隨觀點而變、話語的……女性主義，它曾經是、也將繼續是站在這重要變化的最前線。」[107]

女性主義對西方思想的菲勒斯中心主義、以及後現代主義對邏格斯中心的解構之間，有著內在邏輯的親近性。然而，兩者同時又有分立的關係：在觀點上，後現代主義女性主義走得更遠、看得更透，指出邏格斯中心的深層心理結構其實就是菲勒斯中心，因此，對後現代主義女性主義而言，要解構得變成菲勒斯—邏格斯中心主義；在實踐上，後現代主義耽於意指鍊上、意義的無止盡延異遊戲，不求終點、只有此時此在。而女性主義始終有一個底線在那裡，就是政治，除非那一天，婦女的歷史處境不再需要「女性主義」這個詞。

儘管有上述學者指出兩者在時空與內在邏輯上的相近性，但許多女性主義批評家對後現代主義仍感到極大的不安，並加以排斥，認爲女性主義對政治的關切，與後現代主義嬉遊於主體之死、意義之不可得、歷史感的消逝之間，有著「生命情調」上的不協調。她們認爲，女性主義向各種後現代理論方法靠攏，無異是自我消解、自掘墳墓的作法：

解構了婦女這個分類範疇之後，女性主義政治是否還能存在？如果沒有受壓迫的「婦女」，那麼我們拿什麼標竿來奮鬥？又與什麼奮鬥呢？[108]

不管是著眼於運動或是學科本身，都必須要預設「婦女」這個範疇……。宣稱有一個階級或一群人（「婦女」）普遍地受到「男性」、「父權」等的壓迫，在政治上是有必要的，因為沒有認同和相同性的觀念，就不可能構成運動。[109]

對主體之爭一直是纏擾女性主義的一個中心議題，尤其是在傾向啓蒙人道主義立場的女性主義和後現代女性主義理論家之間，論點有著很深的鴻溝。主體所以重要，是因爲它牽涉到女性主義政治是否有其正當性與有效性。啓蒙人道主義傾向的女性主義，基本堅持的主體是統一的，是理性思維的能動者，女性主義批判、女性中心批評都可以說是屬於這個思想傳統。事實上，如前所述，後現代主義傾向的女性主義者未敢或忘於女性主義的政治目標，政治仍是女性主義的一條基線。所不同的是，後現代女性主義對主體、權力運作的定義有所調整、修正而已。我們要問：是否離開了啓蒙人道主義的主體觀，就不可能有女性主義政治？什麼樣的主體觀才是對女性主義政治最有效的途徑？也許解答這些問題比較簡單的方法，是倒過來探討女性主義在政治實踐中，主體「統一性」、「單一性的」的可能與否、或可行與否。對此，巴特勒論道：

> 假設團結是先決條件，而企圖給予婦女這個範疇是普遍且有其特定內涵，事實上這將造成分黨分派，而把「身分」當作一個團結女性主義政治運動基石的作法是不可能成功的。身分分類從來就不只是描述性的而已，它一直是規範的，也因而是排他性的。110

巴特勒並不是要女性主義者完全放棄身分範疇這個概念，而是主張「策略性」地運用這個概念：

> 事實上，我們應該保護、珍惜婦女彼此之間對這個名詞內涵的分歧。我們應把這樣的不斷分歧視為女性主義理論的一個不算基礎的基礎。因此，解構女性主義主體並不是要杜

絕使用它，而是要把這個詞釋放給多元意指，把它從它所受制的母親或種族本體論中解放出來，讓它成為可以有許多意想不到的意義發生的場域。[111]

羅西・布麗多提（Rosi Bridotti）也持類似的觀點，她說：

> 婦女這個名詞已經不足以形容抵抗菲勒斯—邏格斯中心女性特質的後—女人主體（the post-Woman subject）。我甚至曾用過去十年所創造的許多命名形式來描述這個女性主義主體：婦女主義者（Womanist）／賽勃克（Cyborg）／黑人（Black）／累斯嬪（Lesbian）／酷兒（Queer）／遊牧（Nomadic）／神性女人（Woman Divine）……等等，光是這一長串術語的數量和分歧就能夠證明我的論點，性別差異只能以多元差異的方式來理解。[112]

布麗多提強調，對女性主體、或者性別差異的訴求主要是政治與智識上的策略，而不是哲學命題。

不論是站在後現代主義的一方，還是站在「婦女一體」的一方，女性主義者爲她們理論辯護的重點都在，她們的策略是否是政治上最有效的。對此，女性主義應是多元的、多頭理論並存的。目標一樣，何妨開放胸襟，讓眾聲喧嘩。婦女一體論者，不要忘記同中有異，避免落入「認同的獨裁」；而諸後現代女性主義者，既然崇尚差異，那麼也應體認到在婦女地位的此時此地歷史處境中，訴求「婦女一體」在較大規模的抗爭中，仍是策略上必須的，這樣的權宜之計，不也符合後現代女性主義的調調？否則，不也形同另一種「差異的獨裁」？

如珊卓・哈定（Sandra Harding）所指出的，把女性主義定於任何一種單一的政治哲學概念都是不足取的。啓蒙的觀點、女性中心政治與後現代主義對認同的批判，「都是交織在當代女性主義這塊繁複的織物裡了。」[113]徹拉・珊多伐（Chela Sandoval）也說，女性主義的各種理論立場不應以一種歷史線性發展的分期概念來看待，她鼓吹女性主義者採取「戰術式」的主體位置，依照情境的不同，運用不同形式的女性主義政治。[114]

後現代女性主義的多元主義是值得鼓勵的，它可以避免各種霸權話語的固定化，以及固定化之後對人們的宰制。但後現代女性主義者也需謹記：不管女性主體的意涵是什麼（它可以是多元的、複數的、權宜的、策略的），「婦女」不只是個抽象概念而已，它實際上指涉了在特定歷史、社會中存在的各個「此在」，這個「存在」不是指「先驗的存在」，而是「此在」的「物質存在」。這個物質存在，是「此在」所在的那個歷史處境對它的心智、情感、意識、無意識銘刻的所有印記的總合。這個物質存在是不能被掏空、抹去的；因此，後現代女性主義解構各種對女性或性別的宰制話語時，要避免一廂情願，不要以為「主宰的認識論秩序被批判了，就表示這個主宰秩序不會繼續運作下去」，[115]也不要過於樂觀地以為「多元發聲」就代表了所有的聲音都已經獲得平等的表達了。因爲從「話語」到「存在的實現」，路還是遠的很。

註釋

❶See Susannah Radstone, "Postcard from the Edge; Thoughts on the 'Feminist Theory: An International Debate' Conference held at Glasgow University, Scotland, 12-15 July 1991," in Kemp & Squires ed., *Feminisms*, pp. 105-8.

❷Mary Daly, *Beyond God the Father: Toward a Philosophy of Women's Liberation* (Boston: Beacon Press, 1973), pp. 11-12.

❸後現代主義一詞含義甚廣，根據派翠西亞・吳沃（Patricia Waugh）的說法，它可以用來指涉一個當代文化的世代，一種「美學實踐」，也可以指一種理論思想發展，以批判現代啓蒙主義的各種設想爲特點。參見Waugh編，*Postmodernism: A Reader*. New York: Edward Arnold/Hodder & Stoughton, 1992, p. 3.

❹Chris Weeden, *Feminist Practice and Poststructuralist Theory* (New York: Basil Blackwell, 1987), p. 22.

❺Ibid., p. 23.

❻Ferdinand de Saussure, *A Course in General Linguistics* (London: Fontana, 1974), p. 120.

❼Ibid., p. 14.

❽Ibid., p.72.

❾Weeden, *Feminist Practice and Poststructuralist Theory*, p.24.

❿德希達的相關著作，見《文字語言學》（*Of Grammatology*〔1967〕, tr., Gayatri C. Spivak. Baltimore: Johns Hopkins University Press, 1976）、《書寫與差異》（*Writing and Difference*〔1967〕, tr., Alan Bass. Chicago: University of Chicago Press, 1978）。

⓫Elizabeth Grosz, "Contemporary Theories of Power and Subjectivity," in S. Gunew ed., *Feminist Knowledge: Critique and Construct* (London and New York: Routledge, 1990), p.101.

⓬見第四章對法國女性主義文本理論的探討。

⓭Michèle Barrett, *The Politics of Truth: From Marx to Foucault* (Stanford: Stanford University Press, 1991), p.126.

⓮Michel Foucault , "Politics and the Study of Discourse," in G. Burchell, C. Gordon and P. Miller ed., *The Foucault Effect* (Sussex: Harvester Press, 1991), p.161.

⓯Weeden, *Feminist Practice and Poststructuralist Theory*, p. 112.

⑯Ibid., p. 108.

⑰Ibid., pp. 112-3.

⑱Foucault, T*he History of Sexuality, Volume One: An Introduction*, tr., Robert Hurley (New York: Vintage Books, 1990), pp. 92-3. 。

⑲Barrett, *The Politics of Truth: From Marx to Foucault*, p. 136.

⑳Weeden, *Feminist Practice and Poststructuralist Theory*, p. 113.

㉑Foucault, *Power/Knowledge: Selected Interviews and Other Writings, 1972-1977*, tr. & ed., Colin Gordon (New York: Pantheon Books, 1980), p. 119.

㉒Jana Sawicki, *Disciplining Foucault: Feminism, Power, and the Body* (Lodon and New York: Routledge, 1990), pp. 20-2.

㉓Foucault, *The History of Sexuality, Volume One: An Introduction*, p. 101.

㉔Foucault, *Power/Knowledge: Selected Interviews and Other Writings, 1972-1977*, p. 82.

㉕See Weeden, *Feminist Practice and Poststructuralist Theory*, p.110., and Ann Brooks, *Postfeminisms: Feminism, Cultural Theory and Cultural Forms* (London and New York: Routledge, 1997), p. 63.

㉖Weeden, *Feminist Practice and Poststructuralist Theory*, p.111.

㉗「性愛」（sexuality）一詞因上下文不同，或譯為「性慾」、「性意識」、「性特質」。

㉘Foucault, *The History of Sexuality, Volume One: An Introduction*, p.147.

㉙Ibid., p. 11.

㉚在下文中，配合上下文意思，有時以「真象」代替「真理」。

㉛Foucault, *The History of Sexuality, Volume One: An Introduction*, p. 56.

㉜Ibid., p. 60.

㉝Ibid., p. 61.

㉞Ibid., p. 60.

㉟Ibid., p. 60.

㊱Weeden, *Feminist Practice and Poststructuralist Theory*, p. 123.

㊲Moi. "Power, Sex and Subjectivity: Feminist Reflections on Foucault," *Paragraph 5* (1985), p. 95(95-102).

㊳J. Ramson, "Feminism, Difference and Discourse: The Limits of Discursive Analysis for Feminism," in C. Ramazanoglu ed., *Up Against Foucault: Explorations of Some Tensions Between*

Foucault and Feminism (London and New York: Routledge, 1993), p.134.

㊴Ramazanoglu ed., *Up Against Foucault: Explorations of Some Tensions Between Foucault and Feminism*, p. 10.

㊵Weeden, *Feminist Practice and Poststructuralist Theory*, p. 125.

㊶Ibid., p. 124.

㊷Ibid., p. 127.

㊸Grosz, "Contemporary Theories of Power and Subjectivity," in Gunew ed., *Feminist Knowledge: Critique and Construct*, p. 92.

㊹女性主義批評家一般用「sex」來指可以在生物上作出區別的人類身體分類，而以「gender」表示前者在社會期待、角色與價值所佔的分類範疇。中文一般分別翻做「性別」與「社會性別」。這樣的二分法在後現代女性主義的理論中有消解的趨向。因此，在以下對後結構、後現代女性主義的探討中，視上下文，在不致引起與「sex」混淆的前提下，將「gender」還是譯成性別。

㊺Jane Flax, *Thinking Fragments: Psychoanalysis, Feminism, and Postmodernism in the Contemporary West* (Berkeley: University of California Press, 1990), p.212.

㊻Judith Butler, "For a Careful Reading," in Linda Nicholson ed., *Feminist Contentions: A Philosophical Exchange* (London and New York: Routledge, 1995), p.134.

㊼Butler, "Performative Acts and Gender Constitution: An Essay in Phenomenology and Feminist Theory," in *Theatre Journal* 40 (1988), p. 523 (519-31).

㊽Butler, *Gender Trouble: Feminism and the Subversion of Identity* (London and New York: Routledge, 1990), p. 33.

㊾Bulter, "Performative Acts and Gender Constitution: An Essay in Phenomenology and Feminist Theory," in *Theatre Journal* 40 (1988), p. 52.

㊿Sigmund Freud, *The Ego and the Id*, ed., James Strachey, tr., Joan Riviere (New York: W. W. Norton, 1960), p. 15.

51 Freud, *The Ego and the Id*, pp. 31-2.

52 Freud, "Female Sexulatiy," in James Strachey ed. & tr., *The Standard Edition of The Complete Psychological Works of Sigmund Freud vol XXI* (London: Hogarth Press, 1961), p. 229.

53 Ibid., p. 229.

54 Ibid., p. 225.

55 p. 229.

56 Freud, "Femininity" in *The Standard Edition of the Complete Psychological Works of Sigmund Freud vol. XXII*, p. 126.

57 Freud, "Femaile Sexuality," p. 229.

58 Freud, "Femininity," p. 128.

59 同上，pp. 133-4.

60 同上，p. 129.

61 Freud, "Some Psychical Consequences of the Anatomical Distinction Between the Sexes", in *The Standard Edition of the Complete Psychological Works of Sigmund Freud vol. XXII*, pp. 257-8.

62 Millet, *Sexual Politics*, p. 203.

63 同上, pp. 253-9.

64 Simon de Beauvoir, *The Second Sex*, tr. & ed., H.M. Parshley (New York: Vintage Books, 1989), p. 41.

65 Freud, "Femininity," p. 129.

66 Ibid., p. 132.

(67) Ibid., p. 129.

(68) Flax, *Thinking Fragments: Psychoanalysis, Feminism, and Postmodernism in the Contemporary West*, p. 59.

(69) Ibid., p. 60.

(70) Freud, *The Standard Edition of the Complete works of Sigmund Freud*, vol. 22, ed. (James Strachey. London: Hogarth Press, 1955), p. 114.

(71) Weeden, *Feminist Practice and Poststructuralist Theory*, p. 44.

(72) Flax, *Thinking Fragments*, p. 76.

(73) Nancy Chodorow, *The Reproduction of Mothering: Psychoanalysis and the Sociology of Gender*. Berkeley: University of California Press, 1978, p. 109.

(74) 米雪兒・羅索多（Michelle Z Rosaldo）與露意絲・蘭非爾（Louise Lamphere）語，見其所著 *Women, Culture and Society* (Standford: Stanford University Press, 1974), p. 49.

(75) Rosaldo & Lamphere, *Women, Culture and Society*, p. 53.

(76) Chodorow, *The Reproduction of Mothering*, p. 129.

(77) Ibid., p.201.

(78)Clough, *Feminist Thought: Desire, Power, and Academic Discourse*, p. 45.

(79)Kaja Silverman, *The Acoustic Mirror: The Female Voice in Psychoanalysis and Cinema*. (Bloomington: Indiana University Press, 1988), p. 124.

(80)Clough, *Feminist Thought: Desire, Power, and Academic Discourse*, p. 78.

(81)Jaques Lacan, *The Seminaire. Livre lll. The Psychoses, 1955-56*, tr. & notes by Russell Grigg. London and New York: Routledge, 1993, p. 167.

(82)Lacan, *Ecrits. A Selection*, tr., Alan Sheridan (London: Tavistock Publications, 1977), p. 20.

(83)Lacan, "Some Reflections on the Ego," in *The Seminar. Book l. Freud's Papers on Technique, 1953-54*, tr., with notes by John Forrester (New York: Norton, 1988), p. 79.

(84)Lacan, *Le Seminaire. Livre lV. La relation d'objet, 1956-57*, ed., Jacques-Alain Miller (Paris: Seuil, 1994)，pp. 240-41。

(85)Ibid., pp. 208-9.

(86)Lacan, *Ecrits. A Selection*, p. 289.

(87)Butler, *Gender Trouble*, p. 44.

(88)Lacan, *Ecrits. A Selection*, p. 287.

89 Ibid., p. 175.

90 參見劉毓秀，〈走出「唯一」，流向「非一」：從弗洛伊德到依蕊格萊〉，刊於《中外文學》，二十四卷，十一期，一九八五年，頁十三（八～三十五）。

91 Grosz, *Lacan: A Feminist Introduction* (London and New York: Routledge, 1990), p. 9.

92 Ibid., p. 79.

93 引用呂絲・依麗格瑞（Luce Irigaray）批評弗洛依德語，見*This Sex Which Is Not One* (Ithaca: Cornell University Press, 1985), p. 70。依麗格瑞的批評同樣也適用於拉岡。

94 「la jouissance」法文原意除了有歡愉的意思之外，也有性高潮歡愉的含意。

95 參見劉毓秀，〈走出「唯一」，流向「非一」：從弗洛伊德到依蕊格萊〉，頁十六。

96 茱莉亞・克里斯特娃（Julia Kristeva）借用柏拉圖語。見Kristeva, *The Revolution of Poetic Language* (New York: Columbia University Press, 1984), p. 25。詳細討論見下一章。

97 依麗格瑞原本師承拉岡，在她的博士論文*Speculum of the Other Woman*, tr., Gillian Gill（New York: Columbia University Press, 1985）發表以後，即被拉岡以及法國弗洛依德學會逐出門牆。

98 Irigaray,"Women's Exile," in Deborah Cameron ed., *The Feminist Critique of Language: A*

Reader, tr., Couze Venn (London and New York: Routledge, 1990), p. 80.

99 Cited in Grosz, *Sexual Subersions: Three French Feminists* (Sidney: Allen & Unwin, 1989), p. 121.

100 Ibid., p.163.

101 See Irigaray, *Marine Lover of Friedrich Nietzsche*, tr., Gillian Gill (New York: Columbia University Press, 1991).

102 Irigaray, "Mères et filles vues par Luce Irigarary," in *Libération 21* (mai 1979), cited from Grosz, *Sexual Subersions: Three French Feminists*, p. 120.

103 Cited in Grosz, *Sexual Subersions: Three French Feminists*, p. 123.

104 Irigaray, *This Sex Which Is Not One*, p. 28.

105 Ibid., p. 31.

106 Jenny Wolmark, *Aliens and Others: Science Fiction. Feminism and Postmodernism* (New York: Harvester Wheatsheaf, 1994), p. 20.

107 Susan Hekman, "Truth and Method: Feminist Standpoint Theory Revisited," *Signs*, 22: 21 (1997), p. 356 (341-65).

(108) Barrett, *Women's Oppression Today: Problems in Marxist Feminist Analysis* (London: Verson, 1980), p. 96.

(109) Constance Penely, "Teaching in Your Sleep: Feminism and Psychoanalysis," in Cary Nelson ed., *Theory in the Classroom*, (Urbana: University of Illinois Press, 1986), pp. 143-44.

(110) Butler, "Contingent Foundations," in Linda Nicholson ed., *Feminist Contentions: A Philosophical Exchange* (London and New York: Routledge, 1995.), p. 50 (35-37).

(111) Ibid., p. 50.

(112) Rosi Bridotti, "Comemet of Felski's 'The Doxa of Difference': Working through Sexual Difference," in *Signs*, 23:1 (1997), p. 27.

(113) Sandra Harding, "The Instability of the Analytical Categories of Feminist Theory," in *Signs*, 11: 4 (1986), p. 664 (645-64)。

(114) Chela Sandoval, "U. S. Third World Feminism: The Theory and method of Oppositional Consciousness in the Postmodern World," in *Genders* 10 (spring 1991), pp. 1-24.

(115) Brooks, *Postfeminisms: Feminism, Cultural Theory and Cultural Forms*, p. 113.

4 女性主義美學的探討

古爾伯特和古芭在評論女性主義文學批評的發展時，把女性主義批評區分爲兩種基本模式：「鏡子」（the mirror）式批評與「妖婦」（the vamp）式批評。[1]她們的比喻巧借了亞布拉姆斯（M. H. Abrams）對古典主義與浪漫主義的創作理念，一種「鏡」與「燈」的區分。亞布拉姆斯在《鏡與燈》（The Mirror and the Lamp）[2]中，指出古典主義詩人的創作觀，把文學當作是照向自然的一面鏡子，是對自然模擬式的再現。英美傳統的女性主義批評，不論是批判男性文本中厭女症的傾向、挖掘湮沒的女作家、或是鼓吹新的男性、女性角色典型，背後所透露的基本信念，正是文學可以反映的「客體與事件。」只不過，對女性主義批評家來說，從文學中所補捉的「眞實」是「性別觀點的眞實」（gendered reality）。[3]這面「性別觀點的鏡子」洞照了我們文化歷史男性中心的偏見。

女性主義批評陣營裡的「妖婦」指的則是法國女性主義理論家，以及她們在大西洋彼岸的跟隨者。與「燈」（the lamp）一字元之差的「妖婦」（the vamp），與浪漫主義詩人一樣，認爲文學是內在情感的自然外流；她們同樣展現了反理性的叛逆之姿。不同的是，這些女性主義批評家走得更遠，女性被男權文化壓抑的歷史，平添了她們的詭異奇炫之姿：

比喻地來說，亞布拉姆斯的燈到了這些批評家手上，幻化成一個妖婦，她既是一個有著致命吸引力的誘惑者，也是一個「未死」(**undead**)的鬼魅，出沒於集體無意識的暗林。不管她們是試圖把女性的(**the feminine**)從父權論述的綁縛解放出來，是努力去反轉或消解文化／自然、男人／女人、心靈／身體、與白晝／黑夜的二元對立，還是要消滅「菲勒斯中心主體」的霸權以及歷史觀念本身的「菲勒斯邏格斯中心主義」，這些理論家把現階段批評理論的功能定義為，對父權思想體系的一種宣昂的違抗與透著魔魅般感官刺激的攻擊——的確，這既是一種誘惑，也是一種背叛。❹

「妖婦」批評家將語言與文本當作解構父權制沉痾的一個主戰場，第一步就是要創造一種擺脫弗洛依德閹割概念、足以銘刻女性慾望的語言與文體。在父權象徵秩序中被壓抑的，如身體、前伊底帕斯、自然、女人、暗夜，站到了舞台的中央，作爲「妖婦」瓦解「菲勒斯邏格斯中心」二元對立的策略。這些「妖婦」——既是妖姬，也是吸血鬼——在她們的理論書寫中，與上自柏拉圖、笛卡兒，下至弗洛依德、德希達、拉岡的男性思想家「周旋調情」。在歷史上，前伊底帕斯的女性自我是「被釘在火刑柱上斬首的」，現在這些「妖婦」的批評家們借屍還魂，「吸噬男性理論之血，竊用她們希望摧毀的語言。」❺

吉爾伯特和古芭「妖婦」的比喻，形象生動、攝人，「妖婦」所含攝的詭奇瑰麗與潛在危險性，不只是對父權制而言，對英美傳統的女性主義者，何嘗不是深具不安性？「妖婦式批評」在深厚的歐陸哲學傳統下，整合精神分析、語言學、後結構、解構理論與女性論述，對女性主義文論，尤其是寫作理論上，開拓了可喜的一面。在以下的探討中，將著重介紹法國女性論述的三大巨頭：依麗格瑞、埃蓮娜・西蘇（Hélène Cixous）與茱莉亞・克里斯多娃（Julia Kristeva）。

第一節　伊麗格瑞與「女人話」

依麗格瑞的理論起於對拉岡與弗洛依德兩位精神分析大師的發難，其中語言是她批判的一個重點。早在她第一本著作《癡呆症的語言》（*Le Langage de dements*, 1973）中，依麗格瑞就指出，女性語言與癡呆症患者語言在內在結構上的類似性。她指出癡呆症的語言特色是，「被談論多於談論，被表述多於表述，因此癡呆症患者不再是一個發言的眞正主體……他只是從前所發出言語的一個可能的發聲筒（mouthpiece）而已」。根據依麗格瑞的說法，癡呆症相對於語言結構這樣的「被動」、「模擬」關係，不正是女人相對於菲勒斯中心話語的寫照？❻

追根究源，依麗格瑞指出女性這種近乎失語的狀況，正是因爲父權文化在神話、律法、宗教等種種制度，對女性全面的圍剿，切斷女性與自己的根源——也就是母親——的與關聯。在依麗格瑞看來，弗洛依德與拉岡的伊底帕斯情結及象徵秩序，所描述的正是這段人類精神文明史上對女人壓抑的機制，他們的性心理發展理論，恰是父權文明史的圖解例示：「照說弗洛依德理論確實給了我們一些可資動搖整個哲學話語秩序的東西，可是它在論及性別差異的界定上，卻悖論地仍舊順服於那個秩序。」❼

依麗格瑞所說的那個哲學話語秩序，指的是「同一的邏輯」（the logic of the same）。而西方形上學二元對立的思辨模式，究其實也正是這種同一邏輯的運作：把事物以「A」與「非A」的模式分類，前者作爲正面價值。因此，後者就不是一個自給自足、擁有獨立內涵的名詞，它是一個「無定形的」詞，要靠「不是A者」來定義。❽在這樣的同一邏輯的作用下，我們的文化事實上就是一部男性自愛（hom（m）osexualité）史，❾兩性差異被化約爲男性與他的否定面，如同依麗格瑞所說的：男性中心的形上學邏格斯「把所有他者都化約進一個同一的經濟裡（the economy of the same）……把兩性的差異從一個『陽性主體』自我再現的體系裡根本拔除。」❿女人在這個陽性主體自我再現的文化體系中，退居成為客體的地位，女人被否定了主體性。因為只有這樣，男性作為主體的地位才可以得到保障並維持相對的穩定性。在父權話語裡，女人是被置於再現體系之外的：「她是缺席、否定性、黑暗的大陸，或者了不起只是個次要的男人。」⓫

依麗格瑞表示，弗洛依德無法洞悉父權中心虛構與事實的裂隙，所以他踏著菲勒斯中心的思考路子，認為「女兒必須厭恨並且離棄母親，才能進入伊底帕斯情結。」⓬拉岡也同樣認為，女兒必須選擇「作陽具」才能跨越閹割情結，進入以陽具為優位能指的象徵秩序。「男性自愛」的菲勒斯中心話語，以「陰莖欽羨」與「閹割情結」的虛構，獨斷地把女人界定為「缺乏」（lack）。身陷於男性中心的語言／象徵體系中，女人要嘛選擇保持緘默，要嘛鸚鵡學舌，模仿男人的話語。依麗格瑞指出，後者近似一種歇斯底里的形式：「歇斯底里不正是女人與她的母親、與她自己、與別的女人的關係中，那沒有被表達者？……這癱瘓而封閉在身體中的慾望……是被割裂於我們在家庭、學校、社會裡所學到的那套語言之外。」⓭

依麗格瑞認為，要打破菲勒斯中心的二元對立、同一的邏輯，建立新的兩性新倫理、新秩序，唯有讓被壓抑的陰性重尋一個主體的位置，重尋一個發言的位置。一言以蔽之，她認為我們需要「文化的另一種語法或文法」，⓮因為：

如果我們不發明一種語言，如果我們不找尋我們身體的語言，那麼為我們故事伴奏的手勢就將會太少了。我們將厭倦那總是（重複）的那幾套，而讓我們的慾望沒有被表達出來、沒有實現。再度沉睡，不滿足，我們又墮回男人的話語——（這話語）他們已經「知曉」了好長一段時間。但我們的身體不……我們將仍麻痺著……沒有跳躍或蹼倒……。⓯

男性精神分析家自說自話，一廂情願地在「閹割情結」與「陽具能指」上找到牽動人類性別獲得與象徵秩序運作的錨點，女性主義者要顛覆這個男性自愛體系的最直接的方法，就是讓女人爲自己言說，以顯示出這個自愛體系的盲點與謬誤。因此，依麗格瑞發展了一套與男性話語完全不同的女性力比多，她指出，女人的性感帶是遍布全身的，由許多不同的部位組成，因此她的歡愉是多元的、是複數的，這是性慾集中於陽物、只有單一式快感的男性所無法理解與代爲言說的。基於對女性與男性不同的生理形態學（**morphology**）與不同的歡愉地形圖（**topography**），依麗格瑞嚐試建構一種可以外於父權象徵／語言秩序的語法與文法，她名之爲「女人話」（**le parler femme**）。首先，她指出這樣不同的性愛形態學與地形圖所隱含的不同感受方式：

女人始終是多數……他者原本就已經在她內裡，以自體快感（self-eroticism）的方式為她所熟悉……。[16]

而且早在主動、被動的區分產生之前，她就已經在她自己內裡觸摸她自己。女人一直在「觸摸她自己」，沒有人能禁止她這樣，因為她的性是由兩片總是擁抱著的唇所構成。因此，在她自己內，她就已經是兩個了——但是不能分開成為單個的兩個。」[17]

女人「多數」、「多元」、「以觸覺爲優先」的力比多使「陰性」、「女性」不能被包覆在菲勒斯邏格斯中心「非此即彼」（either/or）[18]的思考模式之內。它是流動的、不可定於一的、包容的。「女人話」也有相同的特性：

「她」也是自己內含含混混的他者。正因為這樣，人們說她是神經質的、不可捉摸的、惶惶不安的、善變的——更別提「她」說起話來，話頭四散流去，使得「他」沒辦法辨別出任何連貫一致的意義。對理性邏輯來說，那些矛盾的話似乎是有些瘋言瘋語，帶著先入為主的框框來聽的人，是聽不出她說什麼來者。她在陳述的時候——至少在她敢於開口說出的時候——，女人不斷地自我修正。她才剛說到一些閒事、一句感歎的話、半個秘密、才剛起了個話頭，沒說完，一轉身，就又從另一個話頭開始說苦道樂了。人們必須用不同的方式傾聽，才能聽出「弦外之音」：**這個意義在過程中總是迂迴行轉，不斷地擁抱字詞，同時又丟棄它們，以免被固定化、僵化。⓳**

如果把這段形容當作對女人婆婆媽媽經的描述，那就失之毫釐、差之千里了。依麗格瑞是企圖在女性特殊的性愛形態學，與打破西方邏格斯中心線性邏輯的敘事之間，建立一個隱喻的關聯。在男性中心的邏格斯體系中，不合陽具象徵秩序的陰性力比多，與二元對立思維模式不能含攝者，都被排拒在其再現體系之外，兩者有著同質同構的內在關係。因此，這個多元的、流動的、包覆的女性生理形態學與力比多，被拿來引申為對抗邏格斯中心同一邏輯的他途再現方式，也就是以「女性力比多—多樣性歡愉—打破二元對立思維」，來對抗「陽具—單一式歡愉—同一邏輯」。

不過，依麗格瑞也並不是在女人—女人話—非同一邏輯之間，劃上一個簡單的等號：女人並不是就一定說著「女人話」。「女人話」是已被壓抑的語言形式，必須自覺地去尋回並實踐它，而「女人話」的實踐也只能在父權象徵語言的縫隙中，以戲擬、偕擬、模仿等姿態展現，因此依麗格瑞說：「她不能假裝是在某種外在於父權制的純粹女性主義領域中寫作，如果她要別人不把她的話語當作是無法理解的絮絮叨叨的話，她必須模擬男性話語。而女性氣質只能在她自己模仿的符號，和字裡行間留下的空隙中尋求了。」⑳而這樣充滿符碼意義的「女人話」只有在文本書寫中才能展現它的威力。依麗格瑞補充道：

> 那麼，如何定義這個留給女人一席之地的語言運作呢？這麼說吧！每一種二元化的……分裂……必須被顛覆……線性閱讀已經不再可能了。也就是說，每一個字詞、發言或句子終結對其開頭的回溯性影響必須要考慮到，以便瓦解其目的論效用的力量，包括它延異的行動。㉑

依麗格瑞自己也嘗試實踐她所鼓吹的「女人話」書寫方式。她的文體很難用傳統的文類概念來區分，其中虛構／非虛構、論述／抒情、散文／詩歌等，各種文體交錯相間；依麗格瑞的作品也打破各種專業之間的畛域，而同時是哲學、政治科學、社會學與文學，但不完全是上述的任何一種。有時從法律哲學到精神分析到神學，然後到政治科學、語言學，同時出現在一個文本中，甚至出現在同一頁中。她也善於運用互文遊戲（intertextual play）、雙關語（pun）、諧擬（mimicry）與仿諷（parody）等技巧，強調行文的多義性、流動性。舉例來說，《非單一的性》的書寫就是部分是詩歌、半理論體的文本，部分是傳統式的理論文本，甚至還有對《他者女人的內視鏡》（*Speculum of the Other Woman*）一書的研討會的筆記。而書名本身也大玩雙關意義的遊戲，原文「**Ce Sexe qui n'en est pas un**」可以有兩層意思：一是「這一個性別不是一個性別」，點明了女性在菲勒斯中心文化的實際處境；二是「這個性別不是單一的」，點出女性力比多的多元與差異。短短一個標題，道盡了以形式實踐了此書的中心要旨。在她對男性哲學大家思想的探討文章中，常常把自己的聲音與這些哲學家的聲音、文本交錯間雜，而行文之間也刻意戲擬他們的論述，最後經由前後的矛盾、裂隙，進而鬆動她戲擬對象的文本。

一般對依麗格瑞的批評最主要的是她的理論中所透露的本質主義傾向。的確，在女性身體、力比多與非二元對立思維之間不能作簡單的對應關係。但對依麗格瑞的本質主義傾向批評之餘，不能忽略她理論中積極的面向。在菲勒斯中心主導的語言／象徵體系之下，重新探討女性本質與性愛，以及它們跟語言的關係，對尋求這個語言／象徵體系之外的他途可能性是有必要的。對女性本質與力比多的探討，重點不在去界定一個先在、固定的本質，而是挖掘那些被壓抑的與未說出來的。

第二節　西蘇與陰性書寫

西蘇本身是位多產的作家，從六〇年代迄今已出版了四十本左右的書及百餘篇專文，包括小說、戲劇、哲學、女性論述、文學理論與批評。㉒西蘇在英美女性主義論壇最受矚目的是她的「陰性書寫」（écriture féminire）理論。

這位被德希達譽爲「思考的詩人」的女作家自承受德希達的解構理論啓發甚深，在她最早對書寫提出探討的文章〈突圍〉（Sorties, 1975）中，就以打破二元對立思考模式、重新界定陰性想像爲出發點。文章一開始，在「她在哪裡？」的標題之下，西蘇列舉一系列二元對立詞語與概念：主動／被動、太陽／月亮、文化／自然、日／夜、父親／母親、頭腦／情緒、理智的／感性的、邏格斯／情感……。在她的看法裡，所有這些二元對立都隱含了一個階序的概念，而男／女的二元對立是所有這些階序式二元對立的原型。男人是與上述二元對立的前者，也就是與其正面價值是聯繫在一起的。女性則是被聯繫於階序中負面的、居於下風的那一方。這樣的二元對立模式深深嵌入我們文化的各個層面，結構著人們的思想行爲，西蘇這樣說：

總是同樣的隱喻，我們跟隨它，只要有話語成形之處，它以它所有的形式迷醉我們。不論我們是透過文學、哲學、評論，來閱讀或訴說幾世紀以來的再現、反思，同一個、或說是雙重的理絡牽引著我們。

男人與女人都被捲入了一個複雜的千年文化網絡中，被它所決定。對它的複雜性我們實際上是分析不了的。我們談到女人和男人時，都已經不可能不捲入一個意識形態的展演場域……。㉓

西蘇指出，二元對立是一種「暴力」的關係，在我們文化裡、在每一種話語裡，都不斷上演著這樣的二元對立的暴力。而「在這致命的二元區分中，陰性詞語的那一方總是逃脫不了被扼殺、被抹除的結果」。㉔就拿男人／女人的二元對立來說，第一原則是，男人是「自我」，女人則是他的「他者」（the other）。女人的存在因此只有兩種狀況：一是當男人的他者；二是根本不存在、或者是根本想都沒被想到。就算男人願意開始對女人作一些思考了，但往往草草了之，女人終究仍是不可想、不必想的。

女人要脫離男性加諸於她身上的秩序，就得要爲這「不可想」與「不必想的」寫入意義。海德格說「語言是存在之家」，後結構主義理論家指出，主體是在語言中建構的，書寫在西蘇眼裡，也是女人可以抵抗象徵秩序的一個場域，而且是一個充滿顛覆與救贖意義的場域，她說：

一切事情都轉向字詞，並且只能是字詞……我們必須以字詞來看待文化……沒有一個政治反思可以不去反思語言。因為我們一出世，就是生在語言中，語言對我們說話，執行它的法則。」㉕

只有在詩意的寫作，透過對文法的顛覆、在語言內求取某種相對於性別法則的自由度，生命的奧秘、連續感才會出現。㉖

西蘇認為，要發展一種抵抗二元對立的書寫方式，只有讓那一切二元對立中被壓抑的二元原型——陰性——來總領整個行動。她追求一種新的「陰性形式」，它不像「陽性形式」那樣，倚賴征服與掌控，它可以「接受『混沌』（chaos），它尊崇、頌揚差異」。㉗西蘇在她形同「陰性書寫」的宣言的重要論文，〈美杜莎的笑〉（The Laugh of the Medusa），以熱情、激昂的言詞指出，這樣的陰性形式是「顛覆的」，它具有「火山爆發」一樣的能量，它將帶來對舊的、陽性形式所支撐的「規矩方步」的翻覆，它將「揚長一笑，打破一切『眞理』。」㉘

由於女人在菲勒斯象徵秩序中，是他者中的他者，西蘇與依麗格瑞同樣，轉向女人的身體，她的力比多、她的欲望、她的想像，從中尋求陰性書寫的動力與泉源。她說：

寫你自己。必須讓人聽到你的身體。只有那時，潛意識的巨大源泉才會噴出……。去寫作。這個行動不但能使女人與她的性愛、與她女性的存在關係不再受到壓抑，讓她可以還至原初的力量。它還將歸還她的所有、她的快樂、她的喉舌，以及她那一直處於封印之下、無限的身體領域。㉙

西蘇指出女性的書寫所遵循者必與菲勒斯中心秩序不同，菲勒斯中心秩序的運作法度是佔奪與擁有，而「陰性書寫」遵循的則是一種「施予」的法度。西蘇在女性力比多與「陰性書寫」之間找到一種同質的律動，同樣是多元、富變化與充滿節奏感，而且是不佔有的。她寫道：

她的書寫能不斷保持前進，地形、狀況一律不考慮……她讓自己的語言說話……她的語言並不收納或包束任何東西，只管夾帶而已；而且它不壓抑可能，而是創造可能。㉚

這是一個沒有主體對客體的佔奪、物我相忘的境界，這也是為什麼在寫作上，西蘇會特別推崇克巴西女作家克雷麗絲・李絲白克特（Clarice Lispector）的作品。在許多研討會、演講中，她提及李絲白克特的作品，如何超越了陽性以占有爲主的法度。她說，李絲白克特的作品是「訴說尊敬、訴說適當的距離的書、無限的書」，要得致這種「適當的距離」，只有透過毫不留情地「去自我」的過程，她並引用了李絲白克特《星的時刻》（*The Hour of the Star*）書中的一段文字來作說明：

> 這個故事的情節將會把我變為他者，最終把我賦形而融入一個客體。是的，或許我能夠到達一種似笛聲般甜美的境地，把我自己與軟蔓交纏。[31]

值得注意的是，西蘇雖然受到德希達的影響甚深，但她的「陰性書寫」卻發展了另一種不同的內涵。當德希達等男性解構作家，在文字、文本的延異遊戲中，看到的是意義的不可能，西蘇卻在差異與矛盾中，體會到其中可以創造的「可能性」。如同莫伊在比較羅蘭・巴特（**Roland Barthes**）與西蘇的文本理論時所說的，「前者表徵了絕對的喪失，那是一個主體隱沒於無物的空間；而後者總是終究能在想像的豐足中，收拾起它種種的矛盾。」[32]

西蘇進一步指出，這種只知給予、尊重客體的空間、物我兩忘的境界，源自前伊底帕斯那母質的豐腴與圓融。在這個母親與小孩仍未被象徵秩序割裂的前伊底帕斯時期，人們與客體、他者感知交換的途徑，是愛意的觸覺與無我的傾聽，而不是占有的「凝視」（gaze）。33它是一個「充滿豐裕想像的時期，身體的延伸感或歡樂似乎沒有什麼盡頭，沒有自我與母親／他者（m/other）的區分」。34西蘇指出，傾聽潛意識的聲音，以回復到那自我與他者水乳交融的情境是「陰性書寫」的必要條件：

女人從來沒有遠離過「母親」……在她的內心總是至少存留了一些母親美質的乳汁。她以白色墨汁書寫。35

一個女性的聲音從遠方靠近我……這一聲音並非在找我，它不向誰，向所有的女性，向寫作，以一種外國語，我不能說它但我的心明白，它沉默的文字在我生活的每一脈絡中自動轉譯成瘋狂的血、快樂的血。36

許多評論者對西蘇「陰性書寫」理論的質疑，集中於它與生物主義或本質主義的關聯。此外，把「陰性」與非理性、無秩序、原欲的流動等聯繫一起，也有使有關女性、陰性的論述，陷入應和原有的菲勒斯二元對立框框之虞。西蘇並不是沒有意識到上述潛在的危險，因此，她自己也強調「陰性書寫」並不能界定，所有對它的描述，比較恰當地說應該是對它的可能性的探討，這種描述是在一個過程中，而不是已有了一固定疆域的界說，西蘇解釋道：

這種實踐是永遠不能被理論化、圈起一個範圍、給編個碼的——這並不表示它不存在。但它總是會超越那規範菲勒斯中心體系的話語；它現在及以後生成的領域，都不會在哲學理論的轄地之內。37

因此，對西蘇而言，陰性可以包涵非理性、無秩序等，但後者是不能完全界定陰性的。西蘇也指出，作者的性別與他們的作品是不是「陰性書寫」並沒有一定的關係。雖然在現階段女人比男人更可能採取一個開放、質疑的態度，但我們都繼續在性別角色間游移，「有時採取防禦的、『陽性』的位置，有時則甘犯禁忌的危險，有時卻綜合兩者的元素。」38事實上，她認為前伊底帕斯時期就是一個雙性性慾（bisexuality）時期，因此，不論男性或女性都可以回溯這種原初的力比多能量，創作出陰性文本。39只不過，婦女在現階段，由於一些「歷史—文化原因」，比男性更接近一個陰性的法度，她說：

從某方面來說，「女人」是雙性的；而男人——這對大家而言都不是秘密——則被置放於一個崇隆的菲勒斯單一性慾的位子，動見瞻觀。40

西蘇也對她的雙性觀念作了一番說明，她指出她所講的雙性與雙性同體的舊說不同，後者是男性中心思維的產物，它事實上是在「閹割的恐懼」與對一個「完整」的存在（意味著人是不完整的存在）的希望的交相作用下，對「異己」的收納，因此，它最終導致的是「差異的敉平」。西蘇把她所倡導的雙性稱作「另類雙性」，它是多元、可變的，它「不消除差異，反而鼓動、追求、增加差異。」㊶

在這點上，西蘇對雙性的觀念，似是給「陰性書寫」從本質主義的批判中解了套，但另一方面，與她強調女性力比多特殊性的其他論述之間，不免還是有矛盾之處。㊷她強調男女皆能夠書寫陰性文本，似乎削弱了她在鼓吹「陰性書寫」時，對它可以給女性帶來救贖力量的說法。也許這是一個帶著濃厚理想主義色彩的「思考的詩人」容易有的傾向，詩意的狂喜常常不自覺地淹漫了對論述條理的眷顧。西蘇自己也意識到這些那些的矛盾，因而她也說，「我有能力進行哲學論述，但我沒有這麼做。我容許我自己被詩意的詞語所引誘。」㊸

第三節　克里斯多娃與邊緣顛覆書寫

克里斯多娃雖然跟依麗格瑞、西蘇同被列為展露後現代風情的「妖婦式」女性主義理論家，但與她們又有基本上的不同。「陰性書寫」、「女人話」讓西蘇與依麗格瑞不時捲入「生物本質主義」的爭議漩渦中，克里斯多娃卻質疑「本質的女性」的存在與否。她說：

> 不對女性作實際的探求，而將「女性」孤立為一個絕對名詞，一個固定的形貌去設想女性，這實際上是說不通的，因為現實生活中可能根本就沒有這樣一個女性的存在。44
>
> 過份強調「男」、「女」之分是近乎荒謬的……雖然我承認凸顯女性身分可以作為一種手段，但我還是要指出，較深入地來看，「女性」終究並不是一個本質性的存在；它與其他事物之間有著彼此聯繫、相互影響的關係。45

克里斯多娃不贊成把語言與生理結構混爲一談，在這基礎上把書寫風格分爲陽性與陰性，她認爲這樣無異於把男性與女性再一次放入菲勒斯邏格斯中心二元對立的模式。而且，許多男性作家的作品事實上也呈現所謂的「陰性」書寫風格，46可見生理性別與書寫風格之間並沒有一對一的絕對關係。

要理解克里斯多娃與西蘇及依麗格瑞間的根本差異，就必須從克里斯多娃的語言理論探究起。克里斯多娃本身原是位語言學家，七〇年中期才開始寫作女性與女性主義相關的文章，以及深入精神分析理論並接受心理分析師的養成訓練。47克里斯多娃的語言學理論與後結構主義淵源甚深，[48]同樣關注語言對主體性構成的作用、以及語言作爲一個開放的意指場域。克里斯多娃批評以索緒爾爲宗的結構語言學家仍舊依戀語言是一種自足、封閉的系統觀念，以及一個先驗的、統一的笛卡兒式的認知主體。她說，「這種（結構主義）語言學背後的認識論、以及隨之引申的認知過程……在面對當代主體與社會的變遷時，似乎無法不給人一種時空錯亂的感覺。」[49]

克里斯多娃認爲，語言不是一個完全封閉的結構，而是一個開放給多元異質性的意指過程。說話的主體不是一個先驗的主體，而是一個「場域」，在其中，各種話語的力量經由不斷的轉化、企圖建立它們的結構系統；但另一方面，各種話語之間的衝突、競爭，也使這個「說話的主體」見證了這些話語的「喪失」與「消耗」。[50]

除了後結構理論，克里斯多娃的「符號異質性」概念，也深受索緒爾生前未發表的「變詞造字」（anagram）概念的影響。她認爲，在語言的符號體系中作爲區別標記（marque distinctive）的能指，雖然可以經由差異原則而意指一個暫時的所指，但卻無法意指某種無法示意的情感（affect）或「衝動」（pulsion）的力量成分。而這些情感或衝動的力量潛存在語言的實踐與書寫行爲中，在後者的情形，則是形成詩語言的一個重要驅力。[51]克里斯多娃把後結構主義語言理論、變詞造字概念、精神分析的主體獲得理論，共治一爐，創造了她獨特的解析符號學（semanalysis）。

克里斯多娃堪稱重量級的博士論文《詩語言的革命》（*The Revolution of Poetic Language*）[52]闡釋了她的解析符號學的原則與概念，其中關於語言獲得的理論，對女性主義批評理論帶來不小的衝擊與影響。克里斯多娃把拉岡的象徵秩序與想像秩序的理論框架加以修改，轉化爲她自己語言理論中的「象徵態」（**the symbolic**）與「符號態」（**the semiotic**），這兩者的互動攸關意指過程的構成。「符號態」與前伊底帕斯的心理作用過程相關。在這個時期，孩童與母親是尚未分割的一個「關聯體」（**continuum**），主導孩童心理驅力的主要是與口腔及肛門有關的基本衝動（**pulsion**）。所有這些不斷流動的衝動都被涵容於所謂的「母性空間」（**chora**）中。「**chora**」一詞是由柏拉圖而來，在古希臘文的原意是指一個封閉的空間、子宮。柏拉圖用來指一種「不可名狀、無形式的存在，它涵容一切，而且以某種神秘的方式參與理智界，它並且是最無法道說的」。[53]

克里斯多娃借用了柏拉圖的概念，將它引申爲語言的符號態特徵，她說，「母性空間」不是符號，也不是位置：

（它）完全是一種暫時性的發音，它的本質是流動的、由各種運動與它們的短暫靜止狀態

> 構成的……它不遵循、也不複製範式，它先於形態、並且是形態的基礎……它只能以聲音或動力的律動作比擬。[54]

由於語言意義的獲得牽涉到符號系統中位置的差異，因此若要產生一個「意指過程」，就必須割裂這種渾然一體、物我不分的符號關聯體。「母性空間」的割裂因此攸關一個主體的語言獲得，而這個過程也是從前伊底帕斯的符號態過度到象徵態的一個關鍵。因此克里斯多娃指出，拉岡所謂的「鏡像階段」不僅是孩童構建自我、也是獲致語言的初始階段，而透過伊底帕斯期閹割恐懼，「母性空間」的割裂得以完成。

一但孩童進入了象徵秩序，「母性空間」的符號態即被壓抑，之後，只能從它對象徵語言體系所造成的「衝動式壓力」中，尋出它的蹤影。也就是說，只能從語言的「矛盾、無意義性、裂隙、沉默以及缺席」中，找尋「母性空間」符號態的蛛絲馬跡。符號態並不是一種新的語言，而是一種「律動式的衝動」，換句話說，符號態「構成了語言異質性、顛覆性的一維，而且是永遠不能被傳統的語言理論所涵納的」。[55]

在這裡必須要說明的是，符號態與象徵態的關係並非歷史性的關係，進入象徵秩序之後，符號態雖被壓抑，但仍舊存在。克里斯多娃指出，符號態與象徵態始終是構成語言意指過程的兩個不可或缺的模態的基礎。語言的象徵態模態指向他人與事物的客體世界。爲了能提供人際間溝通的基礎，它傾向一種固定、單一的定義。因此，象徵語言模態的驅力是「掌控」，透過界定的行爲，來掌控他者、或對自我具有威脅性的一切。而根源於前伊底帕斯母性空間的語言符號模態，則是那語言深層、不時浮出干擾象徵語言意義穩定性的各種衝動的力量，它對象徵語言的掌控提供了顛覆的可能性，也因此提供了產生新意義的潛能。因此，在語言的實踐中，「（符號模態與象徵模態）的辨證關係決定了話語是屬何種形式：是後設語言、理論、還是詩等」。[56]

再來看克里斯多娃語言獲得理論與性別差異的關係。克里斯多娃認爲，前伊底帕斯期母性空間雖然與母親聯繫在一起，但對性別意識尚未區分的嬰孩而言，這個前伊底帕斯母親角色的意涵是橫跨男性與女性的，不能簡化爲生理本質的母親。在從符號態過度到象徵態的關卡，不論男嬰、女嬰都必須面對認同父親或母親的抉擇，因此不論男孩還是女孩都有機會去選擇成爲「陰性」或「陽性」。克里斯多娃對女性的論述是自覺地與本質的女性劃清界線，對她而言，「女人特質」不是天生的本質，而是「一連串選擇的結果」。[57]因此，克里斯多娃宣稱「婦女就其本身而論並不存在」。[58]

在西蘇與依麗格瑞的女性論述中，「女性或陰性特質」仍與生理的女性有相當的關聯。女性力比多——前伊底帕斯母親——陰性能量（書寫）構成了顛覆菲勒斯邏格斯機制、解放女性的「三位一體」。而在克里斯多娃的論述中，本質的女性不再存在，那麼女性的問題，女性的解放何由而來？關於這點，克里斯多娃表示，「女性特質」雖非本質的存在，但它仍是「父權話語」邊緣化婦女的一個手段。在這點上，克里斯多娃試圖把對女性的定義從「本質的」轉變爲「關係的」與「策略的」，如莫伊所指出的：

> 如果西蘇與依麗格瑞把女性特質定義為缺乏、否定性、意義的不在場、非理性、混沌無序——簡言之，是非存在——克里斯多娃對邊緣性的強調，使我們可以從位置性、而非本質的角度來看女性、陰性壓抑的問題。59

克里斯多娃指出，從父權中心話語對「女性」意涵的建構可以比較清楚地瞭解這個「位置性」的概念：男性中心思維把女性邊緣化，從男性這個中心的角度來看，女人佔據的是男人／象徵秩序與混亂渾沌的邊境地帶，女性具有邊境地帶所有令人不安的屬性：她們「非內非外」、「非已知也非未知」。因此，我們可以看到，男性文化時而把女性妖魔化，賦予她們「黑夜之女」（Lilith）或「巴比倫妓女」（the Whore of Babylon）的形象，代表暗夜與混亂；有時卻又以相反的眼光來述說女人，賦予女人純粹美好的形象，譬如對「無玷之女聖母瑪麗亞」的崇敬。

在克里斯多娃的眼裡，這不過是男性對女性邊緣化的一體兩面，端看他們把邊境看作是外在還是內在於他們所倚恃的那個象徵秩序。在第一個情形裡，邊境即「外域」，男性把女性置於男性／象徵秩序之外，把她們與外緣「渾沌無序的荒原」視爲一體。而在第二個情形，女性的邊緣位置被視爲內在的象徵秩序，是爲一個緩衝地帶，保障象徵秩序免於受到混亂無序的想像秩序的干擾。克里斯多娃強調，這只是男性中心話語對女性的建構，女性邊緣位置的兩種虛構都不代表對女性本質的「眞理」。60

瞭解女性本質的虛構性與女性的邊緣性，對婦女尋求解放具有中心的意義。克里斯多娃承認，在現今婦女的實際處境之下，以女性爲訴求仍是策略上必要如此。不過，克里斯多娃仍堅持無法給予「女性」任何確定、先驗的意涵。因此，她強調，在這場婦女爭取解放的鬥爭中，女人只能是「否定」地存在，意思是拒絕男性中心思想所給予她的一切定義。克里斯多娃說：「因此我對『婦女』的理解是……那不能再現的、沒有說出來的，是在命名與各種意識形態之外的。」61

克里斯多娃把女性置於邊緣位置，並不是遷就菲勒斯中心對女性的論述，而是在其中看到了潛在的顚覆性。我們再回頭看她的語言理論：克里斯多娃強調，語言學研究應該把眼光放到

「詩的語言」，也就是語言的「符號態」之上。克里斯多娃在「語言學的倫理問題」中指出：

這種語言背後的義涵，以及它的社會性，是由允許動亂、離散、以及轉變的各種邊境地帶所界定。把我們的話語置位於這樣的邊境鄰近處，可能使我們可以給這話語賦予一個當下的倫理上的作用。簡而言之，一個語言學發現的倫理意義也許可以由它預設了多少的詩語言（的空間）來丈量。62

對克里斯多娃而言，女性—符號態之間雖然沒有「本質的關係」，但是卻分享了同樣的「邊緣性」，以及與之相隨的「顛覆性」。換句話說，女性—符號態是相對於男性中心—象徵態的「聯合陣線」。依據克里斯多娃的說法，有能力讓根源於符號態的「歡愉」釋放出來、擾亂嚴謹的象徵秩序，是一個革命性主體的首要條件。而對克里斯多娃而言，十九世紀末、二十世紀初的一些先鋒作家的寫作最能展現這樣顛覆的風貌，譬如，馬拉美、喬哀思等。據克里斯多娃的說法，他們的作品表現出了一種屬於符號態特徵的「否定性」（**negativity**）。「否定性」可以在象徵語言中斷裂，可以在不在場者找到其蹤跡，也可以從作者對某些主題的執迷找到其蛛絲馬跡。63

克里斯多娃對女性「邊緣位置」的說法，比起西蘇與依麗格瑞來，照顧到了社會、歷史因素。但許多女性主義者批評克里斯多娃忽略了婦女問題的特殊性。克里斯多娃的邊緣顛覆理論事實上並不獨對女性而已，它也適用於所有被壓迫團體。克里斯多娃基本上認爲，任何社會的改變或轉化都不可能孤立在某一個範圍內發生，任何一個範疇內的改造一定會牽涉到其他範疇的改造。因此克里斯多娃會說，「管它叫『婦女』或『社會被壓迫階級』，都是同一種鬥爭，而且總是不能只有一而沒有其他的。」64

在這點上，克里斯多娃模糊了各種壓迫階級或團體在不同社會的歷史成因。莫伊就批評道，克里絲蒂娃沒有認識到婦女、工人階級和其他邊緣性團體在政治和經濟位置上的差異，因此，她會把婦女對父權制的抵抗、工人階級對資本階級的抗爭，與「先鋒派」知識分子、作家對主流意識的批判類同。65

第四節　女性書寫烏托邦？

依麗格瑞、西蘇與克里斯多娃三人在女性論述上觀點雖不盡相同，但她們的關注點同樣都集中在對男性中心邏格斯的解構與顛覆之上。依麗格瑞與西蘇的方法是訴諸女性、釋放陰性能量；克里斯多娃則是期許一個性別符碼不再具有文化位置意義的社會。不論是何種角度，在她們的論述中，語言、文本都佔據了一個中心的地位，書寫就是解放的「實踐」本身，而並非只是解放的「工具」而已。如同莫伊在評論西蘇「陰性書寫」理念的意義時所說的，「書寫作爲神思式的自我表達，讓個人可以擁有釋放自己、回復到與原初母親渾然一體的至高力量。」66。

前文曾提及，依麗格瑞、西蘇與克里斯多娃等「妖婦」的女性論述，雖然針對的是男性中心邏格斯機制，但是她們的理論，同樣令注重文學社會、歷史功能的英美傳統女性主義批評家感到不安。英美傳統女性主義批評家對依麗格瑞、西蘇與克里斯多娃的批判，主要在於她們的女性與文本論述充滿了精英主義氣息，而忽略歷史問題，是而缺乏政治實踐的實質意義。菲爾斯基就指出，所謂「陰性書寫」基本上是淵源於一種「反寫實主義的文本性美學觀」，67 她說，實在沒有什麼有力的證據顯示，在所謂的陰性書寫文本中，「有什麼可以說是本質固有的女性氣質的。」在這些文本的內容層次上，唯一可以說是有「性別取向」的，大概只有那些有關於「女性身體的隱喩」而已。菲爾斯基認爲：

在文本分析中，區分「男性」與「女性」的寫作是不可能有什麼實質意義的。從女性主義者的觀點來看，文學文本的政治價值，只能由它們在一特定的歷史背景中對婦女權益所具有的社會功效來決定；而不是靠演繹那些背離文學生產與接受的社會狀況，把文本區分為「男性」與「女性」，「顛覆」與「反動」的抽象文學理論。68

而對同樣不贊成把文本分為陽性與陰性的克里斯多娃，菲爾斯基也批評，雖然她的顛覆性書寫避免了一種生物主義的思考邏輯，但是她把女性主義與先鋒性寫作掛勾，共享邊緣異議的位置，來對抗一個定義模糊、所謂「父權布爾喬琪亞人道主義」69一體機制的作法，不過是一種「理論的花招」。菲爾斯基進一步論道：

> 把語言學的顛覆視為「女（陰）性的」（所造成的）問題在於，這個詞意變得太過空泛而失去意義——幾乎上百年來所有的先鋒文學都可以看作是「女（陰）性的」——這樣把現代文體與女性意識形態的問題合併處理，把它們視為本質上是邊緣而外在於象徵秩序的作法，對理論化婦女在文化與社會中的特殊歷史處境是鮮少用處的……任何像這樣對陰性文本的抽象觀念不足以應付婦女文化需要的異質性與特殊性，譬如說，黑人婦女或女同性戀寫作。70

依麗格瑞、西蘇與克里斯多娃本身對女性主義政治運動的態度，也加深了一些強調「婦女一體」的女性主義者對她們立場的質疑。71西蘇就曾言明：

如果我說我是一個政治的女人，那麼我是在說謊……事實上，如果要我把這政治的與詩的兩個字眼擺在一起，不騙你，我得招認我會把重點擺在詩上。我這樣做是想讓政治的不再壓迫，因為政治是殘酷而冷硬的東西，是如此嚴厲地真實，讓我有時想在哭泣與流著詩意的眼淚中尋求慰藉。72

伊麗格瑞也說，「就我本身而言，我拒絕把自己關入婦女解放運動的某個單一的『小圈圈』中。特別是在這個小圈圈墜入了想要去行使權力這樣的陷阱中。」73無獨有偶，早期對馬克思主義與左派運動相當熱衷的克里斯多娃也說，「我對團體沒有興趣，我的興趣在個人。」74依麗格瑞、西蘇與克里斯多娃對女性政治運動的觀感跟法國本土的文化氛圍有一定的關聯。許多法國女性主義理論家事實上並不喜歡「女性主義」這個標籤，因爲她們認爲這個詞的義涵是屬於資本主義中產階級的，而且其抗爭理念常常是複製男性中心邏格斯的權力觀。如同西蘇所說的，這種權力觀所展現的是「霸權的意志」，是爲了滿足「個人與自戀的渴望」，「那是一種總是想站到他者之上的權力。它是那與政府、控制，甚至與獨裁有關的權力」。75與之相對，西蘇提出一種多元的權力觀，辜且稱它爲「女性的多元權力觀」。她解釋說，這種權力

「不再是單一的權力，它是多重的，不只是一種權力而已（因此，它不是一個權力中心化的問題——是那種摧毀與獨特事物的關係、把一切都齊頭夷平的那種權力）。」76

綜上所述，對依麗格瑞、西蘇與克里斯多娃女性論述的政治面向，應該置於一種後結構主義的權力觀之下來評論。因此，問題又回到了啓蒙人道主義傾向的女性主義，與後現代女性主義在女性主義政治這個議題上的分野。如在上一章所討論的，女性主義政治的途徑應該是多元的、策略性的。在「婦女一體」的政治面向之外，也應對「地方性的」、「局部的」、「微觀層次的」的政治運作兼容並蓄。因此，從某方面來說，法國女性主義論述可以補充英美傳統人道主義女性主義，在面對後現代各種紛雜多元的文化要求上不足之處。

至於，把對菲勒斯邏格斯中心機制的顛覆置於「陰性書寫」、「女人話」、「邊緣顛覆寫作」之上，是否眞是紙上談兵，這是個見仁見智的問題。菲爾斯基強調，「女性主義的文本理論不能從文本就直接跳到世界，它必須要能對文學與社會範疇之間的中介問題提出合理解釋，特別是那形塑文學生產和接受過程的種種不同而又常常牴觸的意識形態與文化力量」。77莫伊的態度則較爲中和，她也同意法國女性主義論述呈現了一種忽略歷史因素的弱點，她表示，「（陰性書寫）這種詩學神話雖然是具有激勵性並且有誘人的遠景，但它無以論及作爲社會存在、或非神話原型的婦女，也必須恆常面對的實際生活上的種種不平等、剝削與侵犯。」不過，莫伊也指出，對「陰性書寫」等寫作理論，也應給予一正面的評價，它是一種「烏托邦」的期許，召喚一個「無壓迫、無性別歧視」的社會。78

不過，對依麗格瑞、西蘇與克里斯多娃而言，女人話、陰性書寫與邊緣寫作絕不只是烏托邦而已，她們是從文化上層結構中最深層、最精微之處，企圖對一直主宰著人類意識結構的菲勒斯邏格斯中心話語，從根本上翻覆。根據傅柯的說法，「話語」是構成知識的方式。各種話語不僅是思考、產生意義的方式，更是構成「它們試圖掌控的那些主體的身體『本質』、無意識與意識的心智活動及情感生活」的要素，不管是身體、思想或情感，它們只有在話語的實踐中才有意義。79從這角度來看，依麗格瑞、西蘇與克里斯多娃的文本實踐，所做的正是某種重新建構性別意識的話語性實踐。

從女性主義文學批評理論的發展來看，英美女性主義批評家在重寫女性文學史以及建立女性主義閱讀理論上面，成果可觀。但是對文本與書寫等美學問題上的探討，則顯得不夠具開創性。英美女性主義批評家在寫作理論上，無法擺脫一種「作者中心的實證主義」80的傾向。她們基本上認同文學的再現功能，著重文學傳達眞實的女性經驗、女性獨特的語言與美感的面向。她們主張基於女性的經驗，建立一個分析女性文學的架構，而不是接受男性的理論與模式。其中一個典型的例子是徹莉・雷吉斯特（Cheri Register），她提出了「規範式」文學的概念，她表示要得到女性主義批評家的認可，文學必須能提供下列至少一個功能：一是作爲婦女的論壇；二是有助於達成文化上的雙性同體（androgyny）；三是提供角色模範；四是推廣姐妹情誼；五是提高意識。[81]雷吉斯特進一步闡釋說，規範性文學不是就粗糙地把女性主義政治議題搬到小說中，她引用愛倫．摩根（Ellen Morgan）的話說：「新女性主義意識之於小說，就像是光線之於繪畫，是光照而非主題內容。」[82]

儘管如此，這類文學批評仍是呈現了重主題內容而輕文學語言與形式特殊性的傾向。從正面的眼光看，再現論與反映論傳統的女性主義批評，在抵男權中心閱讀、回溯與歸納女性作家所呈現的美學傾向與歷史社會脈絡的關係上，有一定的貢獻，但對開拓女性主義美學的面向上則顯得力有未逮。她們在美學問題的探討上，並沒有嚐試開創不同於她們所謂男權中心批評的詩學理論。相較之下，儘管依麗格瑞、西蘇與克里斯多娃理論在女性主義政治的有效性上，遭遇到不少的批評，但她們三位所代表的後現代女性主義文論，在文體的創新、文本理論的開拓上展現了更多令人矚目的神采。

依麗格瑞、西蘇與克里斯多娃在書寫理論所展現的開創性，不獨對女性主義而言，即使放到整個當代文論研究的背景之中也是如此。她們在語言與符號態、語言與慾望、以及打破二元線性邏輯書寫方式的可能性的探討上，可以說是居於領導風潮的地位。

註釋

❶Gilbert & Guber, "The Mirror and the Vamp," in William E. Cain ed., *Making Feminist History: The Literary Scholorship of Sandra M. Gilbert and Susan Gubar* (New York: Garland, 1994), pp. 3-36.

❷M. H. Abrams, *The Mirror and the Lamp: Romantic Theory and the Critical Tradition* (New York: W.W. Norton, 1958), p. 34.

❸Gilbert & Guber, "The Mirror and the Vamp," p. 4.

❹Ibid., p. 5.

❺Ibid., pp. 12-3.

❻Moi, *Sexual/Textual Politics: Feminist Literary Theory*, p.127.

❼Irigaray, *This Sex Which Is Not One*, p. 70.

❽See Grosz, *Sexual Subersions: Three French Feminists*, pp. 104-7.

❾依麗格瑞在此玩了一個雙關語遊戲，「homo」與「homme」在法語裡分別爲「同一」與「男

人」。「hom（m）osexualité」並不是指同性愛，依麗格瑞在此要表達的是，男女兩性之間沒有眞正對等的關係，男性總是透過把女性化作客體而行自愛之實。參見Grosz, "The Hetero and the Homo: The Sexual Ethics of Luce Irgaray," in Carolyn Burke, Naomi Schor & Margaret Whitford ed., *Engaging with Irigaray: Feminist Philosophy and Modern European Thought* (New York: Columbia University Press, 1994), pp.335-50.

⓾ Irigaray, *This Sex Which Is Not One*, p. 74.

⓫ Moi, *Sexual/Textual Politics: Feminist Literary Theory*, p. 134.

⓬ Irigaray, *This Sex Which Is Not One*, p. 143.

⓭ Ibid., p. 136.

⓮ Ibid., p. 143.

⓯ Ibid., p. 214.

⓰ Ibid., p. 31.

⓱ Ibid., p. 24.

⓲ Moi, *Sexual/Textual Politics: Feminist Literary Theory*, p. 144.

⓳ Irigaray, *This Sex Which Is Not One*, pp. 28-9.

⑳ Moi, *Sexual/Textual Politics: Feminist Literary Theory*, p. 140.

㉑ Irigaray, T*his Sex Which Is Not One*, pp. 79-80.

㉒ Susan Sellers ed., *The Hélène Cixous Reader* (London and New York: Routledge, 1994), p. xxvi.

㉓ Hélène Cixous; "Sorties," in Elaine Marks & Isabelle de Courtivron ed., *New French Feminisms*, (Amherst: University of Massachusetts Press, 1981), p. 96.

㉔ Pam Morris, *Literature and Feminism: An Introduction* (Cambridge: Blackwell, 1993), p. 118.

㉕ Cixous, "Castration or Decapitation?", tr., Annette Kuhn, in *Signs*, 7: 1 (1981), pp. 44-5.

㉖ Cixous, "Extreme Fidelity," in Susaan Sellers ed., *Writing Differences: Readings from the Seminar of Hélène Cixous* (Milton Keynes: Open University Press, 1988), p. 14.

㉗ Sellers ed., *Writing Differences: Readings from the Seminar of Hélène Cixous*, p. 3.

㉘ Cixous, "The Laugh of the Medusa," in Elaine Marks and Isabelle de Courtivron ed., *New French Feminisms*, p. 258.

㉙ Ibid., p. 250.

㉚ Ibid., pp. 259-60.

㉛ Cixous, "Extreme Fidelity," p.19.

32 Moi, *Sexual/Textual Politics*, p. 121.

33 女性主義的精神分析理論指出，弗洛依德等男性理論家把性別差異建築在眼見的性特徵差異上，眼見的差異帶來主體對相異的他者的緊張感、威脅感，而消弭這種緊張感、威脅感的方式就是把他者納入同一性的邏輯裡。因此，對女性主義而言，男性中心對他者的掠奪與壓抑，部分是根源於這種「凝視」的感知方式。

34 Morris, *Literature and Feminism: An Introduction*, p.122.

35 Cixcus, "The Laugh of the Medusa," p. 251.

36 西蘇語，引自Ann Jones, "Irscribing Femininity," in Greene & Coppelia ed., *Making a Difference: Feminist Literary Criticism*, p. 89.

37 Cixous, "The Laugh of the Medusa," p. 253.

38 Sellers ed., *The Hélène Cixous Peader*, p. xxviii.

39 西蘇就相當推崇蕙內、喬埃斯（James Joyce）、卡夫卡（Kafka）等，說他們的作品傾向一種「陰性書寫」的創作。

40 Cixous, "The Laugh of the Medusa," p. 254.

41 Ibid., p. 254.

㊷莫伊也有類似的看法，她說：「仔細檢視（西蘇）的作品，我們必得面對其包含的各種矛盾與衝突、紛雜的羅網：在其中，對文本性的解構觀點被一同樣熱切、把書寫當作女性本質再現的看法所抵消。」Moi, *Sexual/Textual Politics*, p. 126.

㊸Verena Conley, An Exchange with Hélène Cixous, in Conley, *Hélène Cixous: Writing the Feminine* (Lincoln: University of Nebraska Press, 1984), p. 152.西蘇在這段訪談的回答，是針對對她的陰性書寫理論，在德希達的文本延異理論、與一本質的寫作之間游移擺盪的質疑的答覆。

㊹Kristeva, *About Chinese Women*, tr. by Anita Barrows. (New York: Urizen Books, 1974), p. 16.

㊺Kristeva, "Interview with Tel Quel", in Marks and de Courtivron ed., *New French Feminisms: An Anthology*, p.157.

㊻克里斯多娃所指的都是一些十九世紀末、二十世紀初的先鋒作家，如喬哀思、馬拉美（Mallarmé），賽林（Céline）、阿爾多（Artaud）、洛特雷阿蒙（Lautréamont）等，參見莫伊，《性別／文本政治》，頁一百六十六。

㊼Moi, *Sexual/Textual Politics*, p. 167.

㊽克里斯多娃本身就是法國後結構主義理論團體「太戈爾」（Tel Quel）的活躍分子之一。太戈

爾於一九六〇年成立於巴黎，除了叢書之外，並出版了同名的期刊。太戈爾其他知名大將包括德希達、傅柯、巴特等。

㊾ Cited in Moi, *Sexual/Textual Folitics*, p. 152.

㊿ Cited in ibid., p. 152.

51 索緒爾晚期的「變詞造字」概念在他有生之年並沒有系統化完成，在他去世後才由人整理手稿後發表，但這個概念卻有相當的影響力，如同雅克愼（Roman. Jakobson）所說的，「詩的『變詞造字』超出了索緒爾所認爲的人類用字的兩項基本原則：即能指與所指之間的規則聯繫法則，以及能指的線性法則。」Jakobson, *Questions de poétique*（Paris: Seuil, 1973, p. 200）。引自于治中，〈正文、性別、意識形態〉，《中外文學》，十八卷，一期，一九八九年，頁一百五十（一百四十八～一百五十八）。譯文稍作更動。于文並指出，克里斯多娃是第一位將索緒爾的「變詞造字」概念予以理論化的人，提出了詩語言無限性（infinité）的觀點。

52 於一九七三年在巴黎提出，是其國家博士學位（doctorat d'état），另外，巴特是主考官之一。這場論文答辯並由《世界報》（*Le Monde*）作了翔實報導。法文版一九七四年出版，但英譯版一九八四年才問世。參見Michael Payne, *Reading Theory: An Introduction to Lacan, Derrida,*

and Kristeva (London: Basil Blackwell, 1993), Chapter 4.

53 Cited in Moi, *Sexual/Textual Politics*, p. 161.

54 Kristeva, *La Révolution du langage poétiqe* (Paris: Seuil), 1974, p. 24. Cited from Moi, *Sexual/Textual Politics*, p. 161.

55 Moi, *Sexual/Textual Politics*, p. 162.

56 Morris, *Literature and Feminism: An Introduction*, p. 144.

57 Ibid., p. 165.

58 Kristeva, *About Chinese Women*, p.16.

59 Moi, *Sexual/Textual Politics*, p. 166.

60 Cited in Moi, *Sexual/Textual Politics*, p. 167.

61 Cited in Ibid., p. 163.

62 Kristeva, "The Ethics of Linguistics," in Kristeva, *Desire in Language: A Semiotic Approach to Literature and Art*, tr., Alice Jardine, Thomos Gora and Leon Roudiez (Oxford: Blackwell, 1980), p. 25.

63 See Moi, *Sexual/Textual Politics*, p. 170.

64 Cited in ibid, p. 164.

65 See ibid, pp. 171-2.

66 Ibid., p. 125.

67 Felski, *Beyond Feminist Aesthetics: Feminist Literature and Social Change*, p. 2.

68 Ibid, p. 5.

69 基於克里斯多娃早期與左派理論及運動的關聯，莫伊也從馬克思主義的觀點來評論克里斯多娃的女性論述。她也認爲，克里斯多娃把女性主義與先鋒文學聯繫一起，置於邊緣地帶的作法，是一種對邊緣性的浪漫化。因此，她的婦女解放觀基本上是一種「反布爾喬琪亞」、而非「反資本主義」的自由意志論形式。見Moi, *Sexual/Textual Politics*, p.172.

70 Felski, *Beyond Feminist Aesthetics: Feminist Literature and Social Change*, pp.5-6.

71 例如，克莉絲汀・黛非（Christine Delphy）就指出，西蘇與克里斯多娃是否可被稱之爲女性主義理論家，仍有爭議。見 Delphy, "The Invention of French Feminism," in *Another Look, Another Woman: Retranslations of French Feminism*, ed., Lynne Huffer. *Yale French Studies*, no. 87, 1995 (spring), pp. 190-221.

72 Conley, "An Exchange with Hélène Cixous, " pp. 139-40.

⑬ Irigaray, *This Sex Which Is Not One*, p. 161.

⑭ Cited in Moi, *Sexual/Textual Politics*, p. 168.

⑮ Cited in Ibid., p. 124.

⑯ Cited in Ibid., pp.124-5.

⑰ Felski, *Beyond Feminist Aesthetics: Feminist Literature and Social Change*, p. 8.

⑱ 莫伊概念裡的「烏托邦」是正面、積極的意思，是一種指向一個未來努力的面向。她指出不論是女性主義者或社會主義者，都常訴諸烏托邦思想作爲「政治靈感的泉源」。見Moi, *Sexual/Textual Politics*, p. 12.

⑲ 見第三章的對傅柯的討論。

⑳ Moi, *Sexual/Textual Politics*, p. 126.

㉑ Register, "American Feminist Literary Criticism," p.19.

㉒ Ibid., p. 23.

5 身分政治與後殖民女性主義理論

女性主義文學理論歷經六〇年代政治行動的風起雲湧，七〇、八〇年代的理論建設，在豎立女性主義理論、文學經典的工作上可以說是卓然有成。女性主義強調顛覆男權中心思想、打破菲勒斯二元思維、從邊緣到中心，如此的顛覆思維模式與行動綱領，必然召喚一種恆常的對自我的反思，以及提供一個鼓勵多元敘述的氛圍。不管主流女性主義論述是否喜愛這樣的「雜音」，這樣的理路是女性主義發展的一種內在邏輯。而就現今看來，儘管立論不同、發言位置不同而論辯不休，但至少在女性主義論壇上，「複數的女性主義」（feminisms）已經普遍成為一種共識。在某種意義上，「差異」（difference）甚至成為一種「政治性正確」的學術立場。

❶

巴瑞特把當代女性主義論及「差異」的內涵做一些提綱式的整理，根據她的說法「差異」主要指涉四種概念：第一是男人與女人的差異，這種差異又可分為生理上、心理上以及社會成因上的差異；用來指涉婦女這個概念範疇本身由於階級、種族、國族、性慾趨向等所造成有意識或一般普遍化的區別分類；第二種差異的矛頭事實上是對著第一種差異內涵的，強調個別「眞實」婦女的經驗歧異，以對抗對「婦女一體」、「鐵板一塊」等抽象大敘述；第三種是解構與後結構女性主義所論述的差異，根本上是一種德希達「延異」觀點的衍流，意在解構男權中心敘述對「陰性特質」的內涵定位，代之以流動、終極意義不斷延異的本體位置；第四種主要是心理分析學派，尤其是拉岡派的女性主義者所理論化的差異，在這派學者的論述中，男性特質／女性特質的差異是主要用來結構整個「象徵秩序」的能指。❷

一般所謂身分批評主要是指第二種差異內涵，不過由於當代女性主義批評論述與後結構、精神分析等理論牽涉甚深，任何身分批評是無法迴避後結構女性主義對主體自足性與經驗再現等的質疑。事實上，後結構女性主義對觀點認識論（standpoint epistemology）立場的挑戰，也形成了身分批評可以不斷自省、修正的一個推動力量。身分批評以黑人女性主義對白人女性主義的批判爲起始，而隨後第三世界女性主義對第一世界白人女性主義霸權的挑戰與解構，使得女性主義理論在性別之外，重新審視種族、國家與階級問題，改變了當代女性主義批評的議題與內涵。在美國當今女性主義論壇，以第三世界離散知識分子爲主力的後殖民女性主義論述鋒芒突出，似有吸納黑人女性主義以及其他身分政治女性主義對國族、種族、階級、性別等種種糾葛的探討趨勢。以下將分別探討黑人女性主義的發展；後殖民論述的崛起；後殖民女性主義的要義；女性主義批評對身體、身分、性別、國家的再省思；以及女性後殖民理論對中國文學研究的參考性。

第一節　黑人女性主義：身分批評的先聲

史密斯於一九七七年發表了一篇可說是黑人女性主義批評的先驅之作，「走向黑人女性主義批評」，文章一開頭就表明了她的感歎，「我不知道從何開始……。文學世界裡所有的區間——不管是體制內的、進步的、黑人的、女性的、或女同性戀的——都不知道，或至少是做起來像是不知道有黑人女性作家與黑人女同性戀的存在……這沉默是如此巨大包覆，似是無從打破」。❸白人女性主義理論家竭力批評婦女文學作品遭受以男權思考模式的文學體制所打壓、扭曲的同時，卻忽略了她們正在黑人女性作家身上重複了同樣的不公義、同樣的歧視。舉女性主義文學批評早期出版的知名著作為例，思佩克斯的《女性想像》竟然沒有探討黑人婦女作家的作品。莫爾斯的《文學婦女》在她七十頁篇幅的參考書目附註中提到四個黑人作家的名字，本文也沒有提及黑人及第三世界女性作家的作品。

思佩克斯引用一白人女性心理分析師的話，為自己的著作只探討英美白人女性文學的傳統作辯解，「在美國我無以提供有關第三世界婦女心理的理論……作爲一個白人女性，我不願也沒有能力對那些我沒有經歷過的經驗建立相關理論」。如果思佩克斯的說法可以成立的話，那麼如著名的黑人女作家艾莉絲．沃克（Alice Walker）所質疑的，我們要問爲什麼思佩克斯也沒有在十九世紀的約克夏居住的經驗，卻可以研究討論布朗蒂姐妹的作品呢？❹

黑人女性作家所經驗到的不只是被白人女性批評家輕忽排斥，她們同時也被與她們同膚色的男性批評家排斥於「黑人文學傳統」之外。黑人男性批評家在建立黑人文學傳統時，不是漏掉女性作家，就是只給些象徵性的介紹。如在二〇年代「哈林文藝復興運動」（the Harlem Renaissance）中的活躍分子左拉．赫斯頓（Zora Neale Hurston），她寫過二本黑人民間故事集、四本小說、一本自傳、十數篇短篇小說、兩齣歌舞劇原著劇本，在許多雜誌上發表過文章，與兩位黑人男性合辦過《怒火！》（*Fire!*）雜誌。她是那個時代創作力最活躍的黑人女性，但她後半生仍是窮困潦倒，在女性主義批評家對她作重新挖掘之前，幾乎是默默無名的狀態。沃克說她在上大學之前從沒有聽過赫斯頓其人其事，而在她大學所上的黑人小說課中，一大串小說書目的名單上，幾乎均爲男性作者，赫斯頓的名字僅出現在附錄中。❺

在六〇、七〇年代第二波黑人美學運動的時代，黑人男性主導的自我身分認同，強調黑人男性的陽剛與美感，來對抗他們在一種族歧視社會所感受到的無力感。如果黑人女性膽敢對此類文學上的男性沙文主義作批評，或是不願意擔任一個次等的、在背後支持的角色，結果可能就有被扣上「背叛了黑人的價值觀與團結性」大帽子的危險。❻胡克斯指出，六〇、七〇年代第二波黑人美學運動中，性別歧視甚至比前代的黑人爭取權力運動還要嚴重，有些男性黑人運動活躍分子，常視若無睹地挪用女性黑人的作品，不加以註明出處當然也沒有對她們的智慧貢獻作出任何肯定之舉。胡克斯認爲，性別歧視忽略了女性的貢獻與能量，無形中也限制了黑人自強運動可達致的成果，她說：「對父權價值的堅持，對把黑人解放等同於黑人男性得回男性優勢而可以對黑人女性有掌控權力的堅持，是那使得（黑人）種族鬥爭基石消蝕的最主要力量之一」。❼

黑人婦女作家身陷於種族上與性別上的雙重壓迫，被壓縮到文學史與文學批評邊緣又邊緣的位置。體認到白人女性、白人男性與黑人男性都把自己的經驗視爲準則，把黑人女性的經驗看做是一個「分支」、甚或是「偏差」，黑人女性主義批評家認爲，只有走向一個建立於差異身分的批評理論，才能在文學體制中給予黑人婦女作品一席公允之地。史密斯鼓吹發展一個整體的黑人女性主義政治理論，作爲探討黑人婦女作品的依據，用史密斯的話說，她們所要爭取的是，「對那些自外於白人／男性『主流』文化準則」的黑人女性作家作品，給予一種「不具敵意並且具有洞察力的分析」。❽而另一著名黑人女性主義批評家貝爾．胡克斯（Bell Hooks）更在《女性主義理論：從邊緣到中心》一書中進一步理論化黑人女性主義的邊緣性位置：

> 生活的經驗如此的形塑我們的意識，以致於與那些有一定程度優勢的人們……有著不同的世界觀。黑人婦女認識到我們的邊緣性給予我們的特殊有利位置，並且利用這個視角來批判種族主義、階級偏見、性別歧視的主流霸權，對女性主義鬥爭的持續是必要的。我們應該利用這個觀點批判主流的種族主義、階級偏見、性別歧視的霸權，並且想像與創造一個反霸權。[9]

除了挖掘被主流文學機制所忽略或壓抑的女作家作品，黑人女性主義批評的一個重點是建構黑人女性文學的傳統與探討黑人婦女書寫的獨特美學。黑人女性主義批評家認爲，黑人女性書寫傳統不僅與白人女性書寫不同，也與黑人男性作家書寫不同。黑人男性作家面對白人中心社會對他們的邊緣化，一方面內化白人文學的準則，一方面在「作者焦慮」的趨使下，尋求勝過前輩黑人作家，如亨利・蓋茲（Henry L. Gates, Jr.）在比較黑人男性與女性作家不同的書寫傾向時所說的：「當老一輩的大部分男性作家否認有任何黑人（美學）影響——或急於認同白人（文學）父親——之時，黑人女性作家卻時常宣稱與其他黑人婦女文學祖先的承繼關係」，因此像「鮑得溫（Baldwin）與艾里森（Ellison）作品裡特有的宣稱獨立於萊特（Wright）的『弒父』之舉，是沒有可資比擬的『弒母』之舉的。」[10]對當代黑人女性作家而言，對文學母親系譜的追索更是一種自覺的書寫與批評策略，如沃克在其有著充滿宣示意味書名的《尋找我們母親的花園》中公開宣稱，赫斯頓與其他早期黑人女作家是她文學的「女性先祖」，她也敘述赫斯頓對她寫作的影響，並且說她若要被終身流放於一個荒島的話，她必選擇帶著赫斯頓的《他們的眼望著上帝》（*Their Eyes Were Watching God*, 1937）這本小說。

黑人女性作家文本的一個突出特點是「自傳性寫作」，胡克斯指出「自傳性寫作」不僅是黑人女作家的一個寶貴的文學傳統，也是作爲邊緣婦女自我形塑、介入話語權的一個利器。自傳體寫作並不是一種新的文類，歐洲文學的自傳文類可以上溯至奧古斯汀的《懺悔錄》。自傳體文本對黑人女性作家傳統的一個重要意義是，它是黑人婦女自我再現可以見諸文字的最早的文體形式之一，而與歐洲文學的傳統不同。黑人女性的自傳體文本，其中不僅是個人的聲音，也有呼之欲出的集體的聲音，如瓊安・布列克斯頓（Joanne Braxton）說的，「如同藍調歌手一般，自傳寫作者把社群價值融進了自傳行動的表演當中，有時候其作用甚至像是她同胞的『意識點』（point of consciousness）一樣」。[11]這個人與集體聲音交織的文本世界是一個「女性的領域」[12]，經由這個領域，黑人婦女受到兩百年白人奴役與性別雙重壓迫的特殊邊緣經驗，與源自這個經驗的「壓抑的知識」（傅柯用語）形式，可以一代一代傳承下去。因此，在許多重要的黑人女作家作品中，傳述那些「使過去可以繼續存在、而同時設想一個未來的改變的故事」[13]者，時常主要是女性角色。

與自傳性寫作相輔相成、互相輝映的是，黑人女作家作品中的「口語性文本」形式。[14]口語性文本是一種自覺地對「口述傳統」（the oral tradition）的回溯，這「口述傳統」除了如上述所說的一種對黑人女性集體經驗的重現，其另外一個意義是對非洲美學形式的承繼與轉用。黑人女性主義批評家指出，「口語性文本」承繼了非洲、尤其是西非早期部落與王國的文化藝術形式，如瑪利恩．克拉夫特（Marion Kraft）所說，「非洲傳統從一開始對非裔美國文學的發展扮演了一個重要的角色，而在此非洲文化傳承的轉型中，婦女一直扮演著一個關鍵的角色。」[15]在這些西非王國的宮廷裡，詩人、音樂家與舞蹈者組成的歌舞隊（chorus），是貴族娛樂與藝文的一個重要形式。詩人的吟詠主題包括各種神話、傳說、對提供他供養的貴族家族歷史的誦讚、甚至包括詩人的個人評論。這些吟唱詩人與歐洲傳統吟遊詩人最顯著的不同是，其表演方式有極大的即興性，邀請觀眾隨時加入吟詠、甚或批判詩人本身吟唱的內容。因此非洲吟唱在傳統上較注重語言的調性、表演性與觀眾的互動及答唱，而吟詠內容也總是開放式地接受各種可能的變化。

當代黑人婦女作家文本對非洲吟唱詩人藝術傳統的回溯與承繼，主要表現在一種敘述聲音的高度表演自覺上。故事的敘述以一種「表演」、「唱答」的形式進行，表現具有調性的語言，期許與讀者高度的互動，而「隱含的作者」則是文本內／外各種交織聲音的「中介者」。沃克斯的小說可以提供一個很好的範例，譬如她的《紫色姐妹花》（*The Color Purple*, 1983）為全書下了這樣的結語：「我謝謝本書裡參加的所有人。A. W., 作者與中介者。」⓰黑人女作家文本中的口述傳統、口語文本的運用，主要意義還不在對一個「非洲原鄉」的召喚，事實上非裔美人受到奴役的祖先來自許多不同的部落，有著不同的語言和文化。口述傳統在這些女作家作品中有了新的形式與意義，如克列夫特所說：

> 一面使用一個否定非洲藝術與文化價值生存本身的一種文化和權力結構系統的文字書寫，一面把這些非西方傳統融和在這些作品裡，這些作家以對（西方符碼意義的）普遍價值的解構，質疑了歐洲白人至上的觀念。這樣做的同時，她們也重構了「她的歷史」，以及解構了口說與書寫文本、黑暗之心與啓蒙心智、「野蠻人」與「文明人」、白人真正女性神話與黑人女性他者這一些二元對立建構。⓱

黑人女性主義批評所標舉的「身分政治」（identity politics）為黑人女性文學從主流文學體制的壓抑下突圍，有重要的支持作用。八〇年代以來黑人女性文學的亮麗表現可為一證，不僅那些被遺忘的作家作品重新被挖掘出版，一些當代黑人女性作家更是暢銷書排行榜的常客。歐卓・蘿德（Audre Lorde）於一九九一年被任命為紐約州桂冠詩人，沃克斯與托妮・莫里森（Toni Morrison）分別以《紫色姐妹花》和《鍾愛》（*Beloved*）獲得美國普立茲文學獎；而莫里森於一九九三年贏得諾貝爾文學獎，更代表了黑人女性文學成就受到肯定的一個高點。史密斯在「走向黑人女性主義批評」中曾批評蕭瓦特在一九七五年《符號》的文學評論文章中，隻字未提黑人與第三世界女性作家，而十六年後蕭瓦特所編的《姐妹的選擇：美國婦女書寫的傳統與改變》⓲一書中，認可了赫斯頓和沃克等黑人作家的文學成就與在美國婦女書寫史上的貢獻。

身分批評的一個重要起點是解構主流話語對階級、種族、國族、性別的大敘述，換句話說，也就是各個不同身分認同的人爭取「自我命名」的話語權。而對主流話語的拆解本身就是某種程度的「去本質化」、「除魅化」，因此身分批評所要面對的一個挑戰，就是如何在「有效的政治」與「本質主義」的陷阱之間取得一個平衡。做為身分批評的先驅，以及對自己邊緣身分的高度敏感與自覺，黑人女性主義批評家在與後現代女性主義的論辯中，常被質疑是本質主義的擁護者。胡克斯也指出這個現象，她說許多非裔美國人不願意去批判本質主義，是因為她們害怕這會「使他們失去非裔美國人的特殊歷史與經驗，以及從這經驗得來的獨特的感受性與

文化」。⓳

胡克斯在近十年所發表的文章，進一步調整她早期對黑人女性主體的論點。她說，「光是反抗是不夠的」，⓴黑人婦女主體的建立不應只是否定的——也就是說以優勢白人為對立的反面依據點——；黑人婦女主體的抵抗應是正面的，在建立主體的同時，要避免掉入原先所反對的那種二元對立的霸權邏輯。胡克斯強調，身分認同的建立同時要尊重差異，在心智去殖民化的同時，發展一種尊重差異的批評意識。㉑胡克斯對黑人女性主體的思考，使她超越了黑人女性主義的身分政治範疇，涉入了當代最具批評活力的後殖民論述。

同樣關注中心／邊緣、身分政治、知識的構成與傳播、文本與權力的相互為用，女性主義與後殖民論述一拍即合，使後殖民女性主義理論成為當前女性主義陣營裡一股蓬勃的批評勢力。事實上，許多女性主義學者同時對後殖民論述有重要貢獻，是後殖民主義的重要論述者。有的論者也指出，後殖民論述之所以可以對歐洲中心主義大敘述做出挑戰，是因為「一些在六〇、七〇年代的抗爭——主要是黑人與婦女研究——為它開了路。」㉒後殖民主義理論脈絡龐雜，它的一個基本出發點是對「歐洲中心主義」（Eurocentrism）的全面拆解，分析它如何在帝國強權的政治、經濟、文化掠奪中，支持並合理化西方／強權對東方／對第三世界的宰制。故而，有人對後殖民主義從何時開始這個問題的回答，不無戲謔之意：是「從第三世界知識分子到達西方學院時」㉓開始的。對他們來說，「後殖民」其實根本上是一種委婉語，用來統稱那些「非白人、非歐洲，或者是非歐洲但在歐洲內（non-Europe-but-inside-Europe）」的一群人與他們的研究工作。㉔在進一步探討女性後殖民理論之前，先對後殖民主義理論的發展做一個簡單的梳理。

第二節　後殖民主義的歷史發展

追溯後殖民論述在學院的崛起，一般咸認愛德華．薩伊德（Edward Said）是一個重要的開山大師。他在一九七八年發表了《東方主義》（*Orientalism*）㉕，這本形同對當時歐美主流東亞與中東研究挑戰的著作，不僅使薩伊德一夕成名，更開始了一個新的議題與方法。這並不是說在薩伊德之前，沒有有關對殖民論述的分析或批判；事實上，法國三〇年代的「黑人意識」（Negritude）運動，以及美國本土二〇年代的「哈林黑人文藝復興」（Harlem Renaissance）運動等，都是在後殖民論述發展歷史上必須寫進的一些重要名字與運動。其中一些學者、詩人、革命家，如法農（Frantz Fanon）、西贊爾（Aimé Cesairé）等的著述滋養了如薩伊德等的後殖民理論家。他們所啓發的對帝國主義話語的批判與分析、以及所引起的對國家鄉土深刻情感的觸動，現今仍影響著後殖民研究及其他領域的探討者。薩伊德所以被認為是一個後殖民理論的奠基者，是因為他把一些當代的「上層」理論應用在殖民主義、新殖民主義和文化生產的研究分析上；而同時，薩伊德也開啓了把種族、國族、帝國、殖民等後殖民議題帶入了當代「上層」理論範疇的批評方法之內，揭露所謂的「上層」理論的「歐洲中心主義」本質。㉖

薩伊德的論著是對從「東方學」以降，西方對東方做為一個「研究客體」的知識體系的一個整體的、系統的批判。他所關切的重點倒不是這個東方研究的內容，而是它形成的過程以及如何形成，也就是說他所要揭露的是在東方研究的背後，權力與知識交互為用的過程。這個權力與知識體系如何化身於西方學術體系、文化、文學與美學再現中，進而交錯在西方對非西方世界的各種宰制中。薩伊德的重點不是西方與東方／非西方的關係，而是「中介那種關係的特殊話語」㉗，薩伊德將這種中介話語總名為「東方主義」。根據薩伊德的說法，「東方主義」是西方所用以對東方做想像的建構的話語。它藉由西方傳統的二元分立思維，把東方構建為西方的「他者」，而這個二元對立模式的優位者是「西方」、「歐洲」、「白人」、「第一世界」。因而，在「歐洲中心」的想像建構中，東方常被「負面地符碼化」，與「無言的、感官的、女性的、專制的、非理性的、落後的」等形容詞聯繫在一起。而西方則與一些正面、積極的價值聯繫，如「陽剛的、民主的、理性的、道德的、活力的及進步的」。㉘薩伊德這樣總結「東方主義」的話語性：

東方主義是一種話語，它使其處於後啓蒙時代的歐洲文化，可以在政治上、社會學上、軍事上、意識形態上、科學上、以及想像上掌理——甚至生產——東方……。簡單的說，由於東方主義，東方過去不是（現在也不是）一個自由的思想或行動主體。㉙

薩伊德敲響了後殖民論述在學院發聲的第一聲鳴鐘，接下來在一九八二與一九八四年於英國艾塞克斯大學召開了兩次有關殖民與後殖民論述的學術研討會，所發表論文以《歐洲與其眾他者》㉚為名結集成冊出版。其中包括了另兩名重要後殖民理論家巴峇與史碧娃克的文章。這本書籍的意義在於，後殖民論述正式被認可成為文學研究與其他人文批評領域的一個議題與方法。自此，相關著作不斷發表，把後殖民論述推向了九〇年代文學文化批評的一個顯學。㉛隨著後殖民理論在學院的流行以及相關評述文章的大量出版，針對「後殖民」本身的定義、後殖民的話語位置、歷史劃分、地理區分、以及批評策略等一直是爭議不斷，論辯方興未艾。

有學者指出「後殖民」主義起源於一種對國家、種族、文化、甚至個人「身分」的焦慮，因此綜合後殖民理論特點得出如下的結論：

一種切入後殖民理論的方法是，把它置於馬克思主義與存在主義之間，因為許多後殖民主義的實踐者把政治激進主義，與對自我概念的從根本上重新定義融合一起。法農稱之為馬克思主義的延展，其他人則稱之為新人本主義或革命性的心理學。另一種方法則是把它置於文學與文化研究之間。32

後殖民主義由於圍繞著「身分政治」打轉，有關論述呈不斷衍裂的態勢。首先，對「後殖民」這一詞本身的定義就莫衷一是。它通常指涉幾種不同的含義：一是指時間上的完結，作爲一個前殖民地脫離殖民統治的歷史分期；二是政治運動立場，在此意涵下「後殖民」通常被視爲與國族奮鬥過程緊密相連的話語；三是指一種批評形式，用何米．巴峇（Homi K. Bhabha）的話說，後殖民一詞被援引來「表述一種社會批評，這種社會批評見證了前殖民地第三世界的歷史經驗，如何不平等、不平均地再現於西方所設定的框框內」。33換句話說，後殖民指涉了一種對西方中心大敘述的解構，從文化、知識的形成、學術的體制化等的分析從根刨起西方中心意識與殖民話語。過去十年間，隨著後殖民論述的廣受矚目，「後殖民」又漸漸含納了另一個含義，也就是用來取代原先對「第三世界」文學的命名，甚至也關照第一世界內移民族群的情境，指涉各種去中心的閱讀與書寫策略。這是相應於全球化趨勢中，重新結構全球資源而愈益複雜的跨國資本企業，使得壓迫者與被剝削者、優勢與弱勢族群的界定被沖垮而流動化，傳統基於地理位置的劃分法與實際發展已有差距。燦卓．莫罕娣（Chandra T. Mohanty）對第三世界的重新定義可為代表，從地理上來說，拉丁美洲、加勒比海、非洲、南亞與東南亞、中國與大洋洲屬傳統第三世界。但在美國、歐洲與澳大利亞境內的黑人、亞裔、拉丁美洲裔與原住民，因新的全球化經濟與分工，對他們的衝擊與造成的情境，應使他們同樣列屬於第三世界之列。㉞在這樣的解讀下，前殖民地、半殖民地國家與歐美國家之內，屬於內部殖民的問題都容納在後殖民話語的語境之內。

但即使可以大略分出幾個脈絡，「後殖民」的定義仍然是不斷爭議的聚焦點。比如說對歷史時間標示的含義，有論者指出「後殖民」一辭突出線性時間，忽略了舊有殖民勢力仍然滯留於當代各種經濟、文化、話語的傳播中，藉著文化帝國殖民主義借屍還魂的事實。如阿瑪．艾都（Ama Ata Aidoo）針對「後殖民」一詞批評時所說的，「也許這個（後殖民）概念對經歷過獨立戰爭的美國，以及在一定程度上對加拿大、澳大利亞與新西蘭等其他帝國殖民地來說是切題的。但是援用在非洲、印度以及世界其他地區，『後殖民』不僅是一種虛構，而且是最有害的一種虛構，掩蓋了我們人民生活處於一段危險時期的事實。」㉟自十六世紀以降至十九世紀末、二十世紀初的殖民地解放獨立運動為止，或許政治軍事上強取豪奪的帝國殖民主義告了一個歷史段落，但西方霸權藉著全球商品經濟與文化傳播，變相地延伸它們在全球的利益與資源掠奪，正形成一種「新殖民主義」，不再是船堅砲利，但影響之深卻絕不在軍事殖民侵略之下。

另外一些學者也指出，後殖民理論可以在西方學院中流行，在某種程度上是受到了當權學術體制合法化的緣故所致，也就是說，後殖民論述被主流敘述含納在它的文化相對論（cultural relativism）與文化多元論（mutilculturalism）的話語當中，被當成一種「差異的範例」（an example of difference）。[36]不管是文化相對論還是文化多元論，其陷阱在於它容易成爲對「雜音」的一種方便的收編工具，因此，這樣的「含納」可能是「消融」的一種形式。而後殖民論述相較於其他批評話語，如「帝國主義與第三世界批評」、「新殖民主義與抗拒的文化實踐」，要容易被主流文化機制所接受，實是因爲後殖民論述有超歷史與普遍化的傾向，因此潛在有去政治的意涵。對歐美學術機制而言，「後殖民」一辭像是「田園詩」版的「差異」，這樣的「後殖民」富於多種話語位置，結果最終使得它沒有一種明確的「在地政治」（the politics of location）。[37]這樣的狀況微妙地使主流大敘述得以在各種針對它的抵中心（de-centering）、解構批判的槍林彈雨中，找到一種類似保護傘的東西，而且迴避了這些另類論述對主流文化權力結構重建與改革的立即性威脅。

對「後殖民」一詞的歧義或疑慮只是反映了圍繞在後殖民論述的學術論辯之一端。所有的身分批評不免都要面對主體性這個中心命題，尤其像後殖民主義所涉及的不只是個人、種族與國族認同，而這種種認同座標又牽動了現實政治經濟運作的分配、括併與抗拒的各種敏感神經，在這個問題的爭議上更是顯得十分複雜。由於不同的話語與批評策略，後殖民批評家對這個問題有南轅北轍的看法，但總括來看，問題的根本還是在對主體與家國、鄉土的構成性的切入角度，後殖民論述的政治有效性問題，以及如何避免成爲第一世界學院體制消解第三世界抗拒的幫兇、如何在全球化與本土化之間擺盪的鋼索中找到一個平衡點。在這些問題上，又依著在本質主義與後結構主義兩個極端所形成的光譜中，所站的不同位置，形成各種或大或小的歧異。

後殖民論述具體的歷史根源，使得它不免與「民族主義」論述有不可割斷的牽涉，不管出發點是擁抱民族話語的立場，或是質疑民族話語的立場。在政治上，固有「權力」仍維持一個穩固的地位，相對要求更多行動上的清楚界線與有效性，因而「民族」、「國族」等概念也許相較來說仍擁有較少論述的空間。但在文學上、哲學與文化批評領域，「民族」、「國族」在後殖民論述裡正接受本體的質疑與考驗。如何米．巴峇（**Homi Bhabha**）、非洲後殖民理論家關．阿皮亞（**Kwame Anthony Appiah**）等，皆對國家民族的構成從不同的角度重新思考。巴峇立足於後結構主義、拉岡心理學的理論基礎上，指出薩伊德的《東方主義》批判歐洲中心主義，但其思維與論述架構卻不脫西方二元對立的邏輯模式。對巴峇而言，後殖民理論思考的問題不僅是殖民統治的終止而已，沃養殖民主義而坐大帝國侵略的文化因子、思維方式與深層心理機制更值得去探究，除惡務盡，否則人類永遠以不同形式重複同樣的歷史。相較於「殖民者」與「被殖民者」的二元敘述，巴峇把眼光放在「身分認同」的形成過程的本質問題，以及殖民與被殖民文化相遇時在兩造引發的心理與潛意識抗拒、流動、融合、突破、轉變的過程。

巴峇認爲，殖民與被殖民者的關係不是二元對立敘述可以簡單概括的，這在當今複雜而快速流動的跨國文化情境尤然。他不贊成以「民族主義」或「本土主義」的教條來分析當今文化現象與發展，認爲這樣只有把第一世界與第三世界繼續嵌入二元對立的架構中。他同時也反對西方學院鼓吹的「文化多元」教條，因爲這在根本上是把不同文化「本體化」，把文化之間的差異「絕對化」與「固定化」。巴峇指出，文化相對論是西方中心主義企圖對後殖民雜音的收編，他說：

> 後殖民研究也面臨一種不容忽視的威脅，那就是普遍的文化相對論，借用此一新課題，試圖完全消除後殖民環境的文化創意及歷史涵意，乃至其政治與社會目的，而且，目前

大學及社會上也逐漸出現新的多元論，或如Richard Rorty等人所提出「重新描述」說，一心要重新界定白人文化的容忍性，企圖鞏固大傳統。38

簡言之，巴峇認爲這兩種模式都是架構在本質主義之上。近的來說，其理論基礎淵源於啓蒙思想的人本主義；遠的來說，其思維模式則上溯至西方二元對立形上學邏輯。他試圖跳脫西方／東方或第一世界／第三世界的對立思考模式，對於文化的接觸、對抗與轉換的分析，提出了「**hybridity**」（交織性）、「**in-betweeneness**」（含混）、「**mimicry**」（番易）39等影響當代後殖民文學與批評相當大的觀念。巴峇認爲，「本土身分」從來不是那麼容易可以清楚地劃個界限，身分認同本身就是各種話語爭戰的場域，他指出法農早期的作品對此有深刻的認識，他評論《黑皮膚，白面具》時說：

> 那熟悉的殖民主體排列——黑人／白人、自我／他者——被擾亂了……不管是建立在黑人意識運動或白人文化至上的鄉愁式神話，傳統的種族身分基礎被沖散了。40

巴峇援引拉岡的認同理論認爲，身分只有在否定任何形式的根源性或自足性，經由置換與差異機制才可能形成。而這身分究其根本是權宜的、流動的。因此對他而言，殖民者與被殖民者，或是主流社會與移民群體的關係遠比一般本質主義本土論者想像得要複雜、甚至含混的多，不是殖民／被殖民者、白人／有色人種、都會／邊緣這些個二元對立的能指所能一語道盡的。巴峇認為法農後期著作，如《大地上不幸的一群》（*The Wretched on the Earth*）所突出的憤怒與暴力的土著形象，根本上是對啓蒙現代主義對人作為一自給自足主體話語的照單全收。巴峇提醒讀者，這啓蒙人本主義話語同時也是支撐西方帝國殖民背後的形上學基礎。巴峇在後結構理論對主體性與權力的解構論述基礎上，試圖在二元對立的思維模式之外尋求殖民情境中「抗拒」的可能性，他把「抗拒」的場域置於兩種社會相遇接觸的「含混」與「交織」之處。他認為，「差異與他者性或對立面的生發……從來不是完全從外在而來，也不是極端對反的……差異的界域是不可知的、恆變的、分裂的。」㊶在主宰文化與從屬文化接觸的踫撞與落差中，不同認同位置不斷處於折衝協商的過程，權力也同時重新結構與置位。「抗拒」的可能性存在於在兩種文化的「含混」、「交織」之處，而其手段則經常是一種「番易」的過程。「番易」的起始是「模仿」，原本是殖民者引導殖民地人民仿效他們的文化形式與價值體系，進而達到鞏固統治的目的。但結果卻是殖民地人民在「番易」的過程中挪用、再創造主宰文化。因此，巴峇說「番易」是一種「雙重發聲、雙重語意的符碼。」㊷「番易」過來的文化價值體系雖然是來自宗主國，但已不是「原件」。如果說，把殖民者的文化社會架構橫移到殖民地是確保宗主國權威形式的一個必要手段，那麼，在「模仿」與「番易」中「原件失眞」甚至失落的事實，說明了殖民威權的不可撼搖性只是一則神話罷了。在殖民者與殖民地文化「交織」、「含混」與「番易」的地帶，抗拒已經潛伏。

巴峇自身的經驗就是他「含混」、「交織」理論的一個例示。巴峇曾在英國大學英文系教書，他所由發言的話語、所受的學術訓練與所教授的課程，都是源自英國殖民統治之下的文化所陶成。他是英國殖民教育的一個成功的典範，殖民地人民接受現代化的英文教育，得以在殖民宗主國高等學府教授課程。但巴峇指出，他所教授的英國文學無疑地是從他的「後殖民感知」出發，他在英國學院裡的在場本身就是一個文化「交織」的結果，從英國內部瓦解殖民宗主國的知識霸權，如一位批評者所說，「在巴峇的身上是這裡與那裡的疆界、邊緣與都會中心、印度與英國界線模糊了。英國的屬性與市民身分在一個去領土化與無疆界的場域趨於複雜化。英國／印度趨於不固定，就在其心臟地帶，英國的霸權被鬆解了。」[43]

「交織」、「含混」、「離散」（**diaspora**）蔚成後殖民文學理論的時髦名詞，以致有些學者甚至據此定義後殖民文學。如比爾·艾希克洛傳特（**Bill Ashcroft**）等所著的《逆寫帝國》（*The Empire Writes Back: Theory and Practice in Post-Colonial Literatures*）一書中，作者指出後殖民文學的一些共同特徵，包括對帝國主義兩極二元論述的文本顛覆，語言上挪用、番易、

「地方化」宗主國正統語文，以及在主題上突顯「交織性」，處理殖民地人民對殖民階序文化的模擬與番易，或是離散到他國的移民夾處在文化中間地帶或夾縫中的生存情境；另外「交織」也經常在後殖民文學中被運用爲一種文學手段，轉用西方經典文類、或敘述以爲己用，[44]如此宗主國的文學傳統經過殖民地有意識、無意識的「挪用」（appropriation）、番易，而交織爲新的文學生命體。

一些強調本土論述的後殖民主義的後殖民理論家，力圖維持「民族」、「國家」的範疇在文學與文化批評的有效性，對他們而言，「本土」是對抗隨著全球化而擴張的文化殖民精神堡壘。這些學者對以巴峇、史碧娃克等爲首的奠基於後結構主義的後殖民話語顯然有相當大的質疑。他們批評上述學者所推銷的是一種「後現代情境」、「全球化」的「後殖民性」（post-coloniality）。這些後結構主義的後殖民論述學者安處歐美學術中心，雖在異鄉爲異客，卻「處境良好，有些影響力」，而且正因其爲「異客」的身分，在某些圈子享有一席發言權。他們安於紙上搬演，把不同國家、民族脫離殖民桎梏的差異歷史扁平化、同一化到方法論層次，而荒謬的是，這些後結構主義者在理論與論述層次上標榜的正是「差異」。[45]他們認爲這些後結構主義的後殖民論述學者最大的問題在於，誇大了「文化本身作爲政治性策略角色」的功能。[46]

論者舉當今某些後殖民主義對法農的詮釋爲例，論證當今文學與文化後殖民論述，如何偏頗的選擇歷史材料，建立他們話語性的後殖民文本。法農不僅爲黑人解放運動的先驅，他的反殖民主義著述鼓舞並影響了包括其它地區的民族獨立運動分子，但許多後殖民理論學者偏偏片面地突出法農著作中，結合精神分析，探討在殖民者強勢蠻橫的種族分類與定型化的過程中，殖民地人民如何形成一種不穩定的自我身分。他的流亡生涯以及從阿爾及利亞人變爲馬丁尼克人的雙重身分也被過度渲染。47在這些文學文化後殖民論述中，強調「認同的不穩定性」、「鼓吹他者性」（alterity）、「全球化了」的法農勝出，掩蓋了法農作爲民族獨立運動理論先驅的光環。

巴咨等代表的後結構主義後殖民理論也許對描述當今後現代情境、跨國文化交流頻繁快速的現象有相當的洞察力。的確當今活躍在歐美學術圈，從歐美都會中心質疑、挑戰西方文化霸權的理論批評家，許多是出身於英法殖民的歷史背景。巴咨所提出的「交織」、「含混」、「番易」等現象確存於文化的交流與躪觸當中，但問題在於處於弱勢文化的一方，其能動性有多大，這個過程是主動還是無意識的，是否隨著教育、階級背景不同而不同；「交織」、「含混」、「番易」雖然潛在於各種形勢的強勢文化對弱勢文化的殖民當中，是否不同的政治現實也將影響它顚覆的有效性。再來就是，殖民文化雖然在挪用、番易的過程而失眞，其發生的場域基本上還是在殖民地上，對其本土的反作用力不那麼直接迅捷。換句話說，即使文化躪觸的確也引致殖民宗主國文化的影響，那麼殖民地／本土文化恐怕是更早、也更深地崩解了。在這兒並不是要鼓吹任何本質主義或本土的純粹性，事實上在後結構理論之後，很難忽略主體、文化的構成性與話語性。只是權力結構傾斜的問題不容忽視，從帝國殖民到現今跨國資本主義時代，地域權力不均的問題仍影響、決定著生活於其上的人民，使世界上大多數人民被劃入了低度開發／文化弱勢／低經濟競爭力的一方。佩利也呼籲後殖民論者注意到權力運作的現實，她認為即使在後殖民情境，有上述所說的彼此交織含混的狀態，莫忘了「所有的力量仍操在西方人手中。」[48]

有學者指出，「對本質主義的堅持是丈量一個特殊族群在文化上被壓迫程度的一把尺」[49]對一些後殖民理論家來說，對被殖民統紿污染的懼怕，使他們傾向緊抓著「身分」的問題與壓迫者／被壓迫者的二元論述。愈迫切的壓迫，引起的極端對立自然愈大，本質主義、本土主義的訴求也自然趨強。只有當優勢或壓迫的那方開始自省與容許對話的空間，才能較平順地進行對權力話語、認同建構的挖掘與顛覆。身分認同有一重要部分總是情感的，鄉土、家國等或許可以在話語層次上被解構，但壓迫所帶來的威脅、精神或身體上的痛感記憶卻不是文字搬演可以輕易抹去的。如同法農所深切感受的，每一個被殖民的民族其靈魂上的「自卑情結」是來自其人民目睹了「本土文化根源的死亡與埋葬」。[50]

對家國話語的專致使得本土論後殖民理論家在對文學文本的評析、文學經典與文學史的構建上，特別注重文本與脈絡文本的互爲指涉、以及虛構與現實之間的相互作用，大有文本話語即建國話語之態勢。因而有些當代批評家對第三世界文學有了以偏概全的評論。如詹明信在一篇論及第三世界文學的文章中這樣說：

從最近第三世界知識分子的對話研判，現今有一種對回復民族情境過於熱衷的趨勢。國家之名敲鑼似地不斷重複，對「我眾」集體的注意，我們應該怎麼做，我們如何做……美國知識分子並不這樣討論「美國」，這讓人不禁認為這個事指向了那久遠以前在此地消散——而且消散得好——的舊東西「民族主義」。51

詹明信認爲，第三世界文學脫不了「民族寓言」的窠臼，汲汲搬演著對帝國主義與資本主義的抗爭角本。在同篇文章稍後，他這樣描述第一世界文學，「私領域與公領域、詩學與政治之間的急進分裂，是我們認爲屬於情慾、無意識的領域與階級、經濟和俗世政治權力之間的分裂：換言之，是弗洛依德對馬克思。」。也就是如果弗洛依德爲A、馬克思爲B的話，第一世界文學包含A與B，而第三世界文學則裏足於B。言下之意，第一世界文學是屬於後現代的，充滿著後工業社會的焦慮，主題與形式較多樣全面，因此相較上要來得精緻繁富；第三世界文學則是在寫實主義文學傳統上原地踏步。詹明信這樣二元對立而帶有偏見的論點固然有可以批評之處，但他的說法卻也對後殖民理論家點出了一個值得忠考的問題，倒底後殖民理論與民族主義話語的界線在哪兒？如果後殖民文學是爲一個文類，後殖民文學要如何與民族主義文學的標籤區隔？問題看來又繞回了美學與政治的問題，只不過換了個場域、換了個形式。本土、家國、鄉土，這些個人與集體身分認同的大敘述，永遠有召喚、調動人們心中最熱血的一根神經的力量。在前殖民地人民、半殖民地人民的集體歷史記憶猶新，而新的政經文化發展仍使這些地域的人民處於較嚴峻的情勢之際，也許本土、家國、鄉土仍是丢不開的言說或顚覆所由之徑，但本土、家國、鄉土是「本質的」——因此不可或移——，還是「策略的」，值得吾人深思。

從另一方面來說，源於西方啓蒙人道主義的國家、民族話語仍是宰制當今世界政治發展、文化論述、文學文本的大敘述，處在架構於此權力話語圖式的世界裡，是否有開啓抗拒的可能性，同時在西方對國家、民族的論述之外尋求他途話語，是後殖民理論家所需努力的目標。後殖民理論家打的是個雙重的戰爭，既要以子之矛攻之，又同時試圖找出西方二元對立家國話語之外的他途話語與遊戲規則。這情勢倒與女性主義有著類似的情境，如莫罕娣所說的，「婦女運動是在兩個層次上進行抗爭，這兩個層次是同時進行而且是緊扣一起的：一是**意識形態與話**

語層次，面對的問題是對婦女、女性氣質的再現；另一個是物質與經驗層次，面對的問題是工作、家庭、性傾向的微觀政治。」52同樣的，後殖民理論對歐洲／第一世界／白人中心主義的解構，也必須同時照顧到意識形態／話語與物質／經驗兩個層次。

對於以上所說本土／全球化、本質／話語性這些問題的探討，將轉入後殖民女性主義的相關論述來做進一步的分析。原因有二：一是如前所述，許多女性主義批評家也同是後殖民理論的重要貢獻者，諸如對身體、土地、國家、身分等理論有精闢的分析；二是女性在家國的論述中站了一個更微妙的位置，其多種主體與身分位置以及彼此之間的矛盾與糾葛之處，使得女性主義後殖民論述，更是步步「跳過地雷區」，但也因這樣的情境，使得女性主義可以從一另個視角，對上述問題提供有價值的關照。

第三節　後殖民女性主義：身體、家國與身分

後殖民女性主義在性別、種族、國家與階級的錯綜糾葛關係中，面對了更多重、有時甚至是矛盾的主體位置。後殖民女性主義所面對的重要議題，不只是婦女與男權中心文化的關係、性別再現問題，它同時也得釐清第三世界／邊緣婦女與第一世界／白人中產階級婦女之間的關

係、第三世界不同地域婦女群體之間的關係，以及國家與民族話語的構成和婦女與國家話語的關係。

傅柯在論及主體性時，說主體的構成「牽涉意識到、沒有意識到的對各種主體位置，以及隱含在其中的心理與情感結構記憶的累積。」❺❸這意味著個人的認同總是在一個過程，含涉各種「經驗」在主體位置上各種正反與衝突、相生的作用，這種種「經驗」的激生點是具有殊性的，但在個人與個人之間，由於性別、種族、國族與階級等生物或社會文化的包含及排拒的分類作用中，「經驗」也有某種對「共性」的趨近，這也是認同與身分得以形成的原因。

婦女除了是女人之外，還有其他一樣重要，構成其心理、智識、情感、追求等趨向的因素，如種族、國族、階級等。強烈而具有顛覆性的認同裂隙，通常發生在主體處於某種意義的邊緣與被壓迫位置。就如菲爾斯基評論白人女性主義者的盲點所說的，「只有特定一些婦女，有幸可以只把男性／女性做爲基本區分範疇，原因很簡單，因爲她們自己（優勢）的階級或種族位置沒有被標舉出來過，因此也不被察覺。」❺❹對第三世界與生存在殖民統治或有殖民壓迫歷史經驗的婦女而言，西方白人中產階級女性主義者所大力撻伐的「父權壓迫」並不能完全解釋她們的問題與處境。在這些地區，婦女所遭受的壓迫與剝削深陷於階級、種族、國家，以及經濟、社會制度等盤根錯結的羅網中。而白人婦女所處的西方霸權社會挾其強大的政治、經濟力量，對全球資源分配重新結構的結果，對第三世界處於弱勢的婦女情境形成更微妙與複雜的影響。

一、第三世界婦女：銘刻種族的身體

女性主義內部本身由於文化位置、認同主軸的不同，必然在一些女性議題的優先順序上有所歧異，這種差異指向了一個女性主義論辯的一個中心問題，套用撒拉・蘇蕾莉（Sara Suleri）的說法，「種族、性別、職業，何者爲先？」55有色人種與黑人女性主義論者批評西方白人主流女性主義以性別爲抗爭主軸，尤其是拉岡派的心理分析女性主義者以及後結構女性主義者，更是耽於歡愉、慾望層面的探討，對婦女問題的其他面向，如階級、種族、國家以及經濟、社會制度等都擱置不談。如此對弱勢社群或地區婦女問題缺乏同理心或置若未聞，何能侈談「姐妹情誼」？誠如周蕾（Rey Chow）所說：

> 非西方婦女所感受的憤怒，遠非她們在自由主義中產階級女性主義對「婦女們」的言說中被遺漏了那麼簡單。而更重要的是，她們作為「女人」的經驗，是不能窄化到僅僅是

「女人們」——對——「男人們」這樣的性別區別範疇就可以一語道盡的。[56]

凱蘭．凱普蘭（Caren Kaplan）把女性主義後殖民理論在美國婦女研究領域發展的先聲歸於律奇在八○年代中期對「在地政治」（politics of location）概念的提出。[57]在律奇所著的《血、麵包與詩：詩人的場域：1979-1985散文選集》，她指出白人婦女自稱她們相對於白人男性處於社會文化的邊緣，但白人婦女本身也造成其他婦女的邊緣化。因此，她呼籲白人婦女同胞們正視自己也同時是壓迫者的位置、正視自己在其他婦女被雙重邊緣化的過程中所扮演的角色。律奇說，「改變的運動就是改變運動本身。改變自己，去男性敘述，去西方化本身，成為一個批評的群眾，說著那麼許多不同的聲音、語言、姿態、行動：運動本身必須改變；我們自身必須改變。」[58]律奇固然代表了主流白人女性主義自省的聲音，但後殖民女性主義在美國婦女研究領域的興起，主要還是在於第三世界／有色人種對白人女性主義霸權的質疑、挑戰與解構，包括前述所說的黑人女性主義先驅。這裡提出律奇的觀點，用意在進一步探討白人女性主義批評家所鼓吹的「在地政治」、差異，如果不建立在對二元中心敘述邏輯的拆解上，「差異」可以是「霸權」的另一個面向。

後殖民女性主義理論家指出，有些白人女性主義者雖然不再指涉一個集體的、同質的婦女範疇，但對第三世界婦女的敘述，卻與白人男性同樣將自我置位於一個啓蒙自由主義的主體位置，也就是一個「觀視者」的位置，而第三世界婦女在這樣的觀視下，再度淪為歐美中心女性主義的「他者」。周蕾舉中國研究的例子指出，西方女性主義學者對第三世界婦女的論述話語不脫兩種模式：一是「案例研究」模式；一是「文化花園」模式。59 前者在歷史與社會學研究尤其顯著，案例研究對第三世界婦女的壓迫問題的解析，事實上暗合了西方／進步／現代、東方／落後／傳統的二元論述。她引用另一位女性主義論者的話說：

> 自由主義與社會主義女性主義同樣把非西方社會婦女描述為同一的、可以互換的，而且比主流資本主義社會裡的婦女受到更大的壓迫，如此而符碼化了她們對自身文化優越的信念……舉例來說，對一九四九年後的中國婦女研究總是分析她們如何受到了農村家庭與社會主義父權的雙重壓迫……把中國做為對婦女解放的社會主義實驗的一個「案例研究」，這些論作是西方學術與決策界針對非西方、非現代世界的落後性的整個話語網絡的一部分。60

這是一個「他者」的差異，第三世界婦女因此還被推入了一個無聲而沉默的位置，她的身分是由與西方白人婦女的差異位置所決定的，而這差異的寫定決定於西方婦女。這樣一個建立在「他者」二元邏輯的差異，巧妙地轉化運用在多元論白人女性主義論述中對「種族」與「階級」話語的含納。另一種「文化花園模式」則常見於古典文學與歷史的研究領域。中國婦女存在於一個「絕對他者的時間」，被永恆凍結在一個過去的時空，不能受到西方方法論的沾染，這說穿了是一種人類學者「土著歸土著」文化奇觀保存理念的另一種衍生形式。總而言之，不管是「案例研究」或「文化花園」，西方婦女在對第三世界的「觀視」中，不自覺地掉入了她們自己所欲顛覆的男權中心二元對立話語的限阱中，將第三世界婦女「奇景化」而「凍結於時間、空間與歷史之內」。61

後殖民女性主義理論家指出，西方白人婦女將第三世界他者化的傾向與西方思想史上的二元對立階序邏輯有一脈相承的關係，而這西方／殖民者與東方／被殖民者的二元階序化與帝國殖民話語的建構是相互依存的。人類學是其中一個最關鍵的新知識形式，莫罕娣指出：

> 人類學是產生於——確實是誕生於——殖民統治的最關鍵的知識形式之……。我要說人類學是這個製圖學的一個最重要的話語脈絡文本，它例示了專業知識在命名權力上的意義，以及對自我與他者定義命名的爭戰……殖民統治時期的人類學研究本質上是性別化與種族化的，以西方白人男性考古學家為中心……人類學與它對第三世界婦女的「土著

化」，因而成為瞭解「有關」第三世界婦女的知識生產的一個重要脈絡文本……這個知識生產的物質效應是，它在各種機制（如法律、政策、教育系統）與自我及主體性的建構上已是枝條繁密。62

瑪麗．普拉特（Mary L. Pratt）對西方把東方他者化的大敘述傳統，拉到了十八世紀上半葉植物分類學的起始點——卡爾．李內（Carl Linné）的著述，《自然的體系》（*The System of Nature*, 1735）。63李內把他所記錄下來的知名與不知名的植物，根據繁殖部位的特徵分爲二十六大類。李內的分類系統最大的意義在於即使是不知名的植物，仍能含納到「知識」體系之內，原本渾沌的自然世界進入了西方知識秩序。李內對植物系的分類最後擴展及於對動物系的分類，人類被劃分爲六個變支：野人、美洲人、歐洲人、亞洲人、非洲人、獸人。普拉特指出，對植物系的分類化，與當時西方如火如荼展開的地球環航圖與世界海岸線的繪製大業大有關係，絕不可看成是獨立的事件，它們是在歐洲的殖民擴展中緊密相扣的話語與知識。對植物、人種的分類、對世界海岸線的繪製，代表了歐洲秩序對原本未知的自然世界、人種世界與地球疆界的侵入、掌控、分類與話語化。

人類學與地理學都在十九世紀後半葉西方帝國殖民的顛峰期被建制爲學院的一門專業學

科，而上述的歐洲秩序更深化到西方帝國對東方／第三世界的宰制話語中。拉蒂卡・默罕蘭（Radhika Mohanram）將這歐洲秩序話語如何經由二元階序將東方／非西方化約爲他者的機制，做了相當精闢的分析。64默罕蘭比較當代兩個文本：一爲李維史陀（Lévi-Strauss）《野蠻人心智》（*The Savage Mind*）一書中「具象的科學」（The Science of the Concrete）一章；以及艾弗瑞德・克洛斯比（Alfred Crosby）《生態學的帝國主義》（*Ecological Imperialism*）一書。兩者乍讀之下似乎並不相干，但莫罕娣的細讀指出，二書在他者化東方／土著上有邏輯上的同構性與發展性，與上述歐洲秩序話語，或薩伊德所稱的東方主義，實是一脈相承。首先，李維史陀在「具象的科學」一文中用了「工程師」與「手藝者」一組比喻來說明科學與巫術，也就是抽象思維與具象思維的不同。此篇文章一開始先羅列了一些部落土著對動植物的分類，這些土著對動植物有驚人的辨識能力，舉一例，菲律賓的火奴奴族（Hanunoo）能肉眼分辨高達二千種不同的植物。接著他舉一位在非洲部落做出野調查的人類學家爲例，這位學者學了當地土著語言，但卻無法有類似的辨識能力。李維史陀的說法是這位來自都會的人類學家跟土著不一樣，根本上對自然界的豐富與多樣沒有興趣，因此永遠學不來土著那套辨識本領。李維史陀由此進一步推論土著與都會人類學者依循著不同的知識形式來認知世界。前者的知識形式類同於手藝者，運用具象的感官知能與想像，而後者同工程師一樣，運用抽象的思維與概念。土著也運用分類方法，但其分類概念是建立在可感知的「相似」上，而工程師／都會人類學家可以從第一眼看起來不相類似的事物之間建立起關聯性。土著／手藝者所擁有的工具總是「有限度的」，總是需要「各種各類」不同的組件，因為工作項目之間沒有關聯，李維史陀繼續解釋：「可以這樣說，工程師探討宇宙本身，而手藝者運用的是從整體人類的努力，也就是文化的餘蔭，而得的成果。」65

原本手藝者與工程師代表兩種不同的思維模式，本身並無價值的判斷。問題在經過一些二元對立概念的排比後，一個建立在進步而非差異概念上的價值階序躍出了字義之上，如默罕蘭指出的：

> 這兩種（思維）的區別在兩種層次上運作……在語言的層次，手藝者陷在自然、動植物界與巫術世界的羅網中。而工程師……與人類學話語的物理學、化學原則相連。第二，手藝者與工程師的區別開始脫離了差異的話語，而進入了基於進步的話語裡運作——與工程師抽象思考的能力相比較，手藝者直覺式的知識與神話思維是原始的。再者，在這文本中，手藝者總是被解讀為黑人，而工程師為白人。66

默罕蘭再舉克洛斯比《生態學的帝國主義》一書作一個對比，檢視第一世界／白人對其自身與自然的關係的話語建構。克洛斯比指出，在一八二〇到一九三〇年來這一百多年的時間，超過五千萬人移民到他所稱的「新歐洲」——包括加拿大、美國、澳洲、新西蘭、阿根廷、巴西、烏拉圭等，相當於一八二〇年時歐洲總人口的五分之一。歐洲人在新歐洲地區的人口從一七五〇到一九三〇年成長了近一四倍，同時世界其他地區的人口只成長了二點五倍。67這意味著在新歐洲的移民適應良好。克洛斯比分析歐洲移民人口繁殖快速的幾個因素，其中包括跟土著相比，歐洲人來自人口稠密區，發展了較強的免疫力，而且歐洲人擁有先進的知識技術可以改造環境以爲己用。於此，洛克斯比又列舉了歐洲人如何把母國的牲畜與植物輸人新歐洲，而且成功地育養與繁殖作爲歐洲白人改造自然能力的佐證。克洛斯比的著作強化了李維史陀文本中隱含的進步論二元論述，李維史陀的文本提出了土著與都會人類學家/歐洲白人在思維方式上的區別，克洛斯比則進一步用物質的成果來佐證這個二元階序的差等。李維史陀的分析中與自然親近一體的土著，用具象與神話思維感知世界的土著，進一步成爲了受制於環境、無法自由遷徙，換言之，爲自然、環境所決定而顯然缺少自由人本主義主體所具有的能動性。默罕蘭這樣評論：

讀克洛斯，我們可以看到在他的分析架構中，新大陸無助的處女地、動物、植物與原生鳥類，與晚近才進入新石器時代無助的土著人民之間有一種換喻的關係……土著與他們所居住的環境被視為在移民者不斷的侵入中束手無策。只有移民者有能力、有自由遷移與改變土地風貌……甚至移民者的疾病，以及原本正常情形下根植於他們土地上的動植物也一起跟著遷徙……新歐洲的歐洲化使得歐洲人成為一個普遍的主體。「普遍」這個詞意指一個能夠……佔據任何地方的主體，就像新歐洲的演變過程一樣。高加索人是去身體化的、移動的、免於被銘刻了那使土著在肉體上無法移動的標記。❻❽

經過一連串二元分類、類比、換喻的機制，手藝者／工程師、具象思維／抽象思維、自然／文明、土著／白人，脫換爲處女地／歐洲、不可移動性／移動性、受限於環境／改造環境、普遍的主體／被銘刻意義的主體、觀視者／他者、非西方／西方等一系列西方中心主義二元階序。在歐洲中心主義的大敘述裡，土著／非西方是一個「種族化」了的身體。這也是爲什麼法農說是種族主義者造成劣一等的人的存在，造成他所以是爲黑人的原因，他在《黑皮膚，白面具》裡自述對己身「黑皮膚」所代表內涵的意識，是來自一個白人小孩的「觀視」(gaze)。一天他走在巴黎街上，一個白人小孩對著媽媽大聲說：「看！一個黑鬼……媽媽，看那黑鬼！我怕！」❻❾法農如被當頭一棒，警醒於「黑皮膚」帶給他的身分標籤。他這樣描述他當時的反應：

> （我的）身體建構崩解了，取而代之的是一個種族、表皮的建構……我從遠處看我自己的存在，遠得夠把自己當做一個客體。我還能是什麼，除了是一截斷體、一個切除物、在我整個身體內竄動奔流的黑色血液？[70]

法農瞭解到他對自我身體的意義不是基於自身的觸感、動感、視覺等所構成的圖式，他的身體、他的存在，其意義取決於白人的觀視，因此他感歎：「白人在數以千計的細節、軼聞、故事中編織了我」。[71]在白人中心主義的觀視中，「黑人不僅是黑人，他的黑還是以白人爲關係起點的黑……在白人的眼中，黑人沒有本體的存在」。[72]

而第三世界婦女不只是「種族化」的身體，還是「性別化」的身體——雙重銘刻。後殖民女性主義論述的一個關注點便是身體與身體政治，以及婦女與種族、國家之間的話語關聯，分析國家建構話語如何把性別、種族寫入其結構當中，而這結構是建立在階序式的二元對立邏輯之上，其結果不免總是有一方是「他者」、「被標籤」（marked），成爲話語爭戰的場域，因而被奪取了話語權。

二、婦女、身體、國家話語

伍爾芙曾說，「作爲女人沒有國家。作爲女人，我不要國家。作爲女人我的國家是全世界」⑬這乍聽之下，似乎道出了遠在後殖民女性主義出現之前，女性知識分子已經感到婦女與國家話語的關係要比男人站在更複雜曖昧的位置上。後殖民女性主義的研究指出，第三世界女性主義的歷史發展與民族主義有密不可分的關係，民族主義的興起給予了女性主義發展的契機。十九世紀末起在殖民地或半殖民地的民族主義旋風中，婦女的問題其實是架構在整個男性中心論述對民族國家的建構神話中。相對於殖民宗主國或列強的優勢與壓迫，淪爲受壓迫、弱勢與「去陽性化」的殖民地男性知識分子，基於對階級、種族、民族壓迫的反思，婦女這個千古以來備受壓迫的範疇，在男性對家國神話的重構中，被置換於家國痛遭蹂躪與摧折的象徵與借喻的話語中，⑭婦女的壓迫問題在這樣的移情借喻中取得了男性精英分子的重視，婦女的解放問題因此得與救國、建國大業並置。但婦女壓迫終究是男性在家國民族壓迫問題的借喻，在爭取國族重建的行動劇碼中，易釵而弁，聲嘶力竭，到頭來還原眞身，發現仍是纏足小腳、步履維艱。

從現實層面來說，國家話語對婦女問題的控制與吸納，基本上是其權力話語建構過程重要的一環。蘿拉．內德（Laura Nader）指出第三世界國家在現代化的革命過程中，幾乎一致地採取了「性別霸權」的立場，根本原因在於「改變傳統上對婦女的掌控勢力，是把這權力從親族轉移到國家的步驟的一部分」。75 國家與婦女，總是有個先後次序，「覆巢之下無完卵」，本來也無可厚非。問題是打完民族戰爭以後，婦女的問題再次被延宕。如默罕蘭說的，婦女與國家，或性別與國家之間不平等的關係，在後殖民社會尤其明顯，殖民地人民想像了一個家國，而為這個家國奮戰，而這個君父家國反過來「把婦女置位於一個家國性之中，而不是能動性之中」。76 周蕾也舉中國婦女的處境為例，說明第三世界婦女問題總是與家國話語糾纏不休，她說：

> 中國婦女，如同其他父權「第三世界」國家的婦女同胞一樣，一而再、再而三地被要求為了更遠大的民族主義與愛國主義犧牲、延宕她們的需求與權益……每當有政治危機時，她們就不再是女人；當危機過去、文化重建之際，她們又恢復了較傳統的妻子與母親的角色，同心協力致力於秩序的重建。77

這裡，感歎國家論述掩蓋了婦女問題的周蕾，似乎與前述批評第一世界標舉性別而忽略種族、階級的周蕾站在了對反的立場，也許有人要問，「到底是家國為先還是性別為先？」其實這正反映了女性問題是如何地深陷於性別、種族、家國與階級的話語中，尤其是第三世界女性主義批評家，其主體位置更是複雜與溜滑。但也正因為如此，才可以成為一個利基點，更全面的思考婦女、性別、身體、國家之間深層的話語性問題。

後殖民女性主義追索女人身體在歷史文化發展中被種族化與性別化的過程，而性別化與民族、國家交集的部分是這方面探討的一個重點，也就是「身體政治」（the body politics）的起點。女性身體做為一個「場域」，也就是一個意義銘刻的「空間」，早在柏拉圖之時就見端倪。克里斯多娃在架構其「符號態」理論時就轉用了柏拉圖「母性空間」的概念，柏拉圖說女人是一個「母體空間」，是不可名狀、不可探索、混沌的、先於命名、先於原初的。弗洛依德說女人是一塊「黑暗的大陸」。女性身體與鄉土、家國的換喻關係，在文學上、民族話語上更是屢見不鮮。女性身體與空間、場域等概念的接近、甚至聯繫一起的關係並非偶然，至少女人身體的孕育功能這項事實，使得女人身體的「空間化」與「位置化」看起來似乎是極其自然的事。但女性主義理論家指出，這想當然耳其實並不是那麼天生自然，其底層另有深意。

依麗格瑞在《性別差異的倫理學》一書中，對女性身體的場域性與女性與場域之間游移曖昧的關係有啓發性的分析，她指出女人的身體不僅是胎兒成長的場域、包覆在外的皮膚，它還是形與質所以構成的基礎，因此，女人身體作為一個場域，「不是事物本身，而是使事物得以在其中、也在其外存在的一個位置」，78依麗格瑞指出人的自我經驗從一存有就取決於與母體／場域的關係，自我一開始是這個母體／場域的一部分、存在於此母體／場域，然後是脫離母體／場域。但吊詭的是，女人作為一個場域，卻失去了自己在這場域之上的佔領權、話語權，女人「被指定為一個場域，卻不占有一個位置，經由她，場域得以建立，但是為男人所用而非她所用」。79依麗格瑞所要說的是，女人在男性主體自我再現的文化體系中，被否定了主體性，退居為客體的地位。女人身體在這男性中心的再現文化體中，「是，或者是不斷地成為他者（男人）的場域。由於後者無法將自己與之割離，如果她不瞭解或是不情願如此，那麼她就有了威脅性，因為她不在一個『正當』的位置上。」80這也是為什麼男權中心話語必須掌控女人這個場域的原因，只有這樣才能使這男性主體再現體系免於崩解。

女性身體的符碼化不僅存在性別話語上，也存在種族、文化、社會與國家話語中。國家話語對女性身體的控制其意義大也哉，弗蘿亞．安息艾（Floya Anthias）和妮拉．尤娃黛維斯（Nira Yuval-Davis）在《種族化的界限》（*Racialized Boundaries*）一書中，把女人在國家建構話語中所承擔的角色做一個歸納：種族的孕育，文化傳承（如母語、傳統飲食文化等），國家的象徵，作為男人保家衛國的理由，以及直接參與國家戰鬥。81換句話說，女人的身體承載了種族或民族對維持自身疆域與血統純粹的渴望，女人的身體是種族／民族生物疆域的孕育者與符碼，因此默罕蘭說女人的身體就像是「民族的地圖」，經由這個女性身體地圖，一個民族可以符碼化其生物疆域，再生產血緣的同一性，同時彰顯與其他民族的差異。82

默罕蘭基於上述依麗格瑞的論點，進一步從精神分析的角度探討女性身體在國家話語中如何被符碼化的深層心理機制。拉岡以「擁有陽具」與「作爲陽具」來闡述他的性別獲得理論，默罕蘭認爲國家、男性與女性公民之間也有同構關係。如同「陽具」是象徵秩序中意義的根本能指，是主體進入意義／語言之所繫，象徵著文化中的權威與權力，國家話語也主宰了男性與女性等性別意義，決定著它們的功能。在這話語關係中，女人「作」爲民族的象徵，作爲民族的「肉身具化」，她是「民族話語」所慾的對象，但在民族話語歷史上卻「擁有」極有限的主體性與能動性。女子一直要到十九世紀末、二十世紀初才普遍取得公民權，而一直到最近以前，一個女子若嫁給外國人就自動喪失她原本國家的公民權，可爲例證。總而言之，女性「作爲」民族的肉身具化，總是「爲男性做嫁」，作爲男性尋求身分與鞏固認同的中介。83

女性身體被家國話語的僭用，在殖民情境中殖民者與被殖民者對殖民土地與人民的命名權爭戰中尤其明顯。躲在女性身體符碼之後的意識形態、話語權爭戰，再次突顯了女性身體是男性話語鐫刻意義的「一個物質體，是一被動、空白的石板，一個起點」。84法農在《一個死去的殖民主義》（*A Dying Colonialism*）一書中，以阿爾及利亞、阿爾及利亞婦女和頭巾之間的換喻關係來說明女性身體與家國話語的關係。阿爾及利亞的獨立戰爭始自一九五四年，隨著戰事的緊繃，婦女也加入了解放戰爭的行列，但法農把婦女介入這場戰爭的歷史往前推到了三〇年代，這場爭戰是環繞在阿爾及利亞婦女傳統頭巾之上。當時法國殖民政府敦促阿爾及利亞婦女摘下頭巾，法農分析此舉背後的深意：在法國殖民者自我建構的相對於殖民地的二元論中，法國人自我置位於現代與進步的一元，殖民地人民、文化是落後的、野蠻、陳舊的。對法國殖民者而言，阿爾及利亞婦女摘下頭巾，意味著阿爾及利亞向現代與啓蒙的轉向。從另一層意義來說，幪面的阿爾及利亞婦女象徵了殖民勢力的無法全部穿透，「這個看著人卻不讓別人看著她的女人讓殖民者感到挫折。沒有互動，她沒有屈服、沒有委身、沒有獻出她自己。」85而相對的，對阿爾及利亞的回教傳統來說，讓他們的女人摘下頭巾無異於「把她娼妓化」，「公然展示她」，而且等於是「放棄了一種抗拒模式」。86對阿爾及亞人而言，婦女的頭巾、婦女的身體攸關國體之事，婦女頭巾的揭開，代表了放任殖民者的長驅直入，放棄了最後的抵抗意志。法農的行文中，婦女的身體與家國界線模糊了，二而爲一：「展露在殖民者眼下的地平線上，一寸一寸地，阿爾及利亞的血肉身軀裸露在他們之前。」87

法農情慾化的描寫，不僅是語言、修辭上的問題而已，它同時彰顯了女性，女性身體長久以來是爲文化符碼爭逐的場域，她的身體是「爲人作嫁」的場域。法國殖民者與阿爾及利亞人對阿爾及利亞婦女身體的話語權爭戰具有文化性的意義，對阿爾及利亞人而言，頭巾幪面的阿爾及利亞婦女象徵著法國殖民統治的失敗，而對法國人而言，摘下頭巾的阿爾及利亞婦女代表了法國的征服。兩種情形下，婦女都是沉默者，她們都是極富意義爭逐的符碼場域，無以爲自己的身體命名。因此，阿爾及利亞獨立建國後，女性地位並未如預期的提升，也是可以理解的，[88]因爲在法國殖民者與阿爾及利亞男人對她身體的掌控權的爭戰中，從頭到尾她的主體性與能動性是被排除在外的。

在此，無意將阿爾及利亞婦女的問題普遍化爲第三世界婦女全體的問題，歷史差異與特殊性已經是當代任何女性主義論述必須關照的脈胳／文本。後殖民女性主義對婦女身體在性別、種族、國家話語中符碼化的探討，開拓了第一世界白人婦女論述的侷限性，但同時也讓前述「性別、種族、家國，何者爲先」這個問題的解答，更加複雜曖昧。但也唯有經過對婦女、身體、性別、種族、國家的話語性問題的透析，才有可能在對第一世界白人女性主義霸權的抗拒上，避免陷入本質主義的窠臼，使第三世界女性主義在解構「種族化」與「性別化」雙重銘刻的努力中，同時兼顧到當前的政治性與未來的開拓性。

三、身分政治的再思考：性別、國族何者爲先？

如前所述，後殖民女性主義對女性問題的思考恆常要面對的是「身分」問題。首先是對男權中心文化的性別話語，然後是對西方白人中心的種族話語。如何在這些身分區隔中，既投身又保持理性的審視距離；在身分立場的演繹上，既要掙脫本質化的主體制約，又要避免虛無式的戲謔而落得政治性疲軟，的確是高難度的一個批評立場。也許關鍵點還是在於，要認識到後殖民女性主義論述，如同其他女性主義理論一般，是一個「策略性」的主體位置，而不是一個「本質性」的主體位置。有這個基本認識，那麼在女性主義陣營裡的所有歧異將是一個補充、互補的力量，而不是對立與離散的力量。

史碧娃克一九八七年與印度本土的女性學者同胞座談的經驗，也許可以對「身分」問題提供再一次的思考。三位在印度教授英國文學的女學者在座談會中，就包括作爲後殖民理論家的本質意義、第三世界知識分子對西方理論的引用與婦女運動等等問題對史碧娃克提問，言談之間大有以「本土知識分子」與「殖民化的第三世界離散知識分子」來區分她們與史碧娃克的立場。這場座談有趣的一點是，第三世界本土論者對自我、第一世界離散後殖民批評家的觀看，與西方對東方的觀看，竟然在兩極化的立場上有某種程度的不謀而合。

回到前述詹明信對第三世界文學觀感的問題上，詹明信的看法並不是一個單一的現象，德蘿瑞提絲（Teresa de Lauretis）指出，批評界對第一世界與第三世界婦女文學的評論也有類似觀點，她說：「對有色人種婦女而言，她們書寫的要求是逼眞、寫實主義、正面形象，以使其作品具有批判性與政治性；白人女性相對地要求戲仿、文本表演……。」[89]胡克斯也講述她自己的經驗說，在她所寫的一些創作文章，她認爲最能反映一個「後現代抗拒感性」的是那些以「抽象的、斷裂的、非線性敘述」爲特徵的作品，但這些作品卻常常遭到退稿的命運，因爲編輯和出版者認爲，這樣的作品不符合他們認定的黑人女作家「應該」寫出的文本模式，而且這樣的作品無法保證在以白人爲主流讀者訴求的市場上賣得好。[90]在西方的二元論述中，西方文本是「後結構的」、「後現代」或者是「超種族的」，基本出發點在主體的話語性與構成性；東方文本則執著於「在場的」、「再現的」，傾向於把民族、國家話語與後殖民理論接合。

上述與史碧娃克對話的印度本土後殖民女性主義批評者用以區別「我」與「她」的基礎點，就在於「身分的純粹」與否，而這純粹與否除非是構築在一個本質的、先在的本土根源，也就是一個「本質主義的根源」之上，否則無以成立。從西方看東方，或從東方自我觀視，究竟是第三世界符合了西方觀視的期待，還是西方二元論述簡化了東方？這個問題值得本土論者再作一些思考。對於堅持一定本土純粹性的印度學者，默罕蘭的評論可以說是一針見血，她說：「任何『印度』的概念本身就是英國殖民的建構，因爲在英國殖民之前並沒有一個統一的印度。在那歷史事實之前沒有純粹、根源的、統一的印度身分。」[91]史碧娃克也強調，在英國殖民統治兩百年以後，所謂的「印度性」已經是與英國文化、西方認識論雜揉的結果。因此史碧娃克說：「建立本土理論，必須忽視過去數世紀以來的歷史牽涉，那麼我寧可使用那歷史寫給我的。」[92]

默罕蘭在她的《黑色身體：婦女、殖民理論與空間》一書的結論部分引用「後族群」（post-ethnic）這個概念，做爲打破二元對立種族家國話語的依據。根據她的論點，在本土論後殖民理論家對本土的命名中被視爲「不純粹」的西方第三世界離散知識分子，如史碧娃克與巴峇等，在超越二元論述中佔了一個有利的位置。他們游移在本土話語與第一世界話語對第三世界命名邏輯的中間地帶，鬆解兩者的權威，也挑戰兩種命名的合理性，堅持身分處於一個非封閉性的話語地帶，她說：

> 模仿兩個群體，他們轉化了既有的且拆除了兩種命名。他們後結構的身分（非身分）把

所有身分轉化為一個未定狀態，是一種拒絕權威的（西方化的）封閉式總結的交織狀態。在詹明信所謂的「後現代超空間」（postmodern hyperspace）地帶，只有急進的後族群所代表的建立身分又同時解構身分的交互盤旋式運動，可以干擾二元再現模式。93

在「後結構」之後，的確很難不注意到權力話語與主體構成性的問題，對任何本質主義的本土論因此無法不抱持一種保留的態度；但另一方面，任何無條件地擁抱後結構、後種族理論者是過於天眞與理想主義。因爲權力話語永遠有兩個面向：一是當權話語對「此在」的結構與影響；一是抵抗話語浮出而終於重建權力話語的「將在」；在「此在」向「將在」的移動變化中，永遠有意識形態／話語層次與經驗／物質層次兩個面向挑戰。印度本土學者對第一世界離散印度裔學者史碧娃克說：「也許我們與你距離遠近關係的不同，就在於我們在此地，我們所教的、我們所寫的……後果我們直接承受。」94 她們對本土文化根源的堅持，是對於她們的「此在」仍深刻地被主流西方權力話語所宰制的歷史事實的反彈。史碧娃克與其他身處第一世界的第三世界離散知識分子，他們主體位置相對的「自由」根本上是因爲，他們與那處在本土的學者所「直接承受者」有一定空間與時間的距離，而這從另一個角度來看，不也是現實、歷史性的處境給予他們的自由／制約？如果用前述所說兩個面向的挑戰來看這個問題，那麼我們將發現本土論者與後結構、後種族論者其實是以其不同的歷史情境性，在同樣一個奮鬥目標的不同層次上做貢獻。

再回到最初第三世界與白人女性主義的歧異與差異問題上，如果對後殖民女性主義的「策略性」、「非本質性」的立場有所認識，那麼對第三世界與第一世界的女性主義者之間，以及第三世界內不同歷史社會情境的女性主義者之間，「差異」就不是一個不可彌合的因素，如莫罕娣所建議的，女性主義的差異可以含融在一個「想像社群」（imagined community）的概念裡：

「想像」者，不是因為是非「真實的」，而是因為它指出不同疆界之間聯盟與合作的潛能；「社群」者，是因為即使第三世界脈絡文本中存在有內在的階序，它仍指向了一個重要的、深刻的對「橫向的同志情誼」的投身，如班納迪克・安德森（Benedict Anderson）對國族概念所描述的那樣。

想像社群的概念很有用，因為它使我們遠離本質主義的第三世界女性主義鬥爭觀念，指向一個建立在政治上，而非在生物上或文化上的聯盟基礎。因此，這些鬥爭的基石就不是膚色或性別，而是我們如何看待種族、階級與性別的方式……因此，所有膚色的婦女

（包括白人婦女）都有彼此聯合在此想像社群中以及參與之潛在性。[95]

周蕾說：「我們打的雖然是合作的一場戰爭，但卻是不同的戰役。」[96]反過來說也許更有力——「我們打的雖然是不同的戰役，但卻是協力合作的一戰」。

第四節　女性主義後殖民批評與其對中國文學研究的參考性

後殖民論述呈現幾個不同層次的關注：一是對殖民歷史經驗的反省；二是對殖民話語、歐洲中心大敘述的抵中心閱讀與解構；三是在「殖民經驗後的」後殖民情境的反思；而女性主義後殖民論述以女性主體在性別、身體、家國、殖民話語的多重複雜的牽涉，對國家、民族、鄉土話語有進一步的省思與開拓。而依對國家、民族、鄉土本質的瞭解與切入角度的不同，第三世界／後殖民文學文本也呈現多元豐富的面貌。基本上依對語言／再現的基本態度可以分爲兩種不同的文本大趨向，誠然以後殖民論述對國家符碼與抵殖民抗拒話語的專致，在文本與文本批評的演練與實踐上，第三世界／後殖民文學有豐富的「抵殖民主義」文學傳統；但另一方面，由於後殖民批評的多層關懷、複數立場與其對文本書寫的交相影響，以及在第三世界社會中所呈現的後殖民情境與後現代情境並置、頡頏與交融的情形，97後殖民文學文本有多變與多層次的風貌，遠非上述詹明信所言如此地單一致至而爲「民族寓言」。

不論大陸或台灣，後殖民論述以其對於鄉土、國家話語的建構或拆解，對現當代中國文學研究具有一定的理論參考性。一是因歷史處境使然，百年來中國在現代化進程上行得艱難顛躓，時至今日新中國已成立半世紀，但在世界政經的置位以及在新的全球化影響之下，後殖民話語的借鏡性不言而喻。張京媛在其主編的《後殖民理論與文化批評》序言中，直陳後殖民性對當代中國的切題性：98

有些人認為，中國大陸在領土上從來沒有經歷過殖民地的體驗，雖然曾經遭受過帝國列強的侵略，但是帝國主義勢力從未成為國家的主宰力量，舊中國充其量只是「半封建、半殖民地」的社會。僅僅就此便認為中國與「後殖民話語」毫無關係，這是一種實證主義的論點，忽略了東方主義的最主要一個方面是它對於日常生活文化中的影響。中國自鴉片戰爭以來，許多——如果不說是全部的話——行動都是對西方的回應……。當代世界的格局決定了所有「局部」發生的事件都與數千里地以外的宗主國有關係，後殖民主義世界大氣候影響了中國。國際金融、跨國公司對中國產生越來越大的影響，我們無可逃脫。這就是我們生活的現狀，我們生活在「不純潔」的氣氛裡。

台灣的情境更不用說，其近代歷史一直處於殖民的陰影當中，時至今日，由於複雜的歷史與政治糾葛，島上人民仍面對了身分認同的歧義（異）與困境，其情況與其他後殖民社會相比，可能更為矛盾、曖昧與多重。如廖炳惠所述，「台灣的殖民及後殖民史比起其他地區的情況可能更加複雜，因為印、非洲、中南美洲（指印地安人）或美國的黑人均無法招到另一個文化原鄉可當做拒抗殖民主義的庇護，而且也無身分的雙重性及文化地理的邊緣地問題……。」❾❾而這個文化原鄉也正以對其難以割捨、或伊底帕斯式的「厭父」情結，形成各種文化文本論述立場爭取家國、鄉土的所有權與命名權的戰場。

再從文學文本來看，中國現代知識分子的誕生與國家話語的重建是相生相依的，❿⓿⓿而相應於中國現代化歷史而生的現代意義的中國小說，不免打從娘胎裡就帶著些政治基因出生。文學文本與建國大業的互相指涉性與依存性一直在中國文學文本與批評裡依迴不散，甚至蔚成文學主流。王德威指出，小說與政治在現代中國文學裡一直有著錯綜複雜的關係，而化文學象徵符號為「社會實踐」，也是現代文學裡不能相忘的一個使命。寫實主義主導文學主流實在是其來有自，他說：「五四以來，寫實主義就是文學主流，三〇年代後雖由左翼作家改了名號叫現實主義，骨子裡的特色卻有跡可循。寫實／現實主義作家信仰文字達意表象的模擬功能，並且堅持誠於中形於外的內爍說法。他（她）們力求客觀無我，但一股原道精神——不論是爲人性、爲主義、還是爲國家原道——總是呼之欲出。」[101]

兩岸分治以來，台灣在七〇年代有鄉土文學的興起與隨之而起的鄉土文學論戰，這場因批判六〇年代現代主義文學「失根」、「蒼白」、「西化」而起的文學論戰，最後卻以各方論述者對國土與鄉土命名權的爭逐角力收場，無怪乎論者指出，「鄉土文學論戰自始即在國族論述的大纛下進行」，「『鄉土』成爲台灣文學史最重要的隱喻，彷彿透過了這個隱喻，國家烏托邦也就儼然在望」。[102]從某個角度來看，現代主義文學不也枉擔了罵名，到頭來其實不過提供了一個國魂、族魂、鄉魂在文本論述上再度還魂或借機成魂的場域，何曾眞正站到了這文本千秋劇碼的舞台中心？一九八七年隨著台灣的解嚴，國族認同、性別、性傾向的論述與文本書寫日益多元而蓬勃，但在當前一些主要本土論述者的台灣文學史的書寫上，依稀仍見對鄉土、原道的堅持；而對國家與鄉土想像圖式的不同，必然造成文學史打造過程中的許多「見」與「不見」。[103]

台灣這廂鄉土論戰方休，後殖民／後現代[104]、台灣／中國繼續熱鬧登場，而大陸方面呢？新時期以來文學在主題與手法創新上標誌了大陸文學的一個多元豐富面貌的開展，但寫實／原道精神在文化深層終究仍是不可觸犯的底線：

無獨有偶的，台灣的現代／鄉土／寫實主義之爭，在八〇年代的大陸文學中重又出現。彼時傷痕文學、反思文學固然提供大陸作家、讀者一個反思歷史，控訴不義的機會。但是在朦朧詩、荒謬劇場以及「垮掉的一代」的寫作中，作家久被禁錮的創作力才得以解放，對歷史、政治大敘述的批判，才更見機鋒。八〇年代初以來的現代主義論述如雨後春筍，終於引起官方作家、主流意識發言者的反彈……有關現代主義該不該、好不好、要不要的辯論一直要鬧到八八年「偽現代主義論爭」，才告收場。[105]

從五四寫實主義、三〇年代左派現實主義、台灣的現代／鄉土／寫實主義之爭、大陸的「偽現代主義論爭」，其彼此神魂之肖似，點出了鄉土、家國、原道精神對兩岸中國文學揮之不去的魔魅。在此，並無意否定現實主義文學的價值、或歷史經驗對文學的燭照／參照性，也無意以其「新」就將後現代／先鋒寫作舉揚到一個相對高點，甚至前述「民族寓言」文本也不一定就是因陳舊法的文學。重點是不論對中國、台灣文學的自我命名、或相對於整個世界脈絡文本的自我置位上，是該對本土／鄉土的修辭策略與論述架構重新作一番省思、拓展一些新格局與新視野的時候了，以期從五四以來不斷以各種形式重演的現實主義／浪漫文學、左派文學／

右派文學、鄉土文學／現代主義文學之爭，至少可以找到第三條或其它的切入觀點。果眞如此，那麼對中國文學的閱讀終於可以脫離政治閱讀魔咒性的一面：政治性閱讀可以不再是生命中不可承受之重，而是對自我、群體情境誠實而深刻的省思。這也回到了前面所說的後殖民論述與女性主義後殖民理論的參考性的問題上來了。

如果如張京媛所說，「不純潔的氣氛」已是我們生存的狀態，那麼我們面對的方式是什麼，是尋找一個又一個國家、原鄉純淨無沾的夢土還是進入這個權力話語的遊戲當中，以敏銳的洞悉力，借力使力，使位居邊緣的主體位置仍可以游移進入中心的敘述議題？這是值得兩岸當代文學批評學者思考的問題。答案當然不會是清楚易解的，但如果鄉土、國家固然在情感上與目前歷史現實上仍是不可棄的話語，至少可以對鄉土、國家嘗試做一個後設性的探討，也就是如帕薩·察特基（Partha Chatterjee）所建議的，將國族論述裡的「主題化」（thematize）模式轉爲將其「問題化」（problematize）的思考模式。[106]

艾希克洛夫特等人在其著的《逆寫帝國》一書中說：

後殖民社會是個從文化對立轉變為以平等地位對待，並接受彼此文化差異的世界。文學理論家和文化歷史學者逐漸意識到，建設和穩定後殖民世界的基礎在於「跨文化性」；

對跨文化性的共識使人類有可能終止惑於「純種」迷思所帶來的互相鬥爭史。[107]

後殖民理論處在抵歐洲中心、抵殖民閱讀與國家、鄉土、主體構成性認知的夾縫中，一方面力圖對西方霸權有所解構，一方面又要對人類作爲一個整體在意識與思維邏輯上的不見提供新的洞見。而女性主義後殖民論述更是在多重夾縫中，力圖對文本／脈絡文本尋求新的認識論與閱讀空間：對西方中心主義「種族化」銘刻的抗拒、對國家對其身體話語權宰制的抗拒。女性主義後殖民論述以其多重的、互相爭出的主體位置，對上述種種問題有做更徹底檢視的潛在空間。

這裡，舉台灣女性主義者對台灣當代文本的後殖民女性主義閱讀爲例，來看這樣的主體位置與閱讀方法會有什麼樣的突破之可能。邱貴芬在《仲介台灣．女人》一書序文中，自述其書之旨意，「除了意在切入台灣文學論述長期以來男性當家的傳統，累積台灣女性文學批評資源之外，更想推展一個有別於當前台灣主流女性主義論述凸顯性別批判卻往往壓抑台灣政治、族群、殖民等等問題的論述方法」。[108]但除了邱所自述的意圖之外，不妨將她的女性後殖民主義觀點與男性對台灣後殖民文本的建構並置一起比較，可以有另一番有趣的風景。這裡僅提出兩點看法：在收入《仲介台灣．女人》之〈女性的「鄉土想像」：台灣當代鄉土女性小說初探〉

一篇文章中，邱氏對五位女作家的鄉土小說文本——蕭麗紅《桂花巷》、陳燁《泥河》、蔡素芬《鹽田兒女》、凌煙《失聲畫眉》、李昂《迷園》——做一綜合探討，同樣是呼喚一個原鄉，同樣以鄉土作爲小說場景，相較於男性鄉土／寫實主義文本對原鄉的念茲在茲與浪漫化傾向，女性文本在對原鄉情懷的置位上其實有許多游移曖昧之處、甚至展現了相當的顛覆性。邱指出《桂花巷》首開台灣女性鄉土寫作的傳統，而蕭麗紅呈現了什麼樣的鄉土情懷？凸顯了什麼樣的鄉土意象？又在鄉土想像上提供了什麼樣與男性文本不同的「另類空間」？邱的看法是《桂花巷》「以批判的姿態介入台灣鄉土小說的傳統，質疑「鄉土」的傳統指涉意義，凸顯了『鄉土想像』一向被忽略漠視的性別觀點……如果在一般鄉土小說裡，土地、鄉土經常被賦予正面的意義，往往隱含救贖的可能，《桂花巷》卻提醒我們，這些鄉土傳統的正面意義不見得是女性的鄉土經驗。」[109]

在其另一篇新近之作〈從戰後初期台灣女作家的創作談台灣文學史的敘述〉一文，邱指出三位當代男性批評家葉石濤、彭瑞金與陳芳明對台灣文學史的建構上，將台灣文學史定調在抵殖民文學歷史脈絡之下，而三位文學史撰述者不約而同地把戰後初期、五〇年代定位爲一個台灣文學史上失血而荒蕪蒼涼的一個時期。對五〇年代的台灣文壇究竟是「豐富」抑或「空白」這個問題，邱跳過本土派與非本土派男性論者的爭執，而以女性創作的實際狀況來看，得出五

○年代的文壇是一個豐富而非空白的時空。在注意到一些原來以日語寫作的女性作家由於官方文藝政策關係而呈被迫失語狀態的問題之外，邱仍對以大陸來台女作家爲主的文壇女性生力軍有這樣的描述：「我們從女性創作角度來敘述台灣文學史，仍可將此時期視爲女性創作空間大幅度開展的時刻……大陸來台女作家的介入，無形中開拓了台灣女性創作的空間，所產生的正面影響不可小覷。日後女性作家成爲台灣文學不可忽視的實力，或可溯源於此。」⑩

本土論者未見女性創作的風貌而得出「五〇年代文學所開的花朵是白色而荒涼的」⑪的結論，而同樣，非本土論述者在對本土論者的反駁中仍未見對女性創作的中肯評價，兩者立場殊異，卻有志一同地對當時文學狀況有了失眞與未窺全貌的理解及描繪。女性後殖民觀點，在與男性後殖民觀點做並置比較時，前者對後者盲點所可能提供的洞照如此可見一斑。⑫

如前所述，如果如後殖民女性主義批評家所指出的，後殖民主義的種族話語淵源於男權中心、二元對立思考體系，那麼要眞正瓦解殖民主義，必須追本溯源地對這個思考模式以及建立於其上的價值體系做一反省和改變。只有當女性主義和抵殖民話語互相結合與支援，才能徹底地觸及這個課題的核心。女性主義與後殖民論述的結合，對各種霸權——不止是種族的、國家的，還有性別的——尋求政治上的、話語的兩個層次上的解構。而由於對主體、性別、種族、國家構成性與話語性的洞悉，女性主義後殖民理論在文本寫作與批評上，除了以策略性的邊緣主體位置來解構各種霸權話語之外，更注意到拒絕給予種族、位置、身體與身分一個「權威式的、封閉式的意義」，[113]如此，才能眞正期許一個接納——而非收編——差異、多元價值的超越種族、國族、性別等階序／壓迫圖式的社會的到來。

註釋

❶Felski, "'The Doxa of Difference' : Working through Sexual Difference," in *Signs* 23: 1 (1997), p. 1(1-21).

❷See Barrett, "The Concept of 'Difference,' " in *Feminist Review* 26, 1987, pp. 29-41.

❸Barbara Smith, "Toward a Black Feminist Criticism," in Showalter ed., *The New Feminist Criticism*, p.168.

❹See McDowell, "New Directions for Black Feminist Criticism," in Showalter ed., *The New Feminist Criticism*, pp. 186-87 .

❺See Walker, "Looking for Zola," in *Walker, In Search of Our Mother's Garden* (London: Women's Press, 1984), pp. 93-116.

❻Morris, *Literature and Feminism: An Introduction*, p.176.

❼Bell Hooks, *Yearning: Race, Gender, and Cultural Politics* (Boston: South End Press, 1990), p.16.

❽Smith, "Toward a Black Feminist Criticism," p.169.

❾Hooks, *Feminist Theory: From margin to Center* (Boston: South End Press, 1984), p. 15.

❿Henry Louise Gates, Jr., ed, *Reading Black, Reading Feminist. A Critical Anthology* (New York: Meridian, 1990), pp. 3-4.

⓫Joanne M Braxton, *Black Women Writing Autobiography. A Tradition Within a Tradition* (Philadelphia: Temple University Press, 1989), p. 5.

⓬Marion Kraft, *The African Continummn and Contemporary African American Women Writers*: Their Literary Presence and Ancestral Past (New York: Peter Lang, 1995), p. 58.

⓭Ibid., 59。

⓮「口語性文本」是克拉夫特借用蓋茲的用語，見蓋茲所著，*The Signifying Monkey: A Theory of African-American Literary Criticism*（New York and Oxford: Oxford University Press, 1988），第五章對赫斯頓的討論。

⓯Kraft, *The African Continummn and Contemporary African American Women Writers*: Their Literary Presence and Ancestral Past, p.28.

⓰Ibid., p.27.

⓱Ibid., p. 28.

⓲Showalter ed., *Sister's Choice: Tradition and Change in American Women's Writing* (Oxford: Clarenden Press, 1991).

⓳Hooks, *Yearning: Race, Gender, and Cultural Politics*, p.29.

⓴Ibid., p.15.

㉑See Hooks, "Revolutionary Black Women: Making Ourselves Subject," in Bart Moore-Gilbert, Gareth Stanton and Willy Maley ed., *Postcolonial Criticism* (New York: Addison Wesley Longman, 1997), pp. 215-33.

㉒Padmini Mongia ed., *Contemporary Postcolonial Theory: A Reader* (New York: Arnold, 1996), p. 6.

㉓Arif Dirlik, "The Postcolonial Aura: Third World Criticism in the Age of Global Capitalism," in Mongia, ed., *Contemporary Postcolonial Theory*, p. 294.

㉔Aijaz Ahmad, "The Politics of Literary Postcoloniality," in Mongia, ed., *Contemporary Postcolonial Theory*, p. 282.

㉕史碧娃克說，《東方主義》一書堪稱是「我們專業的源頭」，see Spivak, *Outside in the Teaching Machine* (London: Routledge, 1993), p.56. 巴峇也說，《東方主義》「開啓了後殖民領

域」，見Bhabha, "Postcolonial Criticism," in Stephen Greenblatt and Giles Gunn ed., *Redrawing the Boundaries: The Transformation of English and American Literary Studies* (New York: MLA, 1992), p. 465.

㉖See Moore-Gilbert et al ed., *Postcolonial Criticism*, p. 22.

㉗Ibid., p. 22.

㉘Ibid., p. 23.

㉙Edward Said, *Orientalism* (New York: Vintage, 1979), p.3.

㉚Francis Barker et al ed., *Europe and its Others: Proceedings of the Essex Conference*, 2 vols. (Colchester: University of Essex Press, 1985).

㉛如於一九八二年同時，英國伯明罕當代文化研究中心（the Centre for Contemporary Cultural Studies）出版了另一本影響力深遠的相關著作，《帝國反擊》（*The Empire Strikes Back: Race and Racism in 70's Britain*. London: Hutchinson, 1982）。一九八五年《批評探討》出了名為〈「種族」、書寫與差異〉（'Race', Writing, and Difference）的專刊。參見蒙佳編，《當代後殖民理論讀本》導言，頁六。

㉜Moore-Gilbert et al ed., *Postcolonial Criticism*, p. 3.

㉝Cited in Mongia ed., *Contemporary Postcolonial Theory: A Reader*, p. 1.

㉞Chandra T. Mohanty et al ed., *Third World Women and the Politics of Feminism* (Bloomington and Indianapolis: Indiana University Press, 1991), p. 5.

㉟Ama Ata Aidoo, "That Capacious Topic: Gender Politics," in Phil Mariani ed., *Critical Fiction* (Seattle: Bay Press, 1991), p. 152.

㊱Moore-Gilbert et al ed., *Postcolonial Criticism*, p. 6.

㊲See Ella Shohat, "Notes on the 'Post-Colonial,' " in Mongia ed., *Contemporary Postcolonial Theory: A Reader*, p. 321.

㊳與廖炳惠的訪談，見〈後殖民與後現代——Homi K. Bhabha的訪談〉，收錄於廖炳惠著，《回顧現代：後現代與後殖民論文集》（台北：麥田出版社，一九九四年），頁三十。

㊴此處詞語參照廖炳惠的翻譯，見〈後殖民研究的問題與前景：幾個亞太地區的啓示〉，收錄於簡瑛瑛主編，《認同、差異、主體性：從女性主義到後殖民文化想像》，頁一百一十一～一百五十二。

㊵Cited in Moore-Gilbert et al ed., *Postcolonial Criticism*, pp. 33-4.

㊶Bhabha, *The Location of Culture* (New York and London: Routledge, 1994), p. 109.

㊷Ibid., p. 86.

㊸Mohanram, *Black Body: Women, Colonialism, and Space*, p. 193.

㊹See Bill Ashcroft et al ed., *The Empire Writes Back: Theory and Practice in Post-Colonial Literatures* (London and New York: Routeledge, 1989). 此書將加拿大、澳大利亞、甚至美國都納入了後殖民文學的研究當中，常被批評者引用作爲過度擴張後殖民文學範疇、同質化各地爭取脫離殖民統治的差異歷史的例子。

㊺See Vilashini Cooppan, " (W (h) ither Post-Colonial Studies? Towards the Transnational Study of Race and Nation," in Laura Chrisman and Benita Parry ed., *Postcolonial Theory and Criticism* (Cambridge: D.S. Brewer, 2000), pp. 1-2.

㊻Ibid., p. 14.

㊼Ibid., p. 6.

㊽Parry, "Resistance Theory/Theorizing Resistance, or Two Cheers for Nativism," in Francis Barker et al eds., *Colonial Discourse/Postcolonial Theory* (Manchester: Manchester University Press, 1994), p. 89. 轉引自廖炳惠，〈後殖民研究的問題與前景〉，收錄於簡瑛瑛主編，《認同、差異、主體性：從女性主義到後殖民文化想像》（台北縣新店市：立緒文化，一九九七年），頁

一百一十八。

㊾Diana Fuss語，轉引Mohanram, *Black Body: Women, Colonialism, and Space*, p. 189.

㊿Frantz Fanon, *Black Skin, White Masks*, tr. by Charles Lamm Markmann (New York: Grove Weidenfeld, 1967), p. 18.

(51)Frederic Jameson, "Third-World Literature in the Era of Multinational Capitalism," in Social Text, No. 15 (1986), p.65 (65-88).

(52)Mohanty et al ed., *Third World Women and the Politics of Feminism*, p. 21. 粗體爲筆者所加。

(53)Weeden, *Feminist Practice and Poststructuralist Theory*, p. 112.

(54)Felski, " 'The Doxa of Difference' : Working through Sexual Difference, " p. 7.

(55)See Sara Suleri, "Woman Skin Deep: Feminism and the Postcolonial Condition", in Mongia ed., *Contemporary Postcolonial Theory: A Reader*, pp. 334-46.

(56)Rey Chow, "Violence in the Other Country: China as Crisis, Spectacle, and Women," in Monhany ed., *Third World Women and the Politics of Feminism*, pp. 82-3.

(57)See Caren Kaplan, "The Politics of Location as Transnational Feminist Critical Practice," in Inderpal Grewal and Caren Kaplan ed., *Scattered Hegemonies: Postmodernity and Transnational*

Feminist Practices (London and Minneaopolis: University of Minnesota Press, 1994).

58 Rich, *Blood, Bread and Poetry: Selected Prose. 1979-1985* (New York: W.W. Norton, 1986), p. 183.

59 See Chow, "Violence in the Other Country: China as Crisis, Spectacle, and Women," pp. 93-94.

60 周蕾引用Aihwa Ong語。Ibid., p. 93.

61 Mohanty et al ed., *Third World Women and the Politics of Feminism*, p. 6.

62 Ibid., pp. 31-32.

63 See Mary L. Pratt, *Imperial Eyes: Travel Writing and Transculturation* (London and New York: Routledge, 1992).

64 Mohanram, *Black Body: Women, Colonialism, and Space*, p. 193.

65 Claude Lévi-Strauss, *The Savage Mind* (London: Weidenfeld & Nicolson, 1966), p. 19.

66 Mohanram, *Black Body: Women, Colonialism, and Space*, pp. 9-10.

67 Ibid., p. 12.

68 Ibid., pp. 13-15.

69 Fanon, *Black Skin, White Masks*, p. 112.

⑰ Ibid., p. 112.

⑱ Ibid., p. 111.

⑲ Ibid., p. 110.

⑳ Cited in Rich, *Blood, Bread and Poetry: Selected Prose. 1979-1985*, p. 183.

74 國族話語中對家國象徵的「性別化」（gendering）與陰性化徵喻，參見Lauren Berlant, *The Anatomy of National Fantasy: Hawthorne, Utopia and Everyday Life* (Chicago: University of Chicago Press, 1991).

75 Laura Nader, "Orientalism, Occidentalism and the Control of Women," in *Cultural Dynamics* 2: 3 (1989), p. 337.

76 Mohanram, *Black Body: Women, Colonialism, and Space*, p. 60.

77 Chow, "Violence in the Other Country: China as Crisis, Spectacle, and Women," p. 88.

78 Irigaray, *An Ethics of Sexual Difference*, tr. by Carolyn Burke & Gillian Gill (Ithaca: Cornell University Press, 1993), p. 30.

79 Ibid., p.52.

80 Ibid., pp.10-11.

81 引自邱貴芬，〈後殖民女性主義：性別、階級、族群與國家〉，收錄於顧燕翎編，《女性主義理論與流派》，頁二百四十七。

82 Mohanram, *Black Body: Women, Colonialism, and Space*, p.61.

83 Ibid., pp. 85-6.

84 Ibid., p. 200.

85 Fanon, *A Dying Colonialism*, tr. Haakon Chevalier (New York: Grove Press, 1965). p. 44.

86 Ibid., p. 40.

87 Ibid., p. 42.

88 瑪麗艾美．艾莉盧卡（Marie-Aimée Hélie-Lucas），一位曾經參加阿爾及利亞解放戰爭的婦女，在一篇一九八七年的訪談中，自敘阿爾及利亞自獨立後，婦女的權益因一九八七年通過的「伊斯蘭家庭規約」而受到束縛，「曾經扛著手榴彈與槍砲併肩殺敵，對革命有關鍵影響的阿爾及利亞婦女，被『伊斯蘭家庭規約』給一筆勾消了」。見Mohanram, *Black Body: Women, Colonialism, and Space*, p. 57.

89 Teresa de Lauretis, "Feminist Studies/Critical Studies: Issues, Terms, and Contexts," in Lauretis, *Feminist Studies/Critical Studies* (Bloomington: Indiana University Press, 1986), p. 17.

❾⓿ Hooks, *Yearning: Race, Gender, and Cultural Politics*, pp.29-30.

❾❶ Mohanram, *Black Body: Women, Colonialism, and Space*, p.189.

❾❷ Spivak, *The Post-Colonial Critic: Interviews, Strategies, Dialogues*, ed. by Sarah Harasym (New York and London: Routledge, 1990), p. 69.

❾❸ Mohanram, *Black Body: Women, Colonialism, and Space*, p. 198.

❾❹ Spivak, *The Post-Colonial Critic: Interviews, Strategies, Dialogues*, p. 68.

❾❺ Mohanty et al ed., *Third World Women and the Politics of Feminism*, p.4.

❾❻ Chow, "Violence in the Other Country: China as Crisis, Spectacle, and Women," p. 88.

❾❼ 當一些台灣重要的本土論述家致力於建構台灣的後殖民文學史觀之際，廖炳惠另闢蹊徑，指出台灣後殖民與後現代情境並置而交融的情形，他說：「……後現代的策略已成爲台灣邁向後殖民階段的日常生活應變手段。於翻譯（及番易）過程中，後現代主義已在某種程度上化入台灣後殖民經驗裡，提供重新描述本體及理解歷史的籌碼。」見其所著〈台灣：後現代或後殖民？〉，收錄於周英雄、劉紀蕙編，《書寫台灣：文學史、後殖民與後現代》（台北：麥田出版社，二〇〇〇年），頁九十三、九十四。

❾❽ 張京媛主編，《後殖民理論與文化批評》（北京：北京大學出版社，一九九九年），前言，頁

八、九。

99 廖炳惠，〈台灣：後現代或後殖民？〉，頁九十四。

100 坦妮·白露（Tani Barlow）指出，中國知識分子的出現與半殖民文化語境的關係，她說：「（中國現代意義的）知識分子是從一小群、特出的新商業中產階級衍生而出、接受『西化』教育的一些人。他們專佔了西方思想、形式、符號、話語的挪用……從歷史上來說，這些知識分子構成了一個殖民化的精英階級，這是因著兩層意涵：一是帝國主義對中國的半殖民造成『新知識分子』的產生；二是這些分子不僅是從日本或西方歐洲『輸入』新知識語彙，他們還造成了精英階層社會存在話語疆界的重劃。」見其所著，Theorizing Woman: *Funü, Guojia, Jiating* (Chinese Women, Chinese State, Chinese Family,) in Grewal and Kaplan ed., *Scattered Hegemonies*, pp. 178-9.

101 王德威，〈國族論述與鄉土修辭〉，收錄於其所著《如何現代，怎樣文學？：十九、二十世紀中文小說新論》（台北：麥田出版社，一九九八年），頁一百六十六。

102 同上，頁一百六十～一百六十二。

103 葉石濤在一九九〇年〈開創台灣文學史的新格局〉一文中指出，「一部翔實的台灣文學史，不但能夠記錄台灣歷史上每一個階段台灣人的精神活動，同時透過文學史也可以把台灣的時代、社會變遷面貌清楚地表達出來，甚至也可以有效的保存台灣人文化、思想的遞嬗情況……一部台灣文學史也等於是一部台灣民眾反抗、抗議殖民統治、尋求自由民主，以及追求『政治』、『經濟』、『社會』平等的眞實記錄。」引自邱貴芬，〈從戰後初期女作家的創作談台灣文學史的敘述〉，《中外文學》，第二十九卷，二期（二〇〇〇年七月），頁三百一十三。邱貴芬指出，由於國家、鄉土想像脈絡的不同，包括葉石濤與撰寫《台灣新文學運動四十年》的彭瑞金，以及目前正著手《台灣新文學史》的陳芳明等，與非本土派對五〇年代戰後初期的台灣文壇評價有很大的歧異，本土論述者通常以「台灣文學的眞空期」與「荒涼」來描述這個文學時期。

104 參見《書寫台灣》一書中，陳芳明〈後現代或後殖民——戰後台灣文學史的一個解釋〉與廖炳惠〈台灣：後現代或後殖民？〉（見註解八十四），代表了兩種不同的立場。陳文在盡力容納多元敘述的考量下，將台灣定位爲後殖民社會，但基本上是以本土論的立場來掌握台灣的文本／脈絡文本。

105 王德威，〈國族論述與鄉土修辭〉，《如何現代，怎樣文學？：十九、二十世紀中文小說新論》，頁一百六十九。

106 轉引自王德威，〈國族論述與鄉土修辭〉，《如何現代，怎樣文學？：十九、二十世紀中文小說新論》。王德威認爲，「『主題化』意味著照本宣科，將殖民者、宗主國的鄉土話語套用在另一歷史情境中演義。『問題化』則意味著鄉土想像及論述絕不視爲當然，從而勘破鄉土與國族間的權宜性」，頁一百六十四。

107 Bill Ashcroft et al ed., *The Empire Writes Back*, p. 36.

108 邱貴芬，《仲介台灣・女人：後殖民女性觀點的台灣閱讀》，頁十、十一。

109 同上，頁八十一、八十二。

110 邱貴芬，〈從戰後初期台灣女作家的創作談台灣文學史的敘述〉，《中外文學》，第二十九卷，二期，二〇〇〇年七月，頁三百二十六。

111 葉石濤語，見邱貴芬，〈從戰後初期台灣女作家的創作談台灣文學史的敘述〉，頁三百一十四。

112 邱予人以親近本土派論述立場的印象，邱本人也許認爲這樣的標籤有可置議之處，見其所著，《仲介台灣・女人》，頁七十四，其基於性別觀點所得出的迥異結論尤有值得玩味之處。

113 Mohanram, *Black Body: Women, Colonialism, and Space*, p. 202.

結語

在「女人」中我看到一些不能再現的，一些沒有說出來的，一些命名與意識形態之外的。

——克里斯多娃

女性主義理論……是一種不折不扣的政治寫作，渲滿詩意的、召喚的、與表演的慾望語言……是一種拯救生命的書寫。

——克勞

我們這個時代有幸見證一個千禧年的結束，又一腳跨出另一個千禧年的開始。對於個人而言也許只不過是尋常日子再往前過過罷了，但時間如果以歷史單位來計量，立時又顯得巨大了起來，如此地具有話語意義。於是人們忙不迭的爲過去的時代命名，爲新的時代創造新命名。

以「此」時代群體與「彼」時代群體之差異來量刻歷史的進程。站在這個千禧交替的當口，回視人類走過的足跡，不免驚怖於女性在歷史意義的締造與命名工程中的缺席。這麼大批的女性，其生命、其才華就這麼滅頂於歷史長河中。孟悅、戴錦華以為是該「浮出歷史地表」了，看來是一點也不誇張。女性作為一個群體，歷史卷軸捲開了大半，仍不見她們夠資格集體地添上春秋一筆。

與過去長久沉默無聲的時代相比，這個千禧年最後一個世紀的改變是巨大的。千年的陸沉，如今看來是曙光已現。從學習男權中心的腦袋殼起步，搖著男性思維的筆桿，「理性」已經夠壯大的女性，反過身來，一方面尋求那原本失落的地平線，為過去的文化歷史景觀擴展或修正其風貌；另一方面則為未來的文化、歷史寫入他途意義的可能性努力。

在文學批評與理論領域，從「抗拒性讀者」、「批判式閱讀」、「女性中心批評」到「女人腔」、「陰性書寫」、「顛覆性寫作」、「身分政治」、「身體政治」、「後殖民話語」……等，女性主義文論從不同的話語面向為女性的生命書寫，為召喚一個歷史可能的新章而書寫。女性主義文論以它始終如一的對改造社會文化的一個期許，成為當代批評理論中最具生命力與活力的一個領域。從來沒有一個文論像女性主義這樣公然地宣稱它的政治企圖，而或許也沒有其他理論批評在政治與詩學的平衡索上，在矛盾與緊張中走得如此活力充沛。

女性主義對性／政治的一個清楚的理念圖式，使得女性主義文論陣營裡的種種異質立場，以一種奇妙的方式，在對一個更人性化、沒有性別及其它形式的壓迫、尊重差異的未來的期許下，維持著一種具有張力的和諧。政治與詩學、個人與集體、寫實與先鋒、本質與話語、歷史的與文本的、婦女一體與策略性主體、明鏡與妖婦……這些或是看起來對立、或是看起來分屬不同範疇而異質的概念，以一種既矛盾又辨證統一的方式，交織在女性主義文學批評與理論這塊多元而繁複的圖景裡。

克里斯多娃在〈婦女的時間〉一文中說，女性彼此之間在思維與表達上其實是很不同的，而她認為強調這樣的多重性、多樣性的時刻已經來臨了。從這些差異中，或許兩性之間基本差異的一些真實面貌也可以浮現出來。這一面貌應該會比較精確、比較實在，不那麼浮誇、不那麼表面。❶

凱特琳．克雷蒙（**Catherine Clément**）在《新生的女人》（*The Newly Born Woman*）❷書末一段與西蘇的對話，衝著西蘇直言：「人不能在語言與慾望的層次上搞革命。」西蘇回答得更妙：「人不能不考慮語言與慾望而搞革命。」兩人看似扞格的立場，卻以共同書寫的形式，在某一層面上對女性主義文論陣營裡這種和諧的差異作了一個精采的例示。克雷蒙與西蘇是《新生的女人》一書的共同創生者，她們也同樣是這個創生中的「新生女人」。

我同意伊格頓的話，婦女的處境是不容我們忽視婦女的歷史與政治需要，然而同時，也必須以一種深微的方式來解構我們對陽性特質與陰性特質的認知。❸意識沒有改變，所有的努力與行動不可避免地會在原來的架構內打圈子。

我們的歷史與文化長久以來對非男性的、非陽性的說的太少，說得太扭曲了。我懷疑——我想這是個合理的懷疑——對非男性的、非陽性的不去認眞地思索與對待，如何可以對男性的、陽性的（如果眞有某種男性的、陽性的本質的存在）有較全面的認識？它的一些向度必定也跟隨著那不被講述的一起滑入了無意識的黑暗大陸。

所以不只女人要傾聽那「沉默的、缺席的、沒有說出的、符碼化的」，❹男人也要定神靜聽那「沉默的、缺席的、沒有說出的、符碼化的」，有可能是他自己失落的一部分。

註釋

❶See Kristeva, "Women's Time, " in *Signs*, 7:1(1981), pp. 13-35.

❷Cixous and Catherine Clément, *The Newly Born Woman, tr. by Betsy Wing* (Manchester: University of Manchester Press , 1985).

❸Eagleton ed., *Feminist Literary Criticism*, p.16.

❹Rich, "Taking Women Students Seriously," p. 245.

參考書目

外文資料

Abel, Elizabeth. "（E）Merging Identities: The Dynamics of Female Friendship in Contemporary Fiction by Women," *Signs: Journal of Women in Culture and Society*, vol. 6, no. 3 ,1981.

______ed. *Writing and Sexual Difference*（Chicago: University of Chicago Press, 1982）.

Abrams, M.H. *The Mirror and the Lamp: Romantic Theory and the Critical Tradition*. New York: W.W. Norton, 1958.

Ahmad, Aijaz. "The Politics of Literary Postcoloniality," in *Contemporary Postcolonial Theory:* A Reader. Ed. Padmini Mongia. New York, Arnold, 1996, pp. 276-93.

Aido, Ama Ata. "That Capacious Topic: Gender Politics," in Critical Fiction. Ed. Phil Mariani. Seattle: Bay Press, 1991.

Allen, Ann T. "The March through the Institutions: Women's Studies in the United States and West and East Germany," in *Signs*, vol. 22, no. 1（1996）, pp. 152-180.

Ashcroft, Bill, Gareth Griffiths & Helen Tiffin, *The Empire Writes Back: Theory and Practice in Post-Colonial Literature*. London and New York: Routledge, 1989.

Barker, Francis, et. al, eds. *Europe and its Others: Proceedings of the Essex Conference*, 2 vols. Colchester: University of Essex Press, 1985.

Barlow, Tani. "Theorizing Woman: *Funü, Guojia, Jiating*（Chinese Women, Chinese State, Chinese Family）, " in *Scattered Hegemonies*. Ed. Inderpal Grewal and Caren Kaplan.

Barrett, Michéle. "The Concept of 'Difference,' " in *Feminist Review* 26, 1987, pp. 29-41.

Barrett, Michéle. *The Politics of Truth: From Marx to Foucault*. Stanford: Stanford University Press, 1991.

______.Women's *Oppression Today: Problems in Marxist Feminist Analysis*. London: Verson, 1980.

Belsey, Catherine. *Critical Practice*. New York: Methuen, 1980.

Berlant, Lauren. *The Anatomy of National Fantasy: Hawthorne, Utopia and Everyday Life*. Chicago: University of Chicago Press, 1991.

Bernikow, Louise. *The World Split Open: Four Centuries of Women Poets in England and America, 1552-1950*. New York: Vintage Books, 1974.

Bhabha, Homi. *The Location of Culture*. New York and London: Routledge, 1994.

______."Postcolonial Criticism," in *Redrawing the Boundaries: The Transformation of English and American Literary Studies*. Ed. Stephen Greenblatt and Giles Gunn. New York: MLA, 1992.

Braxton, Joanne M. *Black Women Writing Autobiography. A Tradition Within a Tradition*. Philadelphia: Temple University Press, 1989.

Bridotti, Rosi. "Comment of Felski's 'The Doxa of Difference': Working through Sexual Difference, " in *Signs*, vol. 23, no. 1（1997）, pp. 23-40.

Brooks, Ann. *Postfeminisms: Feminism, Cultural Theory and Cultural Forms*. London and New York: Routledge, 1997.

Butler, Judith. "For a Careful Reading," in *Feminist Contentions: A Philosophical Exchange*. Ed. Linda Nicholson.London and New York: Routledge, 1995.

_____. "Contingent Foundations," in *Feminist Contention.*

_____. "Performative Acts and Gender Constitution: An Essay in Phenomenology and Feminist Theory," in *Theatre Journal* 40（1988）: pp. 519-31.

_____. *Gender Trouble: Feminism and the Subversion of Identity* .London and New York: Routledge, 1990.

Cameron, Deborah, "Gender, Language, and Discourse: A Review Essay," *Signs*, vol. 23, no. 4（1998）, pp. 945-73.

Centre for Contemporary Cultural Studies. *The Empire Strikes Back: Race and Racism in 70's Britain*. London: Hutchinson, 1982.

Chodorow, Nancy. *The Reproduction of Mothering: Psychoanalysis and the Sociology of Gender*. Berkeley: University of California Press, 1978.

Chow, Rey, "Violence in the Other Country: China as Crisis, Spectacle, and Women," in *Third World Women and the Politics of Feminism*. Ed. Stephen Greenblatt and Giles Gunn, pp.

81-100.

Cixous, Hélène & Catherine Clément. *The Newly Born Woman. Trans.*, Bestsy Wing Manchester: University of Manchester Press, 1985.

Cixous, Hélène. "Castration or Decapitation?" Trans. Annette Kuhn. *Signs*, vol. 7, no. 1（1981）, pp. 36-55.

_____. "Extreme Fidelity," in *Writing Differences: Readings from the Seminar of Hélène Cixous*. Ed. Susan Sellers. Milton Keynes: Open University Press, 1988.

_____. "Sorties," in New French Feminisms. Ed. Elaine Marks & Isabelle de Courtivron. Amherst: University of Massachusetts Press, 1981.

_____."The Laugh of the Medusa," in *New French Feminisms*, pp. 245-64.

Clough, Patricia T. *Feminist Thought: Desire, Power, and Academic Discourse*. Cambridge: Blackwell, 1994.

Conley, Verena. "An Exchange with Hélène Cixous," in *Hélène Cixous: Writing the Feminine*. Lincoln: University of Nebraska Press, 1984, pp. 129-61.

Cooppan ,Vilashini. "W（h）ither Post-Colonial Studies? Towards the Transnational Study of

Race and Nation," in *Postcolonial Theory and Criticism*. Ed. Laura Chrisman and Benita Parry. Cambridge: D.S. Brewer, 2000.

Crosby, Alfred W. *Ecological Imperialism: The Biological Expansion of Europe, 900-1900*. Cambridge: Cambridge University Press, 1986.

Daly, Mary. *Beyond God the Father: Toward a Philosophy of Women's Liberation*. Boston: Beacon, 1973.

de Beauvoir, Simon. *The Second Sex*. Trans & Ed. H.M. Parshley. New York: Vintage Books, 1989)

de Lauretis, Teresa. "Feminist Studies/Critical Studies: Issues, Terms, and Contexts," in *Feminist Studies/Critical Studies*. Ed. de Lauretis. Bloomington: Indiana University Press, 1986, pp. 1-19.

Delphy, Christine. "The Invention of French Feminism," in *Another Look, Another Woman: Retranslations of French Feminism*. Ed. Lynne Huffer. Yale French Studies, no. 87, 1995（spring）: pp. 190-221.

Derrida, Jacques. *Of Grammatology*〔1967〕. Trans. Gayatri C. Spivak. Baltimore: Johns

Hopkins University Press, 1976.

_____. *Writing and Difference*〔1967〕. Trans. Alan Bass. Chicago: University of Chicago Press, 1978.

Dirlik, Arif, "The Postcolonial Aura: Third World Criticism in the Age of Global Capitalism," in *Contemporary Postcolonial Theory*. Ed. Mongia, pp. 294-320.

Donovan, Josephine, ed. *Feminist Literary Criticism: Explorations in Theory*, 2nd ed. Lexington: University Press of Kentucky, 1989.

Duchen, Claire. *Feminism in France: From May '68 to Mitterrand*. London and New York: Routledge, 1986.

Eagleton, Mary, ed. *Feminist Literary Criticism*. Essex: Longman, 1991.

Eagleton, Terry. *Literary Theory: An Introduction*. Oxford: Blackwell, 1983.

Ellmann, Mary. *Thinking About Women*. New York: Harcourt, Brace & World, 1968.

Fanon, Frantz. *A Dying Colonialism*. Trans. Haakon Chevalier. New York: Grove Press, 1965.

_____. *Black Skin, White Masks*. Trans. Charles Lamm Markmann. New York: Grove Weidenfeld, 1967.

Felski, Rita. " 'The Doxa of Difference': Working through Sexual Difference, " in *Signs*, vol. 23, no. 1, 1997, pp.1-21.

______. *Beyond Feminist Aesthetics: Feminist Literature and Social Change*. Cambridge: Harvard University Press, 1989.

Ferguson, Moira, ed. *First Feminists: British Women Writers from 1578-1799*. Old Westbury: Feminist Press, 1984.

Fetterley, Judith. *The Resisting Reader: A Feminist Approach to American Fiction*. Bloominton: Indiana University Press, 1977.

Fiedler, Leslie. *Love and Death in the American Novel*, rev. ed. New York: Stein and Day, 1966.

Fisher, Dexter, ed. *The Third Woman: Minority Women Writers of the United States*. Boston: Houghton Mifflin, 1980.

Flax, Jane. *Thinking Fragments: Psychoanalysis, Feminism, and Postmodernism in the Contemporary West*. Berkeley: University of California Press, 1990.

Foucault, Michel. "Politics and the Study of Discourse," in *The Foucault Effect*. Ed. G. Burchell, C. Gordon and P. Miller. Sussex: Harvester Press, 1991.

______. *Power/Knowledge: Selected Interviews and Other Writings, 1972-1977*. Trans & Ed. Colin Gordon. New York: Pantheon Books, 1980.

______. *The History of Sexuality, Volume One: An Introduction*. Trans. Robert Hurley. New York: Vintage Books, 1990.

Freud, Sigmund. "Female Sexulatiy," in *The Standard Edition of The Complete Psychological Works of Sigmund Freud vol XXI*. Trans. James Strachey. London: Hogarth Press, 1961.

______. "Femininity" in *New Introductory Lectures on Psychoananlysis, in The Standard Edition of the Complete Psychological Works of Sigmund Freud vol. XXII*. Ed. & Trans. James Strachey. London: Hogarth Press, 1965.

______. "Some Psychical Consequences of the Anatomical Distinction Between the Sexes," in *New Introductory Lectures on Psychoananlysis, in The Standard Edition of the Complete Psychological Works of Sigmund Freud vol. XIX*. Ed. & Trans. James Strachey.London: Hogarth Press, 1965.

______. *The Ego and the Id. Ed. James Strachey*. Trans. Joan Riviere.New York: W. W. Norton, 1960.

Gallop, Jane. *Around 1981: Academic Feminist Literary Theory*. London and New York: Routledge, 1992.

Gates, Henry Louis, Jr. *The Signifying Monkey: A Theory of African-American Literary Criticism*. New York and Oxford: Oxford University Press, 1988.

_____, ed. *Reading Black, Reading Feminist*. A Critical Anthology. New York: Meridian, 1990.

Gilbert, Sandra, and Susan Guba. "The Mirror and the Vamp," in *Making Feminist History: The Literary Scholorship of Sandra M. Gilbert and Susan Gubar*. Ed. William E. Cain. New York: Garland, 1994.

_____. *The Madwoman in the Attic: The Woman Writer and the Nineteenth-Century Literary Imagination*. New Haven: Yale University Press, 1979.

Gilbert, Sandra M. "Feminist Criticism in the University," in *Criticism in the University*. Ed. Gerald Graff & Reginald Gibbons. Evanston: Northwestern University Press, 1985.

Gornick, Vivian, & Moran, Barbara, eds. *Woman in Sexist Society: Studies in Power and Powerlessness*. New York: Basic Books, 1971.

Grosz, Elizabeth. "Contemporary Theories of Power and Subjectivity," in *Feminist Knowledge:*

Critique and Construct. Ed. S. Gunew. London and New York: Routledge, 1990.

_____. "Luce Irigaray and Sexual Difference," in Grosz, *Sexual Subversions: Three French Feminists*. Sidney, Allen & Unwin, 1989.

_____. "The Hetero and the Homo: The Sexual Ethics of Luce Irgaray," in *Engaging with Irigaray: Feminist Philosophy and Modern European Thought*. Ed. Carolyn Burke, Naomi Schor & Margaret Whitford. New York: Columbia University Press, 1994.

_____. *Lacan: A Feminist Introduction*. London and New York: Routledge, 1990.

Harding, Sandra. "The Instability of the Analytical Categories of Feminist Theory," in *Signs*, vol. 11, no. 4 , 1986, pp. 645-64.

Hekman, Susan. "Truth and Method: Feminist Standpoint Theory Revisited," *Signs*, vol. 22, no. 21, 1997.

Hooks, bell. "Revolutionary Black Women: Making Ourselves Subject," in *Postcolonial Criticism*. Ed. Moore-Gilbert et al, pp. 215-33.

_____. *Ain't I a Woman: Black Women and Feminism*. Boston: South End Press, 1981.

_____. *Feminist Theory: From margin to Center*. Boston: South End Press, 1984.

______. *Yearning: Race, Gender, and Cultural Politics*. Boston: South End Press, 1990.

Howe, Flowrence. "Feminism and Literature" in *Images of Women in Fiction: Feminist Perspective*. Ed. Susan K. Cornillon. Bowling Green: Bowling Green University Press, 1972.

Humm, Maggie. *A Reader's Guide to Contemporary Feminist Literary Criticism*. Hertfordshire: Harvester Wheatsheaf, 1994.

Irigaray, Luce. "Women's Exile," trans. Couze Venn, in *The Feminist Critique of Language: A Reader*. Ed. Deborah Cameron. London and New York: Routledge, 1990.

______. *An Ethics of Sexual Differenc*. Trans. Carolyn Burke & Gillian Gill. Ithaca: Cornell University Press,1993.

______. *Marine Lover of Friedrich Nietzsche*. Trans. Gillian Gill. New York: Columbia University Press, 1991.

______. *Sexes and Genealogies*. Trans. Gillian Gill. New York: Columbia University Press, 1993.

______. *Speculum of the Other Woman*. Trans. Gillian Gill. New York: Columbia University Press, 1985.

_____. *This Sex Which Is Not One*. Trans. Catherine Porter & Carolyn Burke. Ithaca: Cornell University Press, 1985.

Jacobus, Mary. "Review of The Madwoman in the Attic," *Signs*, vol. 6, no. 3, 1981, pp. 517-23.

Jameson, Frederic. "Third-World Literature in the Era of Multinational Capitalism," in *Social Text*, No. 15, 1986, pp. 65-88.

Jayawardena, Kumari. *Feminism and Nationalism in the Third World*. London: Zed Books, 1986.

Jenny, Wolmark. *Aliens and Others: Science Fiction. Feminism and Postmodernism*. New York: Harvester Wheatsheaf, 1994.

Jones, Ann. "Inscribing Femininity," in *Making a Difference: Feminist Literatry Criticisms*. Ed., Gayle Greene, & Coppelia Kahn. London and New York: Routledge, 1985, pp. 80-112.

Kaplan, Caren. "The Politics of Location as Transnational Feminist Critical Practice," in *Scattered Hegemonies: Postmodernity and Transnational Feminist Practices*, Ed. Inderpal Grewal and Caren Kaplan. London and Minneaopolis: University of Minnesota Press, 1994, pp. 137-52.

Kaplan, Cora, ed. *Salt and Bitter and Good: Three Centruies of English and American Women*

Poet. New York: Feminist Press, 1975.

Kaplan, Sydney J. "Varieties of Feminist Criticism," in *Making a Difference: Feminist Literary Criticisms*, pp.37-58.

Kraft, Marion. *The African Continuum and Contemporary African American Women Writers: Their Literary Presence and Ancestral Past*. New York: Peter Lang, 1995.

Kristeva, Julia, "The Ethics of Linguistics," in Kristeva, *Desire in Language: A Semiotic Approach to Literature and Art*, trs., Alice Jardine, Thomos Gora and Leon Roudiez（Oxford: Blackwell, 1980）, pp. 23-35）.

_____. *About Chinese Women*. Trans. Anita Barrows. New York: Urizen Books, 1974.

_____. *The Revolution of Poetic Language*. New York: Columbia University Press, 1984.

Lacan, Jacques "Some Reflections on the Ego," in *The Seminar. Book l. Freud's Papers on Technique, 1953-54*. Trans. with notes by John Forrester. New York: Norton, 1988.

_____. *Ecrits. A Selection*. Trans. Alan Sheridan. London: Tavistock Publications, 1977.

_____. *Le Seminaire. Livre ll. The Ego in Freud's Theory and in the Technique of Psychoanalysis, 1954-55*. Trans. Sylvana Tomaselli with notes by John Forrester. New York: Norton, 1988.

_____. *Le Seminaire. Livre IV. La relation d'objet, 1956-57*. Ed. Jacques-Alain Miller. Paris: Seuil, 1994.

_____. *The Seminaire. Livre III. The Psychoses, 1955-56*. Trans & notes by Russell Grigg. London and New York: Routledge, 1993.

Lévi-Strauss, Claude. *The Savage Mind*. London: Weidenfeld & Nicolson, 1966.

Mahl, Mary & Helene Koon, eds. *The Female Spectator: English Women Writers before 1800*. Bloomington: Indiana University Press, 1977.

Marks, Elaine, & Isabelle de Courtivron, ed. *New French Feminisms: An Anthology*. New York: Schocken Books, 1981.

McDowell, Deborah E. "New Directions for Black Feminist Criticism," in *The New Feminist Criticism*. Ed. Showalter, pp. 186-99

Mill, John S., & Harriet T. Mill. "The Subjection of Women," [1869] in John S. Mill & Harriet T. Mill, *Essays on Sex Equality*. Ed., Alice Rossi. Chicago: University of Chicago Press, 1970.

Miller, Casey & Kate Swift. *Words and Women: New Language in New Times*. Gardern City: Doubleday Anchor, 1976.

Millett, Kate. *Sexual Politics*. New York: Ballantine Books, 1970.

Mitchell, Juliet & Jacqueline Rose, eds. *Feminine Sexuality, Jacques Lacan and the Ecole Freudienne*. London: Macmillan, 1982.

Mitchell, Juliet. *Psychoanalysis and Feminism*. Harondsworth: Penguin, 1974.

_____. *Women: The Longest Revolution. Essays in Feminism, Literature and Psychoanalysis*. London: Virago, 1984.

Moers, Ellen. *Literary Women: The Great Writers*. Garden City: Doubleday Anchor, 1977.

Mohanram, Radhika. *Black Body: Women, Colonialism, and Space*. Minneapolis: University of Minnesota Press, 1999.

Mohanty, Chandra T. et al, eds. *Third World Women and the Politics of Feminism*. Bloomington and Indianapolis: Indiana University Press, 1991.

Moi, Toril. "Power, Sex and Subjectivity: Feminist Reflections on Foucault," in *Paragraph* 5, 1985, pp. 95-102.

_____. *Sexual/Textual Politics: Feminist Literary Theory*. New York: Methuen, 1987.

Moore-Gilbert, Bart, Gareth Stanton & Willy Maley, eds. *Postcolonial Criticism*. New York:

Addison Wesley Longman, 1997.

Moroga, Cherrie, & Anzaldua, Gloria, eds. *This Bridge Called My Back: Writings by Radical Women of Colo*. Watertown: Persephone, 1981.

Morris, Pam. *Literature and Feminism: An Introduction*. Cambridge: Blackwell, 1993.

Munich, Adrienne. "Notorious Signs, Feminist Criticism and Literatry Tradition." in *Making a Difference*.

Nader, Laura, "Orientalism, Occidentalism and the Control of Women," in *Cultural Dynamics* 2:3, 1989.

Nicholson, Linda, ed. *The Second Wave: A Reader in Feminist Theory*. London and New York: Routledge, 1997.

Ohmann, Carol "Emily Bronte in the Hands of Male Critics," in *College English* 32 , 1971, pp.906-13.

Payne, Michael. *Reading Theory: An Introduction to Lacan, Derrida, and Kristeva*. London: Basil Blackwell, 1993.

Penely Constance. "Teaching in Your Sleep: Feminism and Psychoanalysis," in *Theory in the*

Classroom. Ed. Cary Nelson. Urbana: University of Illinis Press, 1986.

Pratt, Annis. "The New Feminist Criticisms: Exploring the History of the New Space," in *Beyond Intellectual Sexism: A New Woman, A New Reality*. E., Joan I. Robert. Bloomington: Indiana University Press, 1976.

______. *Archytypal Patterns in Women's Fiction*. Bloomington, Indiana: Indiana University Press, 1981.

Pratt, Mary L. I*mperial Eyes: Travel Writing and Transculturation*. London and New York: Routledge, 1992.

Radstone, Susannah "Postcard from the Edge; Thoughts on the 'Feminist Theory: An International Debate' Conference Held at Glasgow University, Scotland, 12-15 July 1991," in *Feminisms*. Ed. Gayle Greene & Coppelia Kahn. New York: Oxford University Press, 1997.

Ramazanoglu, C., ed. *Up Against Foucault: Explorations of Some Tensions Between Foucault and Feminism*. London and New York: Routledge, 1993.

Ramson, J. "Feminism, Difference and Discourse: The Limits of Discursive Analysis for

Feminism," in *Up Against Foucault*.

Register, Cheri. "American Feminist Literary Criticism: A Bibliographical Introduction," in *Feminist Literary Criticism*, 2nd ed. Ed., Josephine Donovan. Lexington: University Press of Kentucky, 1989, pp.1-28.

Rich, Andrienne. *Blood, Bread and Poetry: Selected Prose. 1979-1985*. New York: W.W. Norton, 1986.

_____. "Taking Women Students Seriously," in Rich *On Lies, Secrets, and Silence: Selected Prose, 1966-1978*. New York: W.W. Norton, 1979.

_____. "Vesuvius at Home: The Power of Emily Dickinson," in *On Lies, Secrets, and Silence: Selected Prose, 1966-1978*.

_____. "When We Dead Awaken: Writing as Re-Vision," in *College English* 34, 1972.

Rogers, Katharine. *The Troublesome Helpmate* (Seattle: University of Washington Press, 1966).

Rosaldo, Michelle Z. & Louise Lamphere. *Women, Culture and Society*. Standford: Standford University Press, 1974.

Russ, Joanna. *How to Suppress Women'sWriting*. London: The Women's Press, 1984.

Said, Edward. *Orientalism*. New York: Vintage, 1979.

Sandoval, Chela. "U.S. Third World Feminism: The Theory and Method of Oppositional Consciousness in the Postmodern World," in *Genders* 10, Spring 1991,pp. 1-24.

Saussure, Ferdinand de, *A Course in Genderal Linguistics*. London: Fontana, 1974.

Sawicki, Jana, *Disciplining Foucault: Feminism, Power, and the Body*（London and New York: Routledge, 1991）.

Schweickart, Patrocinio P. "Reading Ourselves: Toward a Feminist Theory of Reading," in *Feminisms: An Anthology of Literary Theory and Criticism*. Ed. Robyn r. Warhol & Diane Price Herndl. Hampshire: Rutgers, 1997, pp. 609-34.

Sellers, Susan, ed., *The Hélène Cixous Reader*. London and New York: Routledge, 1994.

______, ed. *Writing Differences: Readings from the Seminar of Helene Cixoux*. Milton Keynes: Open University Press, 1988.

Shohat, Ella. "Notes on the 'Post-Colonial,'" in *Contemporary Postcolonial Theory: A Reader*. Ed. Mongia. pp 321-34.

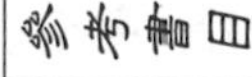

Showalter, Elaine. "Feminist Criticism in the Wilderness," in *The New Feminist Criticism:* Essays *on Women, Literature and Theory*. Ed. Showalter. New York: Pantheon Books, 1985, pp. 243-70.

______. "Introduction: The Feminist Critical Revolution," in *The New Feminist Criticism.*

______ ."Review Essay: Literary Criticism," in *Signs: Journal of Women in Culture and Society*, 1, 1975, pp. 435-60.

______. "Toward a Feminist Poetics," in *The New Feminist Criticism*. pp.125-43.

______. "Women and the Literary Curriculum," *College English* 32, 1971.

______. "Women's Time, Women's Space: Writing the History of Feminist," *Tulsa Studies in Women's Literature*, vol. 3, nos. 1-2（1984）. Reprinted in *Feminist Issues in Literary Scholarship*. Ed. Shari Benstock. Bloomington: Indiana University Press, 1987.

______. *A Literature of their Own: British Women Novelists from Brontë to Lessing*. Princeton: Princeton University Press, 1977.

______, ed. *Sister's Choice: Tradition and Change in American Women's Writing*. Oxford: Clarenden Press, 1991.

Silverman, Kaja. *The Acoustic Mirror: The Female Voice in Psychoanalysis and Cinema.* Bloomington: Indiana University Press, 1988.

Smith, Barbara. "Toward a Black Feminist Criticism," in *The New Feminist Criticism.*

Spivak, Gayatri C., *The Post-Colonial Critic: Interviews, Strategies, Dialogues.* Ed. Sarah Harasym. New York and London: Routeledge, 1990.

_____. *Outside in the Teaching Machine.* New York and London: Routeledge, 1993.

Suleri, Sara. "Woman Skin Deep: Feminism and the Postcolonial Condition," in *Contemporary Postcolonial Theory: A Reader.* New York: Arnold, 1996.

Tong, Rosemarie. *Feminist Thought: A Comprehensive Introduction.* London: Hyman, 1989.

Walker, Alice, *In Search of Our Mother's Garden.* London: Women's Press, 1984.

Washington, Mary Helen, ed. *Midnight Birds: Stories by Contemporary Black Women Writers.* New York: Doubleday, 1980.

Waugh, *Patricia. Postmodernism: A Reader.* New York: Edward Arnold/Hodder & Stoughton, 1992.

Weber, Samuel. *Return to Freud: Jacques Lacan's Dislocation of Psychoanalysis.* Cambridge:

Cambridge University Press, 1991.

Weeden, Chris. *Feminist Practice and Poststructuralist Theory*. New York: Basil Blackwell, 1987.

Wollstonecraft, Mary. *A Vindication of the Rights of Woman*. Ed. Carol Poston. New York: W.W. Norton, 1975.

Woolf, Virginia. *A Room of One's Own*. New York: Harcourt, Brace & World, 1929.

Zimmerman, Bonnie. "What Has Never Been: An Overview of Lesbian Feminist Literary Criticism," in *Making a Difference*, pp.177-210.

中文資料

于治中，〈正文、性別、意識形態〉，《中外文學》，十八卷，一期，一九八九年，頁一百四十八～一百五十八。

王琳，〈走出女性心靈的樊籠——新時期女性文學若干心理癥結的梳理〉，中國人民大學書報資料中心《中國現代、當代文學研究》，一九九七年，第四期。

王德威，《如何現代，怎樣文學？：十九、二十世紀中文小說新論》，台北：麥田出版社，一九九八年。

周英雄、劉紀蕙編，《書寫台灣：文學史、後殖民與後現代》，台北：麥田出版社，二〇〇〇年。

林樹明，《女性主義文學批評在中國》，貴陽：貴州人民出版社，一九九五年。

邱貴芬，〈後殖民女性主義：性別、階級、族群與國家〉，收錄於顧燕翎編，《女性主義理論與流派》，台北：女書文化出版社，一九九六年。

邱貴芬，〈從戰後初期女作家的創作談台灣文學史的敘述〉，《中外文學》，第二十九卷，二期，二〇〇〇年七月，頁三百一十三～三百三十五。

邱貴芬，《仲介台灣．女人：後殖民女性觀點的台灣閱讀》，台北：元尊文化，一九九七年。

采薇，〈女性文學研究與大文化視野——第四屆中國當代女性文學學術研討會側寫〉，中國人民大學書報資料中心《中國現代、當代文學研究》，一九九五，第五期。

孫周興，《說不可說之神秘——海德格爾後期思想研究》，上海三聯書店，一九九四年。

張京媛主編，《後殖民理論與文化批評》，北京：北京大學出版社，一九九九年。

曾珍珍譯，〈經典：文學的準則／權力的準則〉，《中外文學》，二十三卷，二期，一九九四年，七月，頁六～二十六。

廖炳惠，〈後殖民研究的問題與前景：幾個亞太地區的啓示〉，收錄於簡瑛瑛主編，《認同、差異、主體性：從女性主義到後殖民文化想像》，台北縣新店市：立緒文化，一九九七年。

廖炳惠，《回顧現代：後現代與後殖民論文集》，台北：麥田出版社，一九九四年。

榮維毅，〈中國女性主義研究淺議〉，《北京社會科學學報》，一九九九年，第三期。

劉涓，〈「從邊緣走向中心」：美、法女性主義文學批評與理論〉，收錄於鮑曉蘭編，《西方女性主義研究評究》。北京：三聯書店，一九九五年。

劉毓秀，〈走出「唯一」，流向「非一」：從弗洛伊德到依蕊格萊〉，刊於《中外文學》，二十四卷，十一期，一九八五年，頁八～三十五。

鮑曉蘭編，《西方女性主義研究評介》。北京：生活・讀書・新知三聯書店，一九九五年。

顧燕翎、鄭至慧主編，《女性主義經典：十八世紀歐洲啓蒙，二十世紀本土反思》，台北：女書文化出版社，一九九九年。

國家圖書館出版品預行編目資料

女性主義文學理論 / 唐荷著 ; --初版.
--臺北市 : 揚智文化 , 2003 [民 92]
面 ; 公分. – (Culture map ; 16)
參考書目 : 面
ISBN 957-818-469-7(平裝)

1.文學 – 哲學,原理　2.女性主義

810.1　　91022445

女性主義文學理論

Culture Map16

著　　者／唐荷
出 版 者／揚智文化事業股份有限公司
發 行 人／葉忠賢
總 編 輯／閻富萍
登 記 證／局版北市業字第 1117 號
地　　址／台北縣深坑鄉北深路 3 段 260 號 8 樓
電　　話／(02)8662-6826
傳　　真／(02)2664-7633
印　　刷／偉勵彩色印刷股份有限公司
法律顧問／北辰著作權事務所　蕭雄淋律師
初版二刷／2010 年 1 月
定　　價／300 元
I S B N : 957-818-469-7
E-mail : book3@ycrc.com.tw
網址 : http://www.ycrc.com.tw